U0115412

楊君潛著

柳園吟稿

上冊

張定成題

張定成印

辛丑年榴月
萬卷樓刊本

作者夫婦金婚合影

作者夫婦燕居合影

許序

許清雲

古時雅士文人，登山必詠，臨水能歌，蓋其胸中所蓄廣博，故景與意合，觸目成詩，非偶發也。余觀李太白佳篇，清氣逸韻，如「日落沙明天倒開，波搖石動水縈迴。」「白雲映水搖空城，白露垂珠滴秋月。」煙雲泉石、水搖波動，寓意則靈。杜子美爲詩雖多苦心，而沿溪獨步尋芳，閒吟「江深竹靜兩三家，多事紅花映白花。」「黃四娘家花滿蹊，千朵萬朵壓枝低。」亦有景與意合，可想見其飄然之狀者也。

余早年即景慕蘭陽才子柳園先生，爲文駢散自如，賦詩桂冠莫屬。適來中華詩學研究會，得睹先生風雅，益加欽仰矣！先生惠我諸著作，如《讀書絕句三百首》、《柳園詩話》、《柳園聯語》、《柳園文賦》、《柳園古今詩選》、《柳園春秋千詠》、《柳園閒詠吟稿》、《柳園唱酬吟稿》、《柳園紀遊吟稿》、《柳園攀桂集》等，不止見證其學博識廣，筆落而風生雲湧，且多有飄然自如之狀。嘗思蘭陽沃野百里，蘇澳汪洋萬頃，山川磅礴雄偉，誠然有江山之助。

今聞先生結集賸餘閒詠、唱酬等二千多首，欲刊行《柳園吟稿》，囑咐爲序。柳園佳作精彩絕出，風華逸宕。余不材學淺，豈敢爲序。惟思近代人物留名，或豐功偉業，或興利聚財，而先生獨傳諸詩香，洵是陽春白雪，信而必傳久遠矣！則余之所序，寧非附驥尾，亦備感榮焉。

歲次庚子菊島城前村人　許清雲　謹識

甯序

甯佑民

《尚書》云：「詩言志，歌永言，律和聲。」此乃言詩之妙諦眞詮也。故知志非言不形，言非詩不彰。何謂志？「石韞玉而山以輝，水懷珠而川以媚。」是也。何謂言？「其爲物也多姿，其爲體也屢遷，其會意也尚形，其造詞也貴妍。」是也。何謂詩？「既言情而綺靡，亦體物而瀏亮；播芳蕤之馥馥，發言條之森森。」是也。詩乃文字最精妙者也，既要妙字，復要雅韻，非多讀書難窺此門徑；詩貴推敲，不推敲則字義不活。孔子與子貢論詩，子貢曰：「如切如磋，如琢如磨。其此之謂歟？」子曰：「賜也，始可與言詩矣。」

柳園社長，蘭陽高士。家學淵源，雅愛古典文學。博覽群書，勤於寫作。孜孜不倦，日沉浸於詩學典籍堆中，且以授課作詩爲樂。與余相識相知於二十餘年前。其時余忝任古典詩社社長，承東橋詞長推介入社。自此接觸日多，切磋機會日增。如遇較深僻典向其請益，柳園兄當場詳爲解惑，滿座欽服。余任滿卸職，由道一詞長接任。道一中途離去，即由柳園兄接任。除補滿道一任期，尙續任六年，總計長達八年之久；此期間

序

推展會務，任勞任怨，深受全體會員愛戴。柳園社長勤謹任事，弘揚中華文化，貢獻至鉅。

柳園兄於卸任古典詩社社長不久，適逢春人吟社江社長因體弱請辭，柳園兄承全體社友共推繼任社長，匆匆又屆四年矣，余有幸亦參與古典及春人二社，每逢定期雅集，杯酒言歡；平時則詩作唱酬，在其潛移默化中，獲益匪淺。柳園兄非但益友，更是良師，誠堪敬佩。現將其歷年來閒詠、唱酬大作計二千餘首，彙集成冊付梓，顏曰：《柳園吟稿》，囑余爲序，不敢推辭，爰將與其交往過程，以及博學多才，品格端正概況，略爲介紹如上。實難言序，聊表誠摯敬慕之忱耳。

甯佑民　謹識

民國一〇九年十一月於臺北

張序

張鴻藻

余庸俗而偏好詩詞，自愧不求甚解，粗識皮毛而已！日前，偶閱詩刊，得〈紗窗〉詩一首，文曰：「新裁紈綺隔塵紅，內外分明翕素衷。只許春風來斷續，不教蚊蚋入房櫳。」（併見《柳園吟稿》卷四下頁五八二）詩中句句不離紗窗，固詩家之常道也，而其內涵則邪正分明，儼然言志之作。轉翻正面，作者大名，赫然君潛先生也！詩如其人，信矣。

余識先生於中華詩學研究會中，望之泰然，即之也溫，坦蕩乎君子也！余耳聾，應對爲苦，每遇先生，片刻把晤，輒感其謙抑親人之風。讀其文，則駢儷辭工，華實感人；詩則清新雋茂，文清而意遠。試觀其寫景之作〈雲海〉（見吟稿卷三下頁四一一）七律詩云：「迷離不見眼前杉，倚檻鴻濛宇宙函。指顧浮沈龍隱現，耳傾斷續燕呢喃。氤氳一氣藏千岫，波浪兼天杳百帆。棖觸太空猶幻境，途艱況復是塵凡。」語意簡明，句寫雲海殊景，筆觸雲中虛實各物如龍、杉、燕、岫等，思及雲中所無，而海中常見之帆，想像固已瑰奇；而其尤要者，厥爲結句之「太空幻境」及「途艱塵凡」二語，啓人思入天人競合之辨，此殆所謂詞窮而意未盡之境也！讀先生詩，心竊慕之。

先生籍隸人才輩出之寶地宜蘭，學承尊翁巨源公之遺風，益以勤勉自勵，博學多聞，乃能箕裘紹繼，享譽士林。結社春人，翔鷺鷗於學海；揚聲絳帳，榮桃李於芳園。詩教弘揚，等身著作；儒範懿行，著德揚芬。茲擬集其未經梨棗之詩詞聯語二千餘題付梓，囑爲之序。

噫！藻何人斯？敢充此任？辭而不許。遂逞匹夫之勇，竭黔驢之力，貽笑大方。尚可濫竽稱序乎？維方家宥之正之！

張鴻藻　敬序

庚子孟冬於臺北棗思居

自序

楊君潛

余束髮從先君子受書，親課其詩文。年十二，執贄同邑張仰安先生之門。先生邃究古文，爲晚清秀才吳蔭培入室弟子。既授業，粗傳其古文筆法，遂篤好之。及冠，供職臺灣水泥股份有限公司秘書室。業餘加入瀛社、逸社、淡北吟社、高山文社及澹社。受許多前輩悉心提挈，盡將其所學，傳授與余。余恭謹執弟子禮，每逢春秋佳日，趨步追陪。仰觀宇宙之大，俯察品類之盛，游目騁懷，不知日之既午。爾乃稍憩旗亭，列坐飛觴，引吭賦詩，融融之樂，可勝言哉！三十年間，日受薰陶，時思蛾術，始略知詩之梗概。陵谷遷移，師友契闊之情，未嘗不魂牽夢縈。爰錄其詩，次其韻，用資紀念焉。

人亦有言：「詩外尋詩。」語含至理。余格致古籍，咀嚼玩味。夙興夜寐，饜然自足。手邊且有臺詩數萬首。擇其尤者，仍復不尠。臺灣四百年來，滄海桑田。爲抗拒異族統治，先民集會結社，是以詩社林立，遍布各縣市、各鄉鎮，藉以互通聲氣，宏揚民族精神，故其詩可讀。於是余將其與古籍合流而編輯《經史子集總分類纂》。內容分爲：天文、地理、時令、寺觀、居室、集會、慶弔、遊眺、人事、人物、文事、武

序

備、閨閣、器用、技藝、寶飾、音樂、鳥獸、花木、魚蟲、農牧、漁樵、飲食及詠史等二十四類。俾沿流溯源，簡練揣摩，收事半功倍之效。

夫詩，就其大者而觀之，則其逸乎六合之外，天地亦不能囿；就其小者而觀之，則其藏乎一塵之內，雖離婁之明亦不能察。就其難者而言之，則李杜韓蘇亦有所不逮；就其易者而言之，則鳥獸魚蟲亦能爲之。是詩，天籟也。孔子曰：「詩可以興，可以觀，可以群，可以怨。」鍾嶸紬繹之曰：「嘉會寄詩以親，離群託詩以怨；至於楚臣去境，漢妾辭宮；或骨橫朔野，或魂逐飛蓬；或負戈外戍，殺氣雄邊；塞客衣單，孀閨淚盡；或士有解佩出朝，一去忘返；女有揚蛾入寵，再盼傾國。凡斯種種，感蕩心靈。非陳詩何以展其義？非長歌何以騁其情？故曰：『可以群，可以怨。』使窮賤易安，幽居靡悶，莫尚於詩矣。」蓋詩，語簡意賅，能狀難寫之景如在目前；含不盡之意，見於言外。是以班揚枚馬，相將競爽；王楊盧駱，爭勝千秋。

荀子曰：「不積蹞步，無以致千里；不積小流，無以成江河。」聖賢遺訓，鏤骨銘心。本欲附庸風雅，躋身於作者之林，奈何才力不侔，心手相戾。蹉跎歲月，迄無以成。洎乎祧唐祖宋，襲貌希聲，亦何以異優孟衣冠？今茲整理故篋，除《讀書絕句三百首》及《柳園紀遊吟稿》已付梓外，尚餘閒詠及唱酬諸篇，都二千一百六十四首。分爲五卷。卷一爲五七言古風；卷二爲五言律詩與五言排律；卷三爲七言律詩；卷四爲五七言絕句；卷五爲詩餘、聯語、詩鐘。顏之曰：《柳園吟稿》。或曰：「兔園之冊，俗不可醫。塵點騷壇，徒彰其陋。」余寧不自知。第念平素志趣，寓意晻晻。其含毫綿邈之情，容有一二可索諸楮墨之外者，是以斟酌再三，仍靦顏付諸剞劂，以償區區之願焉。至祈大雅君子，有以正之，是所企禱。

本書渥蒙前考試委員張公定成題耑，復承中華詩學研究會理事長許公清雲、中華民國古典詩研究社前理事長甯公佑民、我國前駐芬蘭大使級代表張公鴻藻等贈序、前致理技術學院校長朱公自力、淡江大學教授陳公慶煌、百歲晉一人瑞唐公謨國暨桃園騷壇宿老陳公无藉等題辭，至感榮寵，謹伸謝忱。

楊君潛　謹識

歲次庚子（二〇二〇）陽月於停雲閣寓所

〔双調〕水仙子　朱自力

詩壇誰箇最能詩，都道楊公衆所知。
唱酬閒詠平生事，吟稿有古風聯律绝詞。
灑珠璣多少瑰辭，一字字傾訴胸次。
一行行鮮瑕少疵，一首首展露才思。

奉題柳園吟稿

六首并序

君潛誕生蘇澳系出關西嵩瑪文風登瀛冠首見稱逢景運見習童齡於吟社唱酬宴集之秋得晉接芳池在山諸老緣是寢饋五典笙簧九能尤以自牧謙沖旁收子史長日抗揚風雅多番統領騷壇何其懿歟何其偉哉 夫人柏根曾任良師更為賢助同參詩會共卜麻明歲在丙申余嘗贈賢伉儷君堂百忍堅松柏潛柳千修園柢根聯以美之今賡賦詩六首既承

殷嶠特為書之詩云

其一

君生蘇澳我頭城　學院民間塵力耕
梓里往來歡聚少　長年旅北若為情

其二

自識鄉賢驚黑馬　根源家學校詩社
嘉名翁錫學陶潛　老幹向榮花果若

其三

經史潛研子集搜　天文地理析門流
總分類纂興觀可　擊缽敲元功倍收

其四

祖宋祧唐天籟尚　國風大雅心滋養
多師轉益楚騷雄　展義騁情千載上

其五

讀書攀桂紀遊吟　鉛槧曾經辭覽欽
閒詠唱酬今裒輯　二千餘首價南金

其六

兔園冊子識容兔　詩外尋詩珠玉顯
俯察仰觀生吉光　吟壇和樂看君展

中華民國一百有九年　上章困敦之歲
仲冬朔日　敬呈

蘭陽陳慶煌冠甫　敬撰并書

奉題柳園吟稿

學富五車腹笥便
古今典腹注如泉
柳園桃李春風舞
杏苑菁莪化雨妍
點鐵成金無與比
問難解惑有誰駢
洛陽紙貴非河漢
天予吾師福壽全

百歲晉一門生唐謨國敬賀

奉題 柳園吟稿

陳元壯稿

唐宋雄辭數八家
今人一集匯其華
千篇浩瀚成詩海
五卷精微捲浪花
雅挹風騷功有據
薈揚孔孟德無涯
滿園柳絮迎風舞
天道酬勤信不差

目次

上冊

卷一上　五言古風三十四首

卷一下　七言古風四十二首

卷二上 五言律詩一百四十四首

卷二下　五言排律十首

卷三上　七言律詩三百七十一首

目次

下冊

卷三下　七言律詩六百八十七首

目次

目次

卷四上　五言絕句二十七首

卷四中　七言絕句一百九十五首

卷四下　七言絕句五百三十一首

目次

卷五上　詩餘二十闋

卷五中　聯語三十六對

卷五下　詩鐘四十九副

卷一上　五言古風三十四首

述懷

杞柳作桮棬，洵非戛戛難。梏亡冀其息，緣木求魚看。乃知古君子，日損以戒貪。埋頭勤點勘，發憤屢忘餐。藜藿甘如飴，聖道自行安。嗟余才菲薄，彳亍學邯鄲。苦志勞筋骨，猶恨鄙難寬。欲覽百家書，懸知蚊負山。所希勤補拙，水滴石能穿。

拙作〈詩論〉辱承九思軒主人(註)獎飾次韻誌謝

欲立聖人門，艱辛路遙迴。而立遇明公，挈拔東山頂。俯仰天地間，鄒魯成縮影。壇坫仰先生，風騷歸管領。三絕早名馳，才氣緣天挺。鯤島萃驊騮，相與共馳騁。自厚薄責人，老少咸仰景。斯文欣未喪，少微長燦烱。石友許忘年，風義異閒等。屬試作〈詩論〉，詞蕪疏誤並。嘉勉示瑤篇，瑰奇誰與競，緊余犬羊質，猶欲思虎炳。

註：九思軒主人即黃鑑塘先生。

心育父執次九思軒主人韻獎飾拙作〈詩論〉次韻誌謝

嘉勉辱頒詩，遺詞妙絕迴，闡釋古詩人，少陵登絕頂。餘子何其多，倏忽成泡影。人亡言亦滅，奧義誰會領？車胤與孫康，成就仗身挺。自強而不息，曩哲並馳騁。少年惜寸陰，桑榆輝暮景。書紳永不忘，謦欬心炯炯。公是千歲人，同儕誰列等？執鞭遂夙願，附驥流行並。我亦知安分，水流心不競。貂續愧無才，迴諷驚蔚炳。

戊寅清明掃墓作

聲吞悲失怙，淚竭痛無恃，一別隔陰陽，抱憾寧過此。親恩何罔極，瓶罄罍之恥。佳節展荒墳，悽愴情難已。恍然依膝下，承歡供菽水。崇封遺馬鬣，報德薦籩簋。庭闈空眷戀，風木泣皋魚。悟醒黃粱夢，安貧樂起居。丹鉛勤點勘，書劍未忘疏。誓將繩祖武，著述遂衷初。敬獻生前嗜，聊以博歡胥。日斜風漸大，欲去又躊躇。

王安石〈遊褒禪山記〉讀後

遊記褒禪山，生動又活潑。構思異尋常，詎惟詞挺拔。其中有眞意，境界何遼闊。最憐俯仰間，經緯都包括。山川魚鳥獸，觸處理通豁。因以弄柔翰，予世當棒喝。俗儒看鏤句，捨本逐其末。公心亦良苦，棄此道奚達？由來險巇地，人孰不心愯？苟非有立志，未彳氣先降。邃深人罕至，往往景無雙。多少瑰奇物，堆積何幢幢。行行又行行，未至亦難腔。無相中途返，徒留慍滿腔。舉一隅三反，推想及家邦。乃知周盂鼎，豈獨羽能扛？

劉知幾〈史通〉讀後

鐵筆挾風霜，正直董狐比。述事尙眞實，良史此爲美。綜核歷朝書，鞭辟而近裏。博古復多聞，得失說原委。弄丸似騶支，發榀若郯子。力言「才」「學」「識」，缺一史難理。五十有二篇，亹亹析臧否。著史何其多，評史由公始。漢後史稱實，晉、宋、齊、梁、陳。遺詞雜雅俗，要不失其眞。北國異於是，造句類周、秦。相率諱夷音，儼然華夏人。即如楊由聽雀，直譯自傳神。竟妄添文采，詩書援引頻。史家崇縟麗，眞實永埋湮。且看沮渠輩，儒雅媲崔駰。王劭宋孝王敘元、高，方言彰筆橐。抗詞維正筆，何妨存美惡。卻嫌傷淺俗，奕世遭奚落。嫫姆見多媸，罪鏡何刻薄。本質原如此，底須事穿鑿。儵、忽修渾沌，愛之反成虐。記言留梗概，奚必遷、固若。必欲求儒雅，寧無失斟酌。覈鑑史資料，讜論式如金。鼎移風俗變，姓易不同音。方言雖魯朴，猶足作規箴。江芊罵商臣，世語感人深。欒廣歎衛玠，芻言鑠古今。焉捨古人粕，據以衒儒林。宵衣更秉燭，讀到夜沉沉。癢倩痲姑搔，興懷曷可任。

柳宗元〈答韋中立論師道書〉讀後

人患好爲師，孟軻遺訓在。自從魏、晉還，事師益不愛。韓愈作「師說」，振俗抗流輩。雖然得狂名，意堅無倦態。蜀陽與粵雪，少見犬驚吠。先生自謫居，憂讒思養晦。功力日以深，言行愈恬退。潭州韋中立，相師一而再。法言切時弊，貫耳似聞雷。道德原神物，得之是異才。生知如孔、孟，勉學似參、回。矢志聖門遊，不羨黃金臺。造次必於是，顚沛亦悠哉。裾忤曳侯門，俯仰自恢恢。鳳麟雖不至，汲汲未心灰。登堂而入室，繼往更開來。治學見眞詮，代殊無域畛。文章資載道，天下放皆準。焉用鬥辭工，逐末本湮泯。怠忽懼其剽，偃蹇誡嚴緊。抑揚欲奧廉，清重欲平允。孟、荀暢其支，老、莊肆端引。離騷致其幽，穀梁厲其忍。旁推復交通，弗敢恃明敏。古人於所學，殊足作臬圭。法則取乎上，得中亦不低。詎有待豐收，而不事疇西。韋生誠有幸，志學獲提攜。顏子名逾顯，端因附駃騠。不遇青雲士，俊傑亦醯雞。憂思令人老，名埋志恨齎。今古無殊致，掩卷一悲悽。

詠史

仲宣逢亂世，單騎走荊州。碌碌犬豚輩，不見鳳來遊。大材難致用，顧返一登樓。效死魏曹前，意氣感相投。朝爲丞相掾，暮作關內侯。招降飛雋檄（劉表卒，粲勸表子琮降曹操。），輔弼獻奇謀。建安餘六子，詞賦孰能仇？騰驤繩祖武（粲曾祖龔、祖暢皆為漢三公。父謙為大將軍。），割據策紆籌。堪嘆劉景升，寡斷性優柔。貌人失子羽（粲貌醜。），徒貽社稷憂。舉枉錯諸直，國勢居下流。千里拒伯樂，凋喪老驊騮。不食嗟來食，志士恥淹留。乃知「仁」與「敬」，盍可忽推求？

曹操

申、呂自嶽降，古傳非無謂。先生少機敏，天地通經緯。二十舉孝廉，旋晉騎都尉。戰野黃巾平，相濟豪強畏。兗州奠丕基，術、布嚐敗味。許昌迎獻帝，誰不欽剛毅？修文不偃武，北定公稱「魏」。三分天下後，身終丞相貴。摛辭饒古直，寓意甚悲涼。諸兒蔚文棟，七子力扶匡。遂使建安骨，殊俗氣軒昂。詩遺廿二篇，萬丈發光芒。〈短歌〉、〈苦寒行〉，討伐有主張；〈龜壽〉、〈觀滄海〉，奮勉志堅強。御軍三十載，書籍未疎忘。登高詩必賦，被樂自成章。生平多軼事，事事皆聞聳。罔叔假中風，叔因失父寵。疑殺伯奢兒，「寧我負人」講。「能臣」與「姦雄」，聞之常腹捧。虛心大事小，桓、文圭臬奉。慷慨訴忠貞，望諸君武踵。峻拒王芬書，漢靈位賴鞏。〈求賢〉、〈述志令〉，百揆明持總。演義灌茶毒，俗儒昧是非。奸臣批魏武，究實史相違。曆數本無常，有德是依歸。況無心篡漢，偏惹逆謀譏。伏后愆非薄，鼓舌不知幾。離心難並軌，仗鉞振靈威。漢末微斯人，幾人衣衮衣。憑誰一誣辯，千載免歔欷！

韋應物

生浥帝京塵，少時遊太學。志逸天寶間，仗衛親帷幄。行幸常扈從，天眷何優渥。安、史夥跳梁，折節羣書讀。復辟洛陽丞，除惡威儀肅。累遷刺蘇州，銳意興禮樂。親賢遠小人，撫孤、鰥、寡、獨。政績與仁心，交映如組縟。自云逢亂世，剝、復幾番遭。蔬膳甘長藿，性格自清高。斯民康未瞻，深慙擁節旄。邑尚有流亡，省身愧俸刀。勵精竭圖治，餐不素民膏。爲政恫瘝抱，循吏古今褒。富貴視浮雲，夢魂直慕陶。生平崇俠氣，舉世頌雄豪。身潔性耽吟，瓢囊皆秀句。鎔陶化三謝，華實能兼顧。尤工五言詩，澹閒簡遠具。深藏諷諫意，自成一家數。稱頌誰最多？坡仙與白傅。晚居定佛寺，四忍三空悟。騷章遺六百，郁郁刊四庫。扢揚風、雅、頌，彰顯比、興、賦。李白交情篤，酬唱互追陪。少陵獨緣慳，老不相往來。中年頗好道，機忘淨靈臺。喬、松賓入幕，丹煉返童孩。哲人杳不見，俯仰心愴摧。吉光留片羽，狹道豁然開。

李商隱

玉谿嘗寄跡，輾轉客滎陽。天生有異稟，十歲能文章。受知令狐楚，價重名初揚。開成第進士，官拜校書郎。累遷侍御史，得意馬蹄忙。牛、李黨爭劇，代罪作羹羊。浮沈載四紀，賫志白雲鄉。凄涼《錦瑟詩》，隱僻解難詳。自憐少無恃，衣食侯門寄。生長恩怨中，暗自拋血淚。微吟聊寄慨，藻麗義幽邃。〈無題〉暨〈嫦娥〉，即是公心意。〈流鶯〉與〈落花〉，我讀猶酸鼻。痛陳甘露變，義憤肆無忌。毀食哭劉蕡，平生尚風義。汜論北齊亡，擘海如金翅。唐賢詩學杜，公獨得藩籬。諷諭韻悠遠，律細入毫釐。無篇不徵引，精巧世驚奇。遂使楊億劉筠輩，僵走汗流追。標榜西崑體，騷壇壯鼓旗。先朝金聖歎，把臂恨無期。飛卿、段成式，雕鏤或肩差。放利求偷合，持論不相宜。生前求全毀，身後不虞譽。韓、杜等皆然，孔、孟亦其庶。是否文憎命，問天天不語。粃糠除掃罷，卻隨巫陽去。遺篇何炳烺，千秋繁注疏。或云諫刺深，刻薄違忠、恕。詩詞無達詁，「非」「是」辯庸詎？羣兒撼大樹，公笑龍騎翥。

孟浩然

辰宿降荊、襄，稟異姿容偉。足迹遍華中，性本愛花卉。四十入長安，新知驚斐亹。晚隱鹿門山，筆落泣神鬼。李白尊夫子，思欲揖清芬。老杜論公詩，俊邁鮑參軍，才高能妙悟，韓愈讓三分。是眞巖穴士，醉月臥松雲。善養浩然氣，輕肥不動心。偶然値知己，心事付瑤琴。公是眞詩人，窮固豁胸襟。聖哲杳難見，憂思不可任！

伯夷

父諱孤竹君，辟紂居北海。有弟名叔齊，偕隱無怨悔。「登彼西山兮」，采薇療飢餒。虞、夏忽焉沒，皇路嗟安在？聞及文王作，興高而烈采。來歸西伯卒，武王木主載。仁孝諫止戈，去之不期待。義恥食周粟，餓死志無改。奕葉尊「清聖」，仲尼一例看。非民誓不使，非君誓不官。惡聲耳不聽，惡色目不觀。百里而君之，國治天下安。不義一不行，無辜一不殘，聞到先生風，懦立鄙夫寬。奮乎百世下，興起何漫漫。今思猶嚮往，親炙更言難。何事非君民，伊尹制長策。治進亂亦進，「任」以表天責。流風及末俗，戀棧而弊積。先生出矯之，直尋甘枉尺。「隘」固非中道，濟時心抱赤。此其大過人，毀譽不足惜。下開柳下惠，三聖同心迹。權以援天下，言行世師百。盜跖全福壽，顏回未飽溫。先生尚仁絜，命舛不堪言。悠悠者天道，善惡亦渾渾。或云道無親，善人是睦敦。將今來證昔，斯理說無根。徼幸得夫子，芳名萬古存。儘多巖穴士，湮沒了無痕。生不附青雲，功名焉足論？

范成大《石湖集》讀後

物阜地精靈，姑蘇饒傑士。孝宗阼踐初，先生志伸始。折衝不辱命，身顯全金使，持節帥封疆，教戰民明恥。政績邀宸眷，榮膺總百揆。治平勞劈劃，君臣魚得水。致仕隱湖濱，匾錫世談美。樂樂偕童僕，享福田園裏。丹鉛勤點勘，白首摭羲、娥。墳、典、西、丘、索，簡練自揣摩。篇章縟不釀，格調鬱嵯峨。清新媲明遠，奔逸似東坡。有時伴漁樵，對飲樂頭科。罷席不驚鷗，工書懶換鵝。才雄多秀句，心靜致中和。律身嚴有則，處世慎無頗。蒿目看臺灣，淳風久已刪。人情貪紙醉，社會競龍攀。世胄居要津，英俊任投閑。在位恣金櫝，終秩待刀環。捐仁棄禮義，逞論濟時艱。傷時搔白首，撫事凋朱顏。誰能撥霏霧，麗日照塵寰。迴諷石湖集，珠玉何斑斕。

讀戰國策

戰國百家鳴，謀士擅遊說。遺篇三十三，奇策咸稱絕。一怒諸侯懼，安居天下悅。聲價入霄雲，四方羅致切。或爲稻粱謀，或則懷高節。不戰屈人兵，刀鎗不染血。折衝於樽俎，撥亂鼓脣舌。悠然自談笑，強虜灰煙滅。虎爭三百載，六國畢於秦。自云功蓋世，更詡德無倫。三皇與五帝，卑鄙不足陳。位尊祈不死，夢寐作仙神。靈丹無所獲，坑儒惹怨瞋。乃復肆其毒，燔籍用愚民。二世更殘暴，疑竇啓君臣。星霜十過四，鼎革漢宮春。七雄評得失，成敗在制控。孝公造其端，侍臣不用「弄」。隴蜀與崤函，地勢如府洞。奕世得人和，捉敵如鼈甕。求全不厭詐，變法周鄰恐。連橫破合縱，異智眞殊眾。遠近別交攻，利讒兼嚇恫。鯨呑蠶食後，嬴政遂一統。策士何其多，幾人功奏膚？以暴易其暴，傳言不可誣。捐仁棄禮義，憂患起斯須。競相施詐譎，蔑悔悖唐、虞。道德滑然絕，愛屋詎及烏？蘇秦商鞅吳起李斯輩，孰幸遂全軀？徼得一時貴，千載泣天衢。惟有魯仲連，不愧聖人徒。

凌立公《懷盦吟草新編》題後

胸中無萬卷，下筆曷有神？足底行千里，明察自殊人。繼晷讀公詩，驚呼擅俊新。情景俱高妙，豪氣薄先秦。錢、郎奚足論，李、杜是前身。辭賦原餘事，所爲盡出塵。鯫生忳佗傺，附驥漫憐蠅。清芬安可挹，聊以志相因。

蔡鼎公獎飾《柳園詩話》次韻誌謝

搦管漫雌黃，燃犀乏主張。菲才兼讓學，引喻安能詳？六義布方策，四聲作紀綱。騷葩勤咀嚼，沆瀣漱瓊漿。瑕疵知拗救，旋律自鏘鏘。遣詞宜簡潔，立意要深長。揣摩漢魏晉，參酌宋齊梁。盛唐爲藉枕，骨換氣清揚。勿效鄉曲士，區區事句章。塵緣隨己滅，不朽是縹緗。

蔡鼎公〈九十歲三吟〉讀後次韻奉和並祝嵩壽

鵠遂青雲志，蔗甘黃髮期。鷺鷗相狎日，蘭桂競芳時。文章驚海內，王羲之謝靈運並驅馳。筆跡權門重，利名難絆羈。江山摛麗藻，聖道寄憂思。考槃臨水石，紀壽賦新詩。靈椿原不老，樂樂養期頤。

其二

秉承乃祖凌雲筆，當代誰堪伯仲間？仁人天自錫純嘏，介壽毋庸服九還。十千沽酒常不惜，一寸光陰擲最慳。廣平絕類心如鐵，紘斷追懷淚始潸。赤水玄珠公拾得，曠然何似在塵寰。性喜垂綸非釣國，生來好學異希顏。

其三

人生九十古來稀，書展重開願靡違。海東大老身逾健，天下謳歌道未非。富貴尊榮安若素，望雲觀氣最知幾。不憤後生猶啓發，偶緣失馬自諧誹。感時恨別花初落，動地豪吟雪正飛。壽比南山無量福，樽傾北海五絃揮。風範差肩曹子建，爲文雅愛友彈譏。

晚學齋主人（註）獎飾《讀書絕句三百首》次韻誌謝

嘉勉錫瑤章，欣欣快睹先。讀書闡要旨，髣髴子程子。明師信難求，騷壇孰匹儔。疑問勞開析，幸免徒役役。公稔百家詩，筆落即雄詞。前修不遑讓，叔季疇能當。爬梳未厭煩，窮溯道根源。藏書三萬卷，卷卷諷千遍。用典準且精，寓意邈而宏。手握荊山玉，天予起頹俗。振鐸濟艱時，瀛嶠燦朝曦。無惢因學易，淡泊遂初志。句奪造化工，卓立德言功。鮑、謝並稱賢，猶如孟浩然。環顧世無有，揚芬千歲後。

註：晚學齋主人即蔡鼎新先生

江沛公《逸樓吟稿》題後

衡嶽摩蒼穹，雄視四百州。洞庭浮日月，天地共悠悠。公詩挾靈氣，慷慨呑曹劉。詞意兩高騫，章句豈能囚。葩騷不足擷，更從象外搜。顧余蠅附驥，萬里遂悠遊。奈何質鈍魯，性道漫推求。風簷時展讀，依依懷逸樓。

孫紹公《興致隨筆》第八集題後

魏徵重意氣，越謠敦道義。昂藏七尺軀，頂天而立地。寸心包六合，不屑爭蠅利。飛沉有定數，不求亦不忮。歷下名士多，公尤拔其萃。剛風挹岱嶽，靈氣鍾洙泗。之無幼辨明，岐嶷少即異。家學本青箱，謙虛親友事。黨國立殊勳，忠貞心不貳。青犢(註)亂紀綱，義憤塡胸次。榮退廿年前，詩書雙格致。兩岸蜚聲華，厥修彌遂志。比歲與交遊，受益眞不匱。年年裒一集，亹亹正言寄。顧我猶駑駘，幸得附麒驥。昕夕慕塵揮，謦欬紳勤記。封筆悚初聞，敦請予擱置。國事正蜩螗，誰爲發清議？鄒魯遺徽在，春秋褒一字。明公如不言，中興疇鼓吹？

註：「青犢」，係漢光武帝時亂黨名。

甯佑公《守愚吟草》題後

憶昔沈斯庵，渡臺結東社。於茲四百年，君是接武者。戎馬稅華山，殫精扢騷雅。千家盡揣摩，萬卷一爐冶。橐筆賦新詩，渾如江漢瀉。風人厥旨微，舉目齊肩寡。繼述揖清芬（註一），德昭三代下（註二）。子房今已杳，遺逸棲巖野。

註一：《論語．公冶長》：「子曰：『甯武子，邦有道則知，邦無道則愚。其知可及也，其愚不可及也。』」

註二：顧炎武《日知錄．廉恥》：「吾觀三代以下，世衰道微。棄禮義，捐廉恥，非一朝一夕之故。」

朱守亮教授《詩經評釋》題後

龜鑑三百篇，評論兼釋義。奧窺風雅頌，明辨興賦比。猗猗集大成，叢萃各家意。揣摩章與句，公說最齊備。詩教風天下，用之化乃淳。周衰變風雅，政失替人倫。譎諫詠興情，微言下刺申。聲音關治亂，美俗免淪湮。爾後更陵遲，道乖仁義斷。中復厄秦火，說詩興兩漢。抱玉握蛇珠，緝熙聖志讚。訓詁剩毛公，魯、韓、齊匿散。矻矻無休歇，孜孜國粹揚。方家推善本，日月共爭光。舉世無雙士，才華以石量(註)。高山安可仰，徒此揖清芳。

註：謝靈運曰：「天下才有一石，曹子建獨占八斗，我得一斗，天下共分一斗。」

朱自力教授《說詩晬語論歷代詩》題後

引玉試拋磚，遂願何雀躍。猶欲伴鵷鴻，不自卑羽弱。繼晷誦迴環，感受如親炙。沆瀣齒頰生，英華細咀嚼。尼父不能刪，斯書異等閒。聲譽蜚藝苑，卷帙貯名山。裘費狐千腋，管窺豹一斑。歸愚相伯仲，斲句動江關。說詩賡「晬語」，萬斛珠璀璨。闡源兼釋變，詳盡復條貫。稻江傳紙貴，人人爭索玩。我非賀知章，亦爲謫仙嘆。筆挾黃河水，瀰漫滾滾來。聖賢齊入彀，褒貶見風裁。斐然成鉅著，沾溉遍全臺。姓名垂竹帛，洵是掞天才。

朱自力校長〈身世吟〉題後

開札讀君詩，詞意兩高騫。返璞去雕飾，淵明共比肩。規摹十九首，嚮嗣三百篇。文章本天成，雒誦信其然。遊學法蘭西，得魚未忘筌。上庠勤振鐸，棫樸鬱芊芊。德盛益謙虛，人人敬慕焉。曳裾求富貴，視之若雲煙。顧余持弱羽，猶欲伴鴻翾。是師亦良友，風義不唐捐。

奉題《北堂懷德集》

陳慶煌教授著

身體與髮膚，毋損孝之始。顯親與揚名，孝道闡終旨。年少戀庭闈，人間比比是。五十而慕之，天下能有幾？頭城仰陳母，閫範垂青史。內則嗣徽音，四德世稱美。積善有餘慶，族茂謳麟趾。肯堂復肯構，佳譽蜚鄰里。九男最英畏，而立膺博士。筆落風雨驚，才氣青蓮似。殿試已無倫，稷下更披靡。立達益思親，蓼莪常掛齒。云未答劬勞，瓶罍之恥。孝思本人情，不匱一何偉？蕭燦與臯魚（註），千秋鼎足峙。

註：蕭燦即蕭明燦。泉州安海人，生踰歲而孤。永曆九年，鄭師伐泉州，墜安平鎮，安平即安

海也。明燦方五歲，與母相失，號泣於途。叔祖某攜之來臺，居赤嵌城。稍長，始知失母之故，行求漳泉各屬，不能得。乃與家人訣別，曰：「此行不見母，不復還也。」渡海而往，遍歷閩南。嗣遇延平族人，諗其毋依倚以居。大喜，趣迎歸，備極孝養。里黨稱之，比之朱壽昌云。摘自連橫著臺灣通史卷三十五孝義列傳。

奉題冠甫教授《青瀓集劫餘錄》

吾亦愛吾鄉，人材欣輩出。君爲集大成，天與瑚璉器。士芳(註一)應斂衽，淑均(註二)讓頭地。運筆如有神，百家盤腹笥。命世雕龍手，匡時吐鳳才。致身光楚望，斲句匹袁枚。學術中西合，揮毫混沌開。潔身守儒素，孝友似顏回。修齊堅德一，綺歲功言立。鄭谷主風騷，表聖幾早識。世事通古今，篇章擅華實。誕生有自來，名就定陰騭。細味青瀓集，甘醇勝豢芻。鏗鏘似金石，輝潤媲璠璵。不惟呿小謝，尤足睢大蘇。微言搜象外，少即奠鴻圖。

註一：楊士芳，宜蘭人，同治進士，蘭陽仰山書院第二任山長。

註二：陳淑均，福建人，嘉慶舉人，仰山書院首任山長。

甲申春日造訪思謙副所長於友竹居既叨珍饌又惠佳章別後賦呈誌謝

觀海難爲水，今始體微意。鱣堂春雨歇，簾外竹彌翠。明公善誘人，鹿鳴鼓笙吹。瞻慕喜盍簪，十觴不知醉。聲譽重儒林，人情閱古今。筆落驚流輩，詩成抵萬金。斑斕「世紀頌」，彷彿「北征」吟。斐然歌「合掌」，朗洛(註)是知音。風誼友兼師，緣證三生石。翰墨契苔岑，論交成莫逆。自惟愚且魯，人一我逾百。秉此耿介懷，千里跬步積。身世任沉浮，聖門汗漫遊。秀句杯中得，眞詮象外搜。帝王無片瓦，李杜各千秋。裋糲足溫飽，毋庸事忮求。

註：謙公所作新詩「合掌」，謝輝煌先生評曰：「意在筆先，言在意外。」至為允當。竊惟其風格與美國大詩人郎梵洛十分神似，爰舉其名作「箭與歌曲」以資對照：

THE ARROR AND THE SONG

I shot an arrow into the air,
It fell to earth, I knew not where;
For, so swiftly it flew, the sight
Could not follow it in its flight.
I breathed a song into the air,
It fell to earth, I knew not where;
For who has sight so keen and strong,
That it can follow the fight of a song?
Long, long afterward, in an oak
I found the arrow, still unbroke;
And the song, from beginning to end,
I found again in the heart of a friend.

敬步思謙副所長〈八十登山自壽〉瑤韻

友竹勝文同，居之曷云陋？八秩慶懸弧，華封祝眉壽。性本愛丘山，非欲醉醇酎。虬枝拂霄雲，驪珠探霽岫。蓮莆生廚中，飽飫香盈袖。追陪汗且僵，神矣詩新舊。公是千歲人，著作存宇宙。天挺振風騷，仁心何孔厚。

項毓烈詞丈途次惠贈《雅達散文集》《雅達詩詞集》賦此誌謝

詩詞抒情性，文章敘理論。體裁容有別，究實係同源。俱以載吾道，禮教賴維存。二者並鳴世，寥寥星在晨。先生最卓犖，兼擅若隨園。洪爐鑄羣籍，成就一家言。博議追韓柳，高詠擬蘇辛。卻憐持弱羽，猶冀伴鴻鵷。

馬芳耀先生《湖海儷辭選》題後並謝惠序〈風櫃斗賞梅〉

頻傾老瓦盆，迴諷儷辭選。詞意兩高騫，頡頏今蓋鮮。興懷揮彩筆，清新不用典。自從梨棗後，耆宿紛袛斂。方擊唾壺時，序梅忽辱貽。陸潘奚足道，班馬未爲奇。摛藻才無敵，雕龍筆一枝。追陪倘有分，未恨識荊遲。乍聞鴉翕習，始覺簷掛日。綆短難汲深，遑論憑蠡測。相形彌見拙，徒此清芬挹。詎惟盡珠璣，灑落塵迴出。騰踔古瀛洲，嫡傳楚望樓。人爭隨驥尾，君獨占鼇頭。腹貯詩書富，心甯章句囚？倬彼千秋雪，化爲萬里流。

陳无藉詞丈獎飾《柳園紀遊吟稿》次韻誌謝

雙鯉傳佳構，楊春白雪吟。等閒一著墨，寄意即玄深。元音箋裡奏，如聽無絃琴。愴懷〈園有桃〉（註一），慤士費苦心。怪底工辭賦，積學貫古今。文名揚藝苑，壇坫擅題襟。鬱陶賦〈蒹葭〉（註二），何時一盍簪。風裁欽脫俗，譬比仰高岑。

註一：《詩・魏風》篇名。詩序謂賢者憂心國事之詩也。

註二：《詩・秦風》篇名。詩序謂懷念親友之詩也。

卷一下　七言古風四十二首

述懷

得魚思熊掌，省識兩兼難。心放才華盡，江郎一例看。是故聖人徒，格致未休閒。終身奉一德，萬事難並歡。三日不讀書，面目令人醜。曳裾侯門以驕人，何若春風一杯酒。少時不學老何爲？鬢髮俄而成白首。解識浮生大塊遊，榮華富貴難持久。爭似高名百代留，遮莫貧居室如斗。

九思軒主人有（註一）詩見示次韻奉和 一九六八年作

讀公詩見道根源，嚮嗣風騷六義存。炯炯丹心昭日月，浩然正氣壯乾坤。伊余心放得收回，其喜洋洋無過此。誓將一割奮鉛刀，刺股懸頭讀諸子。忘年結契沐春風，提攜後進如歐公。心地翛然何所似？一例安禪制毒龍。我願而翁身益健，興來把酒醉樓月。一觴一詠敘幽情，韻事年年賡不歇。昌詩振鐸九思軒，儒雅風流望儼然。江山嘯詠有奇氣，千載爭光〈寶劍篇〉(註二)。

註一：九思軒主人即黃鑑塘先生。

註二：《唐詩・郭震傳》：「武后召與語，奇之，索所為文章，上〈寶劍篇〉，后覽嘉歎。」

《萬里詩草》題後

朱萬里先生著

先生系出文公孫，即今德澤蘇州存。嬗傳乃祖避洪亂，高郵卜徙襄淮軍。功成姓字垂竹帛，嗣君輾轉居台員。識荊荏苒逾卅載，詞章句法承陶薰。三多勉更羣籍贈(註一)，〈楊花〉悟得牂頭墳(註二)。筆揮公乃寫胸妙(註三)，深微閒淡胥精醇。楊、劉致力堆故實(註四)，艱澀贏得歐公云。仙翁有子不知老(註五)，待看雛鳳名揚親。中華詩學歸管領，風騷行見追先秦。鄭聲亂雅漫惆悵，排奡力足旋洪鈞。栽培提挈愧恩遇，叵奈斧鑿隳華芬。聱牙佶屈窮意志，篇篇盡是刀斤痕。固知庸俗不可醫，別才始信非空言。瞻前忽後學趨步，循循誘覿詩根源。

註一：余弱冠時，曾不自揆，以五律〈蘇澳即景〉瀆呈時任臺灣水泥公司資料科科長兼《台泥月刊》主編朱萬里先生。其詩云：「五澳鎮瀛洲，三仙話海樓。白雲依靜渚，碧水弄輕舟。鳥語資人樂，漁歌喚客愁。避秦留勝地，何用覓丹邱。」勉強湊泊，然先生不忍以矩矱繩之，仍刊諸《台泥月刊》；並惠贈《詩論》、《詩與詩人》等書籍。且以三多（多讀、多作、多遊歷）勉之。

註二：朱先生〈楊花〉四首，骨氣奇高，詞采華茂。且意在言外。《詩經》小雅〈苕之華〉：「牂羊墳首，三星在罶。」之旨，先生得之。

註三：陳師道《後山詩話》：「淵明不為詩，寫其胸中之妙爾。」

註四：魏泰《臨溪隱居詩話》：「楊億、劉筠作詩務積故實，而語意輕淺。」

註五：葛立方《韻語陽秋》：「蘇老泉詩：『歲月不知老，家有雛鳳凰。百鳥戢羽翼，不敢呈文章。』則二蘇少年時即揚名矣。」

蔡鼎公《晚學齋新編次卷》題後 柏梁體

君不見、九秩傳經老伏生。聖主恭迎上明庭。又不見、陸游籌添耄耋齡。萬首詩篇照汗青。濟溺嶽曾降呂、申。復加韓杜與蘇辛。叔世毋庸嘆鳳麟。天教難老策文興。八閩靈氣鍾公身。詩書雙絕世無倫。德言功立異常人。揮灑乾坤筆有神。坐忘襟懷徹底清。利名鐘鼎鴻毛輕。佳兒跨竈顯慈親。蔗境彌甘美善眞。次卷迴諷擅俊新。氣呑兩漢薄先秦。雄詞磅礴藐崔駰。餘事居然迥出塵。說文解字究稽精。腹笥便便貯五經。詩成筆落雨風驚。繼往開來有定評。杖履追隨卅載更。鄙寬懦立志堅貞。提攜後進媿雙程。立雪多人渴識荊。鷗鷺無疑席不爭。文章道德冠蓬瀛。精神矍鑠是祥徵。福比汾陽壽比彭。

蔡鼎公《晚學齋新編卷三》題後

卷三秉燭讀新編，萬丈文光爭日月。古來學杜何其多，公獨得皮兼得骨。探驪倚馬倩誰儔?曲度陽春翻白雪。德音臧懋遍人寰，裙屐聯翩競芬躡。杖履追隨卅載餘，每看摛藻久睢呿。聖代風騷歸雅正，六朝頹靡盡蠲除。全臺環顧無餘子，百世咸推一大儒。著作等身垂宇宙，頡頏兩賦媲三都。稟異韋編三絕早，俊新怪底似庾鮑。宏開壽域慶懸弧，祝嘏賓筵頌天保。便便腹笥埒邊韶，八索九丘書讀飽。淋漓大筆灑乾坤，十洲五嶽留鴻爪。鬱茂靈椿德望崇，詩書雙絕冠瀛東。氣節直追蘇玉局，詞章無忝李空同。矢志振興風雅頌，半生卓立德言功。康寧福壽謳難老，舉世嵩呼矍鑠翁。

蔡鼎公《晚學齋新編卷四》題後 柏梁體

潭府多書勝鄴侯。架中萬卷插牙籌。博聞彊記譽時流。過眼不忘稟賦優。倚馬文成速置郵。磅礴氣勢吞曹劉。百家於公似一漚。幼婦齏臼象外搜。區區章句豈能囚。省識庖丁善解牛。顯名不獨爲身謀。提攜後進追韓歐。黃髮垂髫立雪收。學得詩書素願酬。巍巍德望冠瀛洲。奔競圖形遍遐陬。我幸有緣與之遊。杖履追隨卅載悠。卻慚憒悱兩皆不。漫勞啓發類軻丘。餘年雅欲踵仲田。未能入室惹煩憂。願教嵩壽與椿侔。海屋籌添八百秋。精神矍鑠媲驊騮。永明雙目過離婁。朝朝萬字寫蠅頭。聖道宣揚溯漢周。鳳麟隱晦不足愁。鐸振遺徽見魯鄒。等身著作仰宏猷。德言功立世無儔。

蔡鼎公《晚學齋新編卷五》題後 柏梁體

鵬飛鯤化逍遙遊。曲翻白雪古瀛洲。文學精湛紹子游。法書遒勁埒鍾繇。聞一知十畏前修。提攜後進效韓歐。才氣縱橫難以章句囚。黃絹幼婦輒自象外蒐。天爲木鐸鄒魯遺徽耀海陬。大雅扶輪不屑肥馬與輕裘。藏書萬卷學富匹鄴侯。心懸天下後樂而先憂。聲望崇隆騷壇耳執牛。著作等身卷五是其尤。聰如師曠瞭若離婁。詆訾紫鄭明辨薰蕕。學究天人格致儒釋貫莊周。人瑞國瑞聖主蒲輪屢聘求。淡乎名利親鹿麀。忘卻機心狎鷺鷗。精神抑抑歲月悠悠。南山獻頌北海添籌。玉貌圖形百二州。道德文章第一流。

蔡鼎公獎飾《讀書絕句三百首》次韻誌謝

讀書爲求趣，嘯傲足平生。質野(註)得其所，文史愧徒宏。問君何以孜孜？布衣混世貴無名。聊將涉獵留鴻爪，覼縷記述諸公呈。奈何舉一未三反，簡練揣摩總不成。蹈甕誰識冥搜苦，閉戶蒙衾魂夢縈。兩句三年得非妄，罔知枯澗不生泉。仰祈揮塵指迷津，導航文海泛蓬瀛。

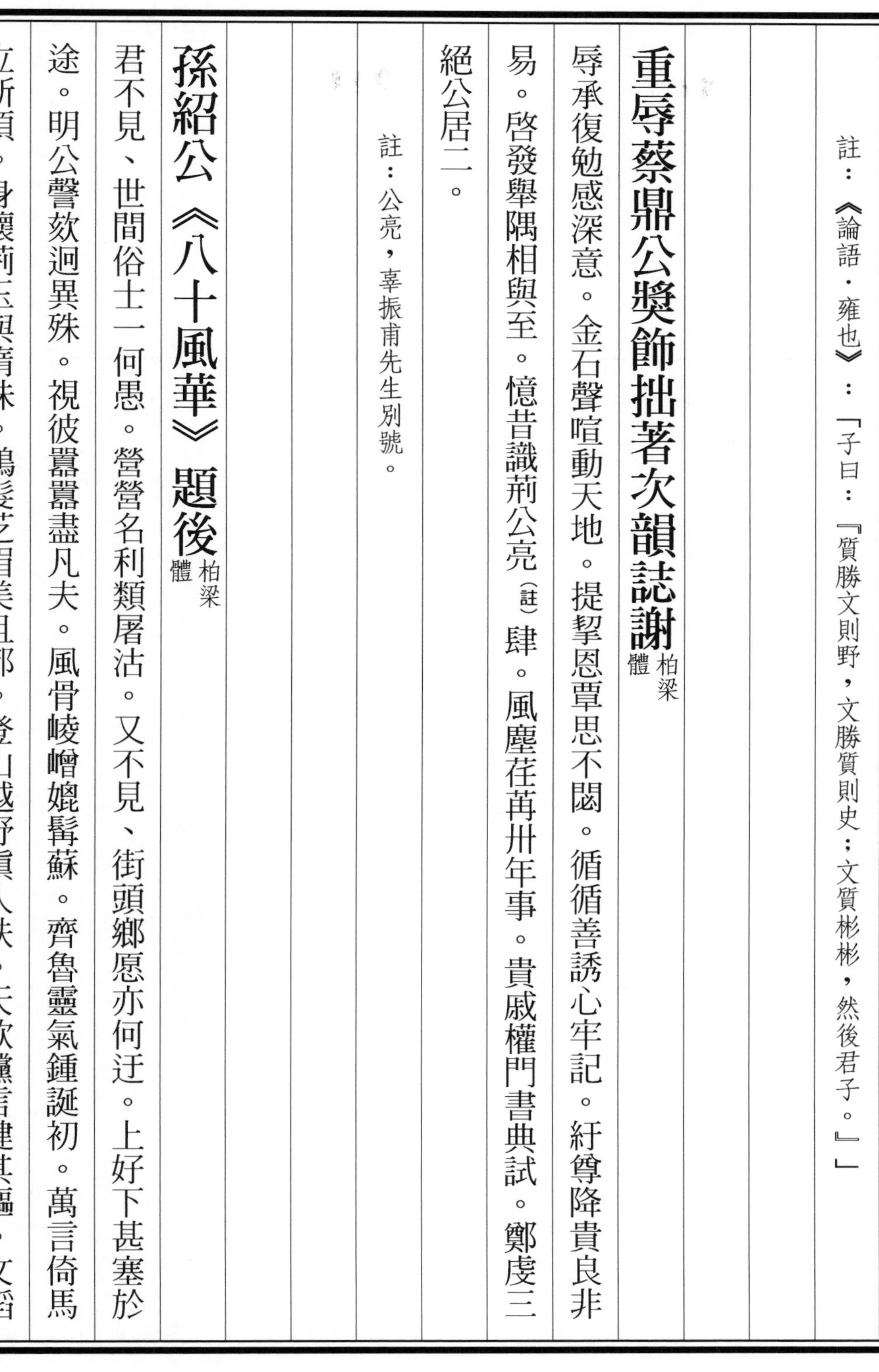

註：《論語・雍也》：「子曰：『質勝文則野，文勝質則史；文質彬彬，然後君子。』」

重辱蔡鼎公獎飾拙著次韻誌謝 柏梁體

辱承復勉感深意。金石聲喧動天地。提挈恩覃思不閎。循循善誘心牢記。紆尊降貴良非易。啓發舉隅相與至。憶昔識荊公亮(註)肆。風塵荏苒卅年事。貴戚權門書典試。鄭虔三絕公居二。

註：公亮，辜振甫先生別號。

孫紹公《八十風華》題後 柏梁體

君不見、世間俗士一何愚。營營名利類屠沽。又不見、街頭鄉愿亦何迂。上好下甚塞於途。明公謦欬迥異殊。視彼囂囂盡凡夫。風骨崚嶒媲髯蘇。齊魯靈氣鍾誕初。萬言倚馬立斯須。身懷荊玉與隋珠。鶴髮芝眉美且都。登山越野嗔人扶。天欲讜言健其軀。文韜武略繼夷吾。八十風華直筆書。精英饜飫不勝茹。草隸眞行享盛譽。權衡當代並工無。顛張醉素漫睢呿。龍遊天外世驚瞿。揮毫周越喚爲奴。落紙羊欣羞澀姝。地靈人傑信非誣。斗量弗盡載盈車。杖履追隨何幸余。鄙寬儒立臆胸攄。褒貶森嚴法董狐。淡恬寡欲似林逋。宏揚道統作楷模。特立熙朝冠眾儒。種瓜養性隱蓬壺。鷗鷺聯翩頌九如。

孫紹公賀得文學獎次韻誌謝

揮毫眾羨詩書妙，好士差同永叔賢。愛國豪吟一六九（註），忠心耿耿世爭傳。際遇利名常避後，遘逢仁義每趨前。木鐸天教振鯤島，犁庭願遂勒燕然。獻替昌言留簡冊，垂髫讀易絕韋編。蘇門聞嘯無遺憾，荊識餘生合有緣。攜手神遊天地外，忘年誼比石金堅。何當共作高陽客，遮莫雲液斗十千。

註：紹公〈一百六十九個正步〉鴻文，揭示自一八四〇年鴉片戰爭至二〇一〇年，相距一六九年，以一六九個正步，象徵中國被列強侵略迫害情事，獲得廣大回響。鼎公奇其人，口之而不置；我讀其文，手之而不釋。嗟乎！不道詞章之感人乃爾。

孫紹公《興致隨筆》第四集題後 柏梁體

先生孫武之後昆。志決從戎領海軍。昔年乃祖靖瀛鯤。功昭竹帛樹旌門(註)。岱宗靈氣吸諸身。芝眉鶴髮骨嶙峋。桂蘭挺秀第馨溫。極婺騰輝燦紫垣。篆籀睢呿衛夫人。楷隸頡頏歐陽詢。詞雄伯仲辛稼軒。律細彷彿袁隨園，興酣下筆如有神。意猶未到氣先吞。倘使東坡一顧瞵。定教斂衽無閒言。貴戚權家乞索頻。幾回吐哺忘晨昏。栖栖禹甸廿三番。國粹宏揚德望尊。中孚自可信魚豚。詎若好辯淳于髡。餘事於公何足論。偉業眞堪埒馬援。雲臺泐績地天存。煙閣題名日月新。投簪興致寄斯文。晚節高標儗松筠。耄齡氣色似朝暾。越野登山驚驥奔。底日丹書備蒲輪。輔弼元戎拯烝民。

註：孫爾準（一七七二～一八三二），字平叔，一字萊甫，江蘇金匱人。嘉慶十年進士，道光三年任福建巡撫。四年巡閱臺灣，平彰化、淡水之亂。詔加太子少保，賞戴花翎。卒諡文靖，祀名宦祠。工詩，尤長於詞，著有《泰雲堂詩集》、《雕雲詞》、《荔香樂府》、《海棠巢樂府拈題》等。

孫紹公《興致隨筆》第五集題後 柏梁體

平生最愛讀公詩。俊逸清新煥乎詞。涵今茹古早名馳。揮灑乾坤筆一枝。典墳格致入深微。雅扢騷葩譽嗣徽。卷中字字盡珠璣。嬗遞猶堪作鑑龜。迴觀書藝久呿睢。草隸眞行迴出奇。驚呼怒驥與奔猊。妙絕懸針垂露姿。換鵝把酒樂無涯。羨煞坷鄉何紹基。家學淵源世豈知。但看筆氣薄羲之。書讀五車繼惠施。謙沖不伐益欽遲。躅踵陶潛眘義熙。忠心耿耿愍羣黎。飲酣搦管寫襟期。國計民生念在茲。人物風流賴品題。或褒或貶總無私。燈前雒誦百千回。老瓦盆傾逸興催。麈談剴切儗袁枚。若睹青天雲霧開。灌園早失漢陰機。鷗鷺相親渾不疑。一年一集冠三臺。爲問伊誰比得來。

孫紹公(註)《興致隨筆》第七集題後

世間第一風韻事，必待第一風人詠。歷下從來名士多，公尤卓犖才雄雋。杜陵昔日宴名亭，環顧雲山詩發興。戰國羣英會稷門，縱橫捭闔千秋盛。地靈人傑信非誣，至今竹帛留名姓。倬彼不朽人，惟公與之競。一自八十風華梓成後，兩岸推譽不置肅然敬。歲歲裒一集，似鴻來有信。騰踔復排奡，爲問疇能攘臂相較勁？學固富其詞，要非至誠焉能踐形見眞性。巋然著作壯乾坤，怪底聲華年遹駿。德門長慶樂桑榆，恩澤流光身屋潤。興酣萬斛瀉珠璣，天生七力一人僅。華光殿上是何人？飲已休誇賦競病。我幸與交游，光霽如寶鏡。雒誦百千迴，惕勵思奮迅。

註：周中藩吟丈謂公為詩賦有七力：思惟力、想像力、博聞博覽力、進取力、記憶力、發揮力及神速力。

孫紹公獎飾《讀書絕句三百首》次韻誌謝

菲才漫綴詩三百，妄自論人未自論。渥荷摛詞多獎掖，曲高難和久傷神。沾名竟昧師藏拙，下智焉能寤屈申。茹古涵今冠流輩，佳兒跨竈樂天倫。聲華籍甚蜚殊俗，性格純眞是可人。懷瑾佩瑜奚足道，先生手握駭雞珍。爭謳瀛海無雙士，競頌靈椿八百春。權概聖朝誰得似，詩書合沓狀奇新。

寧福樓宴聚辱承紹公厚貺瑤章武韻誌謝

德器頡頏黃叔度，靈鍾岱嶽挹洙川。樂安郡望流芳遠，用舍行藏法聖賢。少負元龍湖海氣，固將富貴視雲煙。誥贈常居馮異後，渡江寧讓祖生先。鯤化滄溟鵬矯翮，政壇敭歷性通圓。菲邦闢寄雄才展，魏闕心懸意志堅。致力治平繩祖武，髫齡三度絕韋編。上庠振鐸參樞密，仕宦生涯嶺躋巔。世界名區蹄信馬，歸來覼縷入新篇。胸懷韜略時無兩，詞擷騷葩彙萬千。壽比莊椿天錫嘏，人間要有地行仙。書遒嫡嬗孫虔禮，詩妙瓣香孟浩然。解甲故侯甘淡泊，東門昕夕植瓜田。百戰殊勳誰媲美，一枝彩筆獨鮮妍。雕龍繡虎昌家學，五集斑斕奕世傳。最是暌違纔數日，覃思魚雁夢魂牽。

孫紹公獎飾《柳園聯語》武韻誌謝

誕即靈鍾齊魯氣，塵揮晴貫斗牛芒。千軍筆掃雲煙動，三峽詞翻濤浪揚。學究天人知仕隱，曉明象緯慎行藏。瓜鋤栗里迎禧福，芝采商山納祉詳。瀛海抗倭繩祖武，菲邦奉使沐恩光。遨遊世界身心壯，清淺蓬萊歲月長。溯雅源騷詩義邃，銀鉤鐵畫骨筋強。迴環雒誦猶難已，簡練揣摩空瓣香。

孫紹公賜賀八秩賤辰次韻誌謝

弱羽從來未奮揚，蹉跎歲月度年芳。自是才疏兼學淺，相望異代愧康、梁。偃蹇數奇途坎坷，前程欲邁日昏黃。潢池浸晒魚千里，猶自淹留滯一方。性好偷閒常懶散，叨承鞭策賴賢良。瑤章賜賀拱如璧，撫髀賡歌浹日忙。願教書讀得眞趣，慵與人爭一日長。太息營營難忘卻，不容遯世效嚴光。居諸日月年華逝，放眼前程嗟芴芒。少時力學不辭苦，文海亟思一葦航。無奈生來才力薄，馬齒徒增志難張。而今老矣成何事，孤負親師誨文章。頹齡猶欲賈餘勇，聊貢芻蕘期道昌。追陪杖履眞榮幸，不殊三接令公香。幾曾簪盍忘賓主，一舉無辭累十觴。壽添益健知天意，待看王師復漢疆。

鄧璧公《袖山樓吟續》題後

胸中盤鬱書萬卷，下筆從容自有神。足底遨遊遍天下，興懷嘯詠更無倫。排沙見寶尋常事，擲地頻聞金石聲。兩岸重瞻鮑俊逸，千秋復覿庾清新。咸推瀛海無餘子，僉謂風騷絕代人。功蓋雲臺繩祖武，詩宏聖道吐明庭。儒林孰與平駢肩立？龍鼎誰同一手擎？杖履追隨逾廿載，愓除鄙薄振瞢騰。

鄧璧公《袖山樓吟增》題後 柏粱體

先生鄧禹之後昆。技擅探驪氣雄渾。壯懷激烈事戎軒。文韜武略冠羣倫。抗倭八載著殊勳。謙沖不伐入殿門。馬稅華山島闢鯤。盟鷗狎鷺道義敦。揚風扢雅醒國魂。中華古典社創新。卅年累月出詩刊。宵旰劬勞點勘勤。袖山樓稿地天存。茹古含今醇又醇。吟增未讀氣先吞。響嗣葩騷迴出塵。比肩竹垞與梅村。抗手舜水及香山。浩茫學術溯淵源。嫡傳方姚固柢根。顧余有幸挹清芬。杖履追隨垂廿春。詞章義理得陶薰。差喜儒立且鄙寬。無慚弱羽伴鴻鵷。叵奈天道不可聞。雒誦頻傾老瓦盆。憤悱不覺日朝暾。鐘鼎於公何足論。斐然三立德功言。排奡騰踔媲文園。才華天縱筆凌雲。

江沛公餽贈《國朝先正事略》四巨冊 柏梁體

先生啓後媲韓歐。亟欲甒生早出頭。萬卷詩書貯逸樓。勝朝事略乃其尤。慨然持贈義情遒。刓弊不曾蔑豫猶。連城聲價譽琳球。亦類鳳凰與鳲鳩。化蠻移硯到荒陬。彼蒼遣我從公遊。幾曾立雪以詩求。握髮吐哺靡言不。長健吟躬天有眸。碩頎鶴骨清而修。月泉分課親校讎。吾社聯盟耳執牛。振鐸栖栖爲道憂。抆揚騷雅展嘉猷。魯人愚昧謂東丘。怪底商山四皓留。文章粲溢世無儔。書藝咸推第一流。醉素顛張合比侔。大蘇小謝共悠悠。督師囊日戴兜鍪。綏靖中原百二州。獻策元良借箸謀。功昭黨國績輝彪。恩覃意重感難休。歲月浸淫僾菀裘。翻憐蹇劣好安偷。誠恐涓埃乏報酬。

甯佑公《守愚吟草》第四集題後（柏梁體）

字字咀來醇又醇。隨興頻傾老瓦盆。襟懷灑落藻繽紛。宋豔班香合並論。胸中盤鬱及典墳。怪底篇篇擅俊新。瀟湘靈氣挹其身。搖動江關筆有神。棄繻曩日效終軍。憑軾馳驅屢建勳。馬放華山志更伸。揚風扢雅振臺灣。丹鉛點勘幾忘餐。宵旰劬勞歷苦辛。古典詩刊老斲輪。管領風騷四海喧。復興文化醒黃魂。省識莊生鵬化鯤。守愚祖訓服拳拳。卑牧謙沖望益尊。我欲因之遂高攀。卻慚弱羽伴鴻鵷。翰墨交遊二十春。不惟儒立且鄙寬。雛鳳聲清遠近聞。雙修福慧非無因。頹波横制史留芬。蔗境彌甘美善眞。事朋如鮑末斤斤。尺璧可擲寸陰慳。巋然著作壽乾坤。公是當今千歲人。

勁柏詞丈《吟作鴻爪》題後

篆籀睢呿蕭子雲，草隸頡頏王逸少。退筆如山未足奇，一頃清池都黑了。顧公書道本天生，不待公孫大娘劍揮曉。搦管龍飛風雨驚，詎若羊姝羞澀人絕倒。餘事詩詞更出羣，邃深六義識其眞。等閒遣興一題詠，四面青山景色新。象外玄珠非浪得，人間富貴視浮雲。蓬萊寄跡留鴻爪，響嗣風騷世靡倫。我亦隨人戲墨汁，髫齡昕夕弄毛筆。昧知劣性本難移，點畫勾勒空勤習。凝睇炎藤自愀然，春蚓秋蛇滿斗室。智愚相去似天淵，歲月蹉跎嗟弗及。未忝先賢黃叔度，克承乃祖賓胥無。動搖五嶽詩心壯，奔迸三江筆力殊。換鵝放鶴止而足，倚馬探驪實若虛。欲答愧無青玉案，漫將俚語表區區。

庚寅夏仲剛屏(註一)詞丈邀飲賦此誌謝

先生浩氣吸三湘，又挾罡風挹武岡。孫僑帳下子太叔，尼父心中公冶長。桂折姓名題雁塔，杖朝書畫振鯤疆。好學孜孜出天性，虛懷自牧益謙光。學書初學王右軍，溟涬淵渟瞻筆力。丹青發憤欲忘餐，身似於菟添羽翼。貴戚權門得寶雙，玉堂華屋始生色。落紙如煙蓋有神，六藝全能比蘇軾。珍殽佳釀饗天廚(註二)，賢主嘉賓樂只且。一舉十觴猶不醉，劇談笑謔盡歡娛。王侯將相邯鄲枕，畢甕高池是達儒。此日碑廊膺泰斗，千秋無忝聖賢徒。

註一：唐謨國先生字剛屏。

註二：天厨，餐廳名。

湘松歌　祝唐謨公嵩壽

噫吁巇仰乎高哉！湘松直上欲摩天。髯榦崚嶒挺衡嶽，柯枝修廣蔽瀛堧。龍鱗溜雨星霜古，鶴骨吟風歲月遷。瑞氣熊熊輝極婺。祥光炯炯耀璣璿。生平心折惟梅竹，檢點神交是梓楩。樾蔭暍人三萬里，婆娑閱世八千年。君不見尼父贊後凋，傲雪螭蟠翠蓋圓。又不見秦皇封大夫，珥貂鵠立丹陛前。根移蓬嶠得其所，口吸沆瀣不老仙。白日鷺鷗欣信宿，黃昏鸞鳳喜留連。屢看鼎革如棋弈，幾見滄溟變桑田。兩岸騷壇齊祝嘏，謳歌爭獻岡陵篇。

培生社長《星空夜語》題後

仁敬爲人面和藹，平凡之中見偉大。稽公皇祖好時侯，武略文韜不世出。千秋胤嗣更增華，亮采事功才穎異。國朝官拜執金吾，著績洄瀾冠羣吏。星空夜語汪仲民，接篆吉安記履新。窈窕佳人赤繩繫，山盟𢊁舍締婚姻。水上指揮欽若定，權奇倜儻掃煙塵。新城積弊化烏有，仕宦亨通壯志伸。榮調南投警察局，忠勤贏得聖恩沃。後備軍人賴煦熙，取締邪教正風俗。幹練貞明上級褒，不辭抗命護曬穀。航空警所步青雲，先生器度式如玉。一卷風行眾目瞻，抒懷回顧兩相兼。爲官四紀勤清慎，律己無頗禮義廉。詩書畫妙驚鷗鷺，美善眞全羨鰈鶼。福報纍纍有餘慶，從知天道眷勞謙。

玉山歌送自力博士赴港講學 柏梁體

須彌之北古瀛東。一柱擎天破澒濛。睥睨羣巒培塿同。長年積雪摩蒼穹。巋然浮出水晶宮。騰踔瑰奇氣概雄。南亙馬磯北雞籠。逶迤地脉勢巃嵷。如詩如畫忒玲瓏，艷說纍纍寶蘊豐。奧祕紛傳世不通。四時靉靆白雲封。幻成三朵玉芙蓉，夾輔日月造化功。燮理陰陽在箇中，揩頤凝睇感何窮。故人學術世推崇。都講珠江德望隆，銀槎乘載御長風。國粹弘揚紹冶弓。擊拊黃鐘震辟廱。三千弟子肅聆恭。轉憐聚散太匆匆。祖餞旗亭酒萬鍾。折柳依依片語供。他鄉雖好莫歸慵。那堪契闊苦無悰。廿載交遊蟨與邛。塵洗旋還樂事融，北山猿鶴喜重逢。徜徉攜手爪留鴻。嘯詠蓬萊第一峰。

《夢機六十以後詩》題後（次其「蓬瀛篇」瑤韻）

文瀾浩瀚如蓬瀛，韻成耆宿咸欽驚。反常合道得奇趣，胸盤武庫眞高明。詞華一瓣一咀嚼，甘醇味勝黃金橙。風騷嗣響人競仰，天生才氣何縱橫。中年沉鬱師老杜，自將收斂西崑聲。風痾或許陰騭定，期君振藻玫瑰城。尋詩詩外脫塵俗，百家諸子精求精。頹波抑制歸雅正，仲尼若考多其成。雲深霧窟安豹隱，堯封禹甸蜚才名。辟雍弟子學思切，相將立雪門趨程，留香艷說比荀彧，片言四座春風生。浩園勝日賞花鳥，手揮目送蚩蚩氓。排奡騰踔與人異，似翻碧海奔長鯨。漫嗟偃蹇蟄知命，山川要以清詩鳴。

冠甫教授獎飾《日本紀遊詩草》次韻誌謝

偶向扶桑看朝日，騁懷興逐清秋發。霜楓夾岸勝紅花，水石佳處人如織。繽紛霞彩出椒丘，喜見金烏初掘閱。流連光景有餘欣，稅駕平泉詩獻佛。五蘊俱空悟昔非，青山不負梵筵謁。龍王峽裡徑偏幽，隔葉頻呼泥滑滑（鳥名）。雙瀑蒼茫落九天，仰觀脅息岩吹割（註）。紀遊吟草辱推譽，究實了無一可悅。

註：指吹割瀑布。位於龍王峽與鬼怒川溫泉之間，兩條瀑流，對瀉而下，巉岩沖開，聲如震雷，雄偉壯麗，世所罕見。

參觀淡江大學並聆聽緩籲（註一）、南佳人（註二）兩大師演講感賦

大屯毓秀勢巃嵸，淡水淵渟若圖畫。金鑰千秋鎖北門，劉公筆跡垂天地（淡水砲台上有劉壯肅公親書「北門鎖鑰」四字）。波光瀲灩海瀰漫，學府源流溯洙泗。結伴登臨草木芬，雲霞蔚綺山川媚。藍篳竇宮記昔年，沾臺遺澤仰梅川。繼繩天予賢甥館，化育菁莪策劃全。德智體羣勤橐籥，中英商數理薪傳。成材棫樸爲梁棟，功蓋中華國運緜。翬飛鳥革何輪奐，畫柱雕甍入雲半。設

備師資譽論崇，僉言六藝皆掄冠。河汾矩矱式瀛堧，鄒魯遺徽昭海岸。決眥鯤鵬擊巨溟，凝眸鸞鳳翔霄漢。咸欽仲舉（註三）卓風裁，玉潤冰清氣度恢。邀得縵盦作都講，全場鼓掌響如雷。二難四美齊賅備，一唱三嘆逸興催。上庠振鐸流風遠，蔚起英髦有自來。東寧才子南佳人，著書破解紅樓夢。章回百廿隱衷情，惹得羣賢紛聚訟。謎底多君為揭開，塵揮臺上言偏中。主人翁是平西王，如珠妙語醒聽眾。高會宏開五虎崗，絃歌斷續出黌堂。樹人不是尋常業，慘澹經營六十霜。萬選參苓歸藥籠，三千桃李蔭門牆。權衡國內無雙譽，不振天聲紹漢唐。

註一：張壽平教授別號。

註二：李瑞泰先生別號。

註三：「仲舉」指是日主持演講會之陳冠甫教授。

題孫晉卿大師百駿圖

國朝以來畫天馬，匠心獨運數孫侯。氣奪伯時與韋偃，別開生面掃驊騮。先生下筆蓋有神，得名卅載譽全球。圖開百駿氣深穩，奔雷逐電震九州。漠漠胡沙生縞素，風騣霧鬣寒颼颼。雙瞳夾鏡耳錐卓，膺門抹赭汗走溝。八極四荒闊天步，騣騣騋牝爭出頭。霜蹄四百躡日影，騰驤撼動崑崙邱。虎文鳳臆渥洼種，天閑十二此中求。房星接趾並齊亍，旦刷荊越晝秣幽。乍看騏驎地上行，欻見驌驦天際游。蘭筋權奇古無有，浪說周家八駿優。肉中畫骨失曹霸，定邀伯樂考鍛謳。世界畫工累逾億，珠槃玉敦耳執牛。才雄落筆窮殊相，一洗萬古夙願酬。窺今鑑古無餘子，繼往開來第一流。

孫晉卿大師餽御品太平猴魁佳茗誌謝

孫侯寵惠感難勝，太平猴魁稀世珍。知我濩落沈潛久，故貺孏茶振精神。便借坡公詩一句：「從來佳茗似佳人。」我欲因之致謝忱，苦吟無奈髭撚頻。扶笻汲取北山泉，活水還須活火烹。須臾鼎沸鶴趨避，竹閣輕飛瑟瑟塵。世情飽飫酸鹽外，雀舌龍團最可親。最憐七椀連嘗後，習習清風兩腋生。詩脾澆罷枯腸潤，滋味雋永快未曾。南山西湖不足道，顧渚武夷漫並論。安徽猴坑矞雲護，芽葉柔嫩香氣清。降火消炎似流霞，利尿解毒如丹靈。先生畫馬凡馬空，一洗萬古舉世驚。中樞輾轉得筆跡，御品催賜自高層。持歸遺我不己用，意氣懃懃難具陳。欲報愧無青玉案，俚詞堆砌表心銘。

同庚周濤山書法集題後 柏梁體

書顯周家第一人。力道直逼歐陽詢。省識犁牛尚角騂。遮莫閒關歷苦辛。時來蠖屈自然伸。八法邃研足潤身。顛張醉素筆通靈，草書揮灑日月新。病諸楷隸與行眞。爭及先生各體能。幼學鍾王即出塵。繼臨顏柳享盛名。蛟螭盤挐起剡藤。俄看九勢雲煙蒸。鏤之剞劂著譽聲。文光掩映快雪晴。故知周越合奴稱。羞澀羊欣不足矜。嶽降之說信有徵。海南溟涬鯤化鵬。先生海南島人繼往開來樹典型。三千桃李化蓬瀛。水流不競博佳評。同好紛紛求識荊。顧余臨摹自髫齡。偷儒晻昧總難成。春蚓秋蛇紙上行。歲月蹉跎七秩更。琳琅一集價連城。挑燈迴讀數昏晨。吾家詩禮負傳承。相形見拙愧同庚。

揚州徐坤慶同庚《晚香詩草》題後 柏梁體

君不見、呂望八十釣渭湄。文王迎歸立爲師。又不見、四皓八旬初度時，聖恩徵聘固漢基。先生孝穆之宗枝。天上麒麟顯遺徽。南州高士喜重窺。華夏耆英盡歸依。煥乎功德今去來。哿矣聲華畫書詩。十佳老人世欽遲，晚香詩草句探驪。二王格致妙入微。八怪替代願無違。瑾瑜懷楚珠握隨。奔競圖形遍荒陲。天資穎異少歧嶷。之無兩字生而知。才高一石埒袁枚。滎獲中樞文華杯。經史子集盡兼該。孜孜振鐸聖道恢。九州流輩仰風裁。問字載酒競追陪。灌園早失漢陰機。鷗鷺相親渾不疑。五車書讀媲惠施。物望彌高益謙卑。燈前雒誦百千回。老瓦盆傾詩思催。無疆福壽與天齊。黼黻詞章作鑑龜。

呂仁清大師書法創作展誌盛 柏梁體

蒼頡鳥篆既蝕熔。字體變化浮雲同。史籀李斯善躡蹤。大篆小篆相交融。張芝草聖脈連通。蔡邕八分登極峰。楷隸鍾繇氣勢雄。弟子衛鑠承其風。羲之蕩蕩驚跳龍。書聖頭銜百世崇。歐虞顏柳楷書宗。顛張醉素草書工。擅兼各體蘇髯翁。獨標行草米南宮。養正軒主似嵇公。風姿特秀肅肅松。學書王謝竟全功。青出於藍翕眾衷。駸駸李蔡追王鍾。天下無人攖筆鋒。恰似驚蛇入草蒙。又如飛鳥出林叢。宏開書展震瀛東。當代名家一掃空。

无藉詞丈獎飾〈柳園辭章總敘〉次韻誌謝　柏梁體

浪擲光陰歎逝川。暮年留得寸心堅。利名過眼似雲煙。奚若觀書慰目前。卻笑何曾食萬錢。輸他座對酒中賢(註)。儉腹枯腸慚愧邊韶。離鄉徒羨張翰船。公詩逸響碧雲穿。跌宕胸懷薄謫仙。烜赫聲華白日懸。當代騷壇孰差肩。合與先賢共進駢。撫掌流輩興飛遄。行仁蹈義爵修天。半酣撼嶽筆如椽。

註：「酒中賢」：酒客謂酒清者為聖人，濁者為賢人。第六句本此。見《三國志・魏志・徐邈傳》。

雪魂(註)詞長〈秋興八首步杜工部韻〉題後

古今第一風人詩，必待第一奇才和。天下爭誇學少陵，得其皮骨有幾個？先生腹笥似洪爐，金銀錫鐵盡鎔化。八篇秋興韻賡吟，清奇雅緻如陶謝。獨坐頻傾老瓦盆，一杯一句消長夜。問余何事不知疲，癢倩麻姑搔樂假。最憐詞意兩高騫，流輩欲觀避三舍。省識山高與海深，虛懷若谷成其大。

註：趙文懷先生，號雪魂。

《樹風樓吟稿》(註一)題後

君不聞、韓彭絳灌略輸文采，又不聞、鄧馬吳王稍遜風騷。先生年垂弱冠讀書破萬卷，而立雄姿英發無忝稱世豪。爲問古今儒將誰得似？武穆文山乃得共比高。博聞強記如倚相，韋編三絕不憚勞。青雲得遇湯恩伯，飛黃騰達展鈐韜。金門襄贊胡伯玉，艘焚赤壁膽落曹。功成秩滿邃詩賦，琢句人驚壓謝陶。我生不辰未親炙，神馳心折非一朝。杖履追隨識宅相(註二)，樹風樓稿幸竊叨。老瓦盆傾百迴讀，快若麻姑癢處搔。好月伴飲醒復醉，怡然自得享咸韶。公今被髮騎麟去，懋績詞章國史褒。

註一：本書作者，范叔寒中將。其事略見漆高儒著《民國人物小傳》。

註二：宅相，指作者外甥劉緯世先生。

詠折疊扇並序 柏梁體

詩老賓碧秋先生，轉贈紹興市人民政府，慶祝紹興建城二千五百年，餽折疊扇以為紀念。正面紹興古城，背面唐馮承素摹王羲之蘭亭集序，彌足珍貴，賦此誌謝。

開合方便好處多。隨時舒捲助吟哦。翟羽蒲葵不足阿。冷機電扇易罹痾。金環並束楚腰誇。玉柵齊編儗館娃。祛炎公子舞婆娑。揙懊佳人唱踏莎。仲尼莞爾臉猶遮。宓妃掩頰眼流波。物傷其類惻桃花。想像放翁畫萬家。出入班姬淚滂沱。思親題撰記東坡。搖動清談逸興賖。徐揮乍覺凱風和。裁成繭紙勝紈紗。鐵畫銀鉤不換鵝。紹興城古世謳歌。二千五百年華過。縞紵隆情意靡涯。連城價重不復加。明公才調凌陰何。底日相忘金叵羅。

雲峰詞兄夏曰陪其夫人歸寧泰京沿途採勝集六韻以贈之

南薰應律轉朱旗（唐順之），仙侶同舟晚更移（杜甫）。有約白雲迎客憤（吳錫麒），緩尋芳草得歸遲（王安石）。但覺眼前生意滿（張栻），不知春去幾多時（葉李）。怪底江山總生色（黃景仁），揮灑日月成瑰詞（黃景仁）。此行不爲鱸魚鱠（李白），呈佛何妨本色詩（吳錫麒）？一箇西湖一才子（趙翼），好風偏似送佳期（陸龜蒙）。

懷念愛犬小驄

一自仙凡長隔後，幾番廢寢又忘飢。摩挲遺物情偏慟，倩影追懷不自持。最憐潔癖兼乖巧，定省晨昏識禮儀。我自昔年遘陽九，親朋逾半日疎離。燈前讎校無知己，膝下承歡有可兒（因其可愛，故暱稱為「屁子」）。來歸一十有四載，粗食無嫌展待虧。因緣再續期來世，來世茫茫不可期。連夜音容頻入夢，哀傷不已淚漣洏。

卷二上　五言律詩一百四十四首

蘇澳即景（註）

五澳鎮瀛洲，三仙話海樓。白雲依靜渚，碧水弄輕舟。鳥語資人樂，漁歌喚客愁。避秦留勝地，何用覓丹邱。

註：一九五九年作，時余二十有二歲。曾刊於臺灣水泥公司《臺泥月刊》，詞意鄙俚，然主編朱萬里先生喜誘掖後生，見有一言之善，則極口褒賞，到處說項。若先生者，其有功於斯文哉。

讀先考遺稿 一九八一年二月二十日

蓼莪悲棄養，手澤忍時翻。白髮雄心在，青氈長物存。吟哦頻拭淚，點勘欲消魂。烈烈風難止，凄凄日色昏。

老松 瀛社七十週年全國大會

閱世逾千載，修柯望鬱森。柢根盤錯節，樑棟負初心。雷作疑龍化，蟾輝待鶴臨。大材難致用，風雨自豪吟。

春江花月夜 一九六七年中洲吟社

蟾輝波瀲灩，紅紫遍江干。倚檻憐光滿，登樓見水寬。風多花漸墜，月落夜將闌。無計留春住，滔滔感萬端。

歲寒三友 一九六七年高山文社

松竹梅相契，天寒志比堅。虛心龍化早，錯節鶴知先。玉骨羣芳妬，冰肌獨自憐。始終同一氣，不愧號三賢。

秋夕

颯颯西風起，清宵枕簟涼。蛩聲悲作客，雁影觸思鄉。壯志隨年短，閒愁逐夜長。商音彌六合，橐筆憶歐陽。

榕下納涼

逭暑榕陰下，追陪大雅羣。江山飛冷翠，荷芰送清芬。杯泛葡萄酒，毫揮錦繡文。伊誰才倚馬，李杜欲三分。

錄音機

一九六六年余加入瀛社例會作

對話全都錄，靈機構造精。親朋資寄意，膠帶藉存聲。再見知何日？重聽倍有情。時光疑倒轉，契闊慰餘生。

洗筆 一九六七年淡北吟社

帶筆溪邊去，狼毫細洗濡。幾番清滌後，餘垢已全無。留得中書在，猶堪亂賊誅。明時扢風雅，功用豈區區。

夏夜苦吟 一九六七年逸社

琢句頻揮扇，宵深汗背交。蚊雷鳴院落，蛙鼓擊堂坳。胸恨無成竹，心憐有塞茅。數莖髭撚斷，一字尚推敲。

山堂讀畫

草堂春日麗，閒覽古人圖。近水分清淺，遙峰似有無。丹青法徐、沈，仕女學曹、吳。舉世推神品，神遊心悅愉。

鯉躍龍門

一躍龍門去，魚兒志不低，揚鰭噓霧氣，燒尾上雲霓。名姓題金榜，風雷作鼓鼙。豈惟儀鮒鯽，殊足傲鯨鯢。

萬壽菊

瑟瑟金風裡，籬邊蕊綻黃。心堅長傲雪，節勁自淩霜。對酒陶潛癖，簪頭杜牧狂。河山同不老，松柏遜芬芳。

冬日尋梅

破臘南枝放，灞橋索笑來。暗香浮玉蕊，疏影印蒼苔。策杖沿幽徑，尋詩度曲隈。微吟喜相狎，琴酒樂忘回。

除夕

蓂落今宵盡，陽生草木知。桃符除舊歲，椒頌賀春釐。飲罷屠蘇酒，吟成送臘詩。我才必有用，不恨致身遲。

秋日書懷

蕭蕭飄落木，節候感推移。霧冷荷枯沼，風涼菊綻籬。又縈元亮夢，陸起季鷹思。作客人千里，鷦鷯寄一枝。

新涼二首

一九六七年貂山吟社

金風初拂檻，秋氣滿臺員。楓葉欺朱蕊，蘆花妬白雲。鵲橋會牛女，鱸膾憶榆枌。肅殺傷搖落，商聲不忍聞。

其二

陡覺涼生袖，天空歛火雲。悲秋蘇玉局，插菊杜司勳。極目回鴻雁，題襟萃屐裙。蛩聲和笛吹，愁思亂紛紛。

賦呈義德父執

吾愛林夫子，翛然類蘇、辛。紅顏霞靄寄，白首鷺鷗親。世事通今古，文章擅俊新。清芬如可揖，願作執鞭人。

次韻　宜民林義德

天外來佳句，知君用力辛。情深才又俊，夜靜語猶親。長物青氈在，驚心白髮新。何時重促膝，同作不眠人。

懷仰安父執 一九七三年

書劍涴京塵，居諸日月頻。春風馬帳暖，魂夢草堂親，利逐黃粱假，名垂青史眞。鬱陶愁萬縷，底日面前陳？

次韻　仰安張火金

世態蕩囂塵，思潮起伏頻。感君殷致意，視我以周親。生死無今古，名聲有假眞。文章愧陶賀，過譽懼伸陳。

二疊

超然脫俗塵，翰苑報名頻。舉世都言義，惟君最可親。文章爭李、杜，品德賽轅、眞。曠達懷才略，多能不用陳。

三疊

室雅淨煙塵，高朋拜訪頻。詩登新境界，誼重舊交親。身顯椿萱茂，名清孝友眞。故鄉人問訊，樂得代君陳。

太魯閣紀遊　宜民林義德

狹谷閒中外，同來破曉初。洞天驚九曲，人瑞羨雙居。絕巘誰留字，危崖客走車。奇峰雲乍歛，似劍插空虛。

次韻

魯閣風光麗，登臨日上初。天祥遊客萃，霧窟有人居。嗚咽泉吟石，逶迤壁走車。逍遙白雲裏，決眥盡清虛。

知本春浴　宜民林義德

春日遊知本，名山世久聞。泉溫堪滌垢，水滑好湔裙。撫景花爭艷，敲詩句出羣。華清同比擬，勝地絕塵氛。

次韻

湯泉饒勝概，知本邇遐聞。荳蔻迎紅袖，芙蓉妬茜裙。德高才自縱，筆落意超羣。豈不思顰效，難祛是俗氛。

蘭城遠眺　宜民林義德

疑入桃源裏，雞鳴巷陌連。亂山環小市，一水接遙天。龜嶼乾坤古，龍潭草木妍。撩人無限意，隔海望樓船。

次韻

噶瑪蘭城望，氤氳運闤闠連。龜峰朝海日，龍渚接鷗天。騷客詩心壯，桃源洞口妍。卻看蘇澳港，吞吐泊輪船。

客中坐雨　宜民林義德

盡日聽瀟瀟，連綿暮復朝。小樓人意懶，孤館客心焦。天許身能靜，誰憐路尚遙。寒燈聊作伴，離恨付江潮。

次韻

簾外雨瀟瀟，連綿已數朝。鵑啼鄉思切，鳩喚客心焦。時節重陽近，關山萬里遙。枕欹人不寐，臆起廣陵潮。

夏日謁天臺寶宮　夢若洪寶昆

習習薰風裏，驅車詣祖師，萬民歌聖誕，一社卓詩旗。覺路開今古，迷津出早遲。我來空色相，此地勝瑤池。

次韻

陣陣荷香裏，天臺謁祖師，梵音窮碧落，日月轉朱旗。問字應非晚，執鞭猶未遲。高吟頻側耳，逸韻似咸池(註)。

註：咸池，黃帝所作樂名。

月宮　嘯庵李有泉

廣寒凌碧漢，清絕不沾塵。玉兔含輝麗，冰蟾吐影新。香飄丹桂遠，曲奏羽衣頻。獨羨明皇到，風光看最眞。

次韻

蟾窟凌雲漢，清輝絕點塵。孤懸九霄古，一鏡萬年新。漢使槎來後，唐人桂折頻，滄桑任變幻，面目永維眞。

洗筆　嘯庵李有泉

雙管池邊濯，如新面目俱。一絲塵不染，半點垢全無。淨滌裁詩句，輕鬆作畫圖。朝朝勤洗滌，莫使墨痕糊。

次韻

一管溪邊濯，驪龍影爪俱。淋漓薰尙有，淨滌垢全無。藝苑憑揚志，騷壇遂壯圖。中書清潔後，不見墨含糊。

春眠三首　嘯庵李有泉

好縱睡魔驕，春窗破寂寥。鶯聲庭外囀，燕語枕邊飄。欲起情猶懶，仍眠興正饒。夢遊孤嶺去，看遍玉梅嬌。

其二

化蝶隨風去，蘧蘧春正韶。懵騰千慮散，展轉百愁消。庭外花光麗，窗前日影驕。睡鄉人未起，枕畔鳥聲嬌。

其三

遮莫啼鶯叫，蘧蘧夢裏遙。魂遊身浩爽，神樂意寬饒。片刻行千里，依然在半宵。黃粱曾一覺，窗外柳風飄。

次韻三首

及第馬蹄驕，寒門破寂寥，花香衾外襲，鳥語枕邊飄。簷鐵醒猶懶，泥金興正饒。南柯原是夢，空戀館娃嬌。

其二

直向華胥去，沿途賞景韶。煩憂隨夢散，歡樂欲魂消。舉國無師長，全民蔑侈驕，懵騰新睡覺，窗外烏啼嬌。

其三

蘧蘧忘侘傺，栩栩樂逍遙。望帝鵑情託，莊生蝶興饒。十年酬壯志，一枕渡良宵。夢見周公去，王城柳絮飄。

陽明山賞櫻　怡陶黃春亮

賞景陽明上，櫻嬌興倍濃。人隨春色動，花破雪泥封。彩絢紅千朵，香飄艷八重。扶桑人憶否，來此豁心胸。

次韻

寅建陽明麗，公園櫻霧濃。欣逢春雨霽，無復宿雲封。索笑人千疊，開懷花萬重。紹公碑(註)矗立，讀罷宕心胸。

註：園中豐碑矗立，係故蔣介石總統親自勅建。用彰吾社社長李建興（紹唐）昆仲捐獻名園碩德。

讀書燈　怡陶黃春亮

蘭膏春一點，雪案夜三更。彩煥文章麗，花開斗室清。讀書通六藝，導我冠羣英。閒把灰心剔，光浮萬里程。

次韻

蕭齋懸一盞，繼晷到三更。刺股神彌王，嘔心志益清。看書憑徹照，振筆抗羣英。休並宮燈論，高瞻萬里程。

老漁　怡陶黃春亮

久伴漁家傲，蘆灣短棹輕。絲綸資活計，煙雨了平生。渭水星雙鬢，嚴灘月一泓。風濤頻出沒，簑笠侶樵耕。

次韻

泛宅雙衰鬢，垂綸一棹輕。鷺鷗皆勝侶，鱸鱖足平生。把酒邀明月，撐篙盪碧泓。笑他爭鷸蚌，咫尺忽漁耕。

太平洋垂釣　南湖陳進東

放眼東溟外，垂綸意自舒。心隨天地闊，身寄水雲居。姜尚胸襟異，嚴光隱遯如。功名知似夢，投餌豈求魚？

次韻

太平洋晚釣，幽興自徐舒。霞絢生明月，時平渺爰居（鳥名見左傳）。乘風慕宗慤，作賦學相如。嘯傲篷窗下，垂綸詎在魚？

蘭城遠眺　獻三蕭文賢

噶瑪探幽日，登樓效仲宣。驚心新歲序，極目舊山川。鳳嶺荒煙外，龍潭夕照邊。臨風空望魯，一杜孰擎天？

次韻

蘭城憑極目，美景筆難宣。古木饒千歲，荒濤納百川。蜃噓東澳外，鼉吼北關邊。別有桃源境，怡然樂葛天。

苔痕　漢澄張晴川

斑斑生石上，亂疊滿庭南。鶴跡浮青黛，蝸涎點翠嵐。痕疑和雨滑，色似帶煙含。野草侵階綠，荒園半蔚藍。

次韻

春雨瀟瀟下，莓苔上舍南，碧油侵戶牖，葱翠接山嵐，蝸逝涎痕在，鴻飛爪跡含，柳榆相映綠，澗水共拖藍。

擊楫　紹唐李建興

江漢滔滔下，中流顧盼雄。劉琨忙起舞，祖逖抱孤忠。破浪心猶壯，匡時志亦同。聲威如破竹，一舉便成功。

次韻

鸛鵝(註)江漢渡，擊楫氣豪雄。破虜存仁義，馮河挾信忠。卻看一戎祭，行見九州同，薊北珠還浦，燕然泐偉功。

註：鸛、鵝皆陣名。

稻江織雨　紹唐李建興

彷彿機絲挂，飛花綴點梅。一川煙未合，三市錦成堆。燕剪差池過，鶯梭次第催。雲衣無線跡，妙絕化工才。

次韻

稻邑濃春景，空濛馥綻梅。樹霑看更潤，鳥避萃成堆。路客衣裳冷，詩人藻思催。天機絲細織，醞釀化工才。

癸巳中秋雅集　紹唐李建興

高會秋方半，登樓鬪句初。風騷追北魏，氣節尚南徐。憂國情無限，流年感易除。詩心同月朗，何事羨樵漁。

次韻

雅集中秋夜，興懷月上初。句新追北庚，詞縟媲南徐。作客情難已，思鄉念未除。何因不歸去，杯酒負樵漁。

春聯　紹唐李建興

徇俗桃符換，拈毫寫錦箋。文章崇吉語，天地又新年。萬事春開始，羣芳色正妍。屠蘇同醉後，持貼畫堂前。

次韻

臘盡春風暖，揮毫落錦箋。桃符除舊歲，鴻運啓新年。廬慶三星照，人如百卉妍。龍蛇漫飛舞，徇俗貼門前。

北投秋日　紹唐李建興

北投秋已半，爽氣滿長空。霽色屯峰挹，清流淡水通。潔身泉暖滑，娛目樹青葱。勝會朋簪聚，豪吟興不窮。

次韻

屯山楓似燒，雨霽映寒空。日月循環轉，陰陽燮理通。朱櫻歎搖落，黃菊自蘢葱。物格饒眞意，吟詩興不窮。

落帽風　紹唐李建興

冠逐涼飈去，科頭獨放歌。災殊桓景避，興比孟嘉多。未羨簪花艷，惟慚短鬢皤。倩人重整後，相與眺山河。

次韻

九日龍山會，騷人共放歌。簪萸災禍少，落帽笑聲多。聚蟻杯浮綠，思親鬢已皤。倩人冠重整，舒嘯壯山河。

基津覽勝

遠近雞籠景，憑欄入望頻。風雲多變態，鷗鷺自相親。船泊沙灣外，詩吟石岸濱。何時仙洞去？願作葛天民。

次韻

雨港風光麗，清游客訪頻。俗淳皆念舊，利淡自敦親。禮佛登獅嶺，觀漁詣鱟濱。抗夷頭可斷，壯烈仰先民(註)。

註：一八八三年中、法之戰；一八九五年甲午馬關條約割臺，日軍自澳底登陸，雞籠成首戰場。

寒衣　紹唐李建興

蕭瑟秋風裡，遙知客子單。砧聲敲月落，刀影剪燈殘。裘嘆蘇秦敝，袍憐閨婦寒。料應身已瘦，裁樣不須寬。

次韻

天末涼風起，良人衣著單。不堪孤雁返，來對一燈殘。共慕湯婆暖，誰憐閨婦寒。料應腰似沈，刀尺漫從寬。

知非 瀛社四十九週年紀念　紹唐李建興

社自花朝立，行年卌九中。騷壇歸美刺，人事向窮通。垂老安天命，哦詩頌化工。江山依舊在，杯酒論英雄。

次韻

名利浮雲外，是非明辨中。九思心不塞，一貫理明通。梅冷花饒著，人窮句始工。飛沉皆自得，到此是豪雄。

延年菊 祝壽之作　紹唐李建興

老圃勤培植，延年百歲芬，枝鍾天地氣，葉潤古今雲。作對聯歡客，吟詩祝壽羣。華封九十載，種德好斯文。

次韻 祝壽之作

爛熳東籬下，秋來發異芬，根盤參瑞氣，蕊綻拂祥雲。相狎惟騷客，追陪有鷺羣。懸弧爭獻頌，郁郁萃鴻文。

雙溪訪宜民父執不遇

言師採藥去借句，覓句步松陰，坐看雲時起，還欣陸未沉。聲華蜚藝苑，詞賦重儒林。漫道斯文喪，瀛寰聽鐸音。

追懷鑑塘、心育二老

已隔蓬山遠，離羣劇愴情。爲人仁義重，處世利名輕。扢雅忘年契，鏖詩結伴行。悲夫俱往矣，賸得是吞聲。

追懷宜民父執

不復鼓瑤琴，塵封歲月深。無人聆古調，何處覓知音？折桂凌霄漢，探驪耀古今。自憐才蹇劣，難以表微忱。

落葉

落葉蕭蕭下，園林一掃空。寒蟬悲斷梗，枯樹戀歸鴻。去去隨流水，飄飄逐朔風。悲秋懷宋玉，觸目感何窮。

鄧璧公《袖山樓詩選》題後

詞章如瀣渤，浩瀚壯乾坤。使典渾無跡，涵虛自有源。華山稅騏驥，瀛海化鵬鯤。一卷人爭誦，應教萬世存。

拜輓龔稼老副所長二首

不祿龍蛇厄，文星墜海湄。青蠅來弔客，雛鳳挺佳兒。志遂言功德，心耽茶酒詩。騷壇振風雅，吟杖失追隨。

其二

劇憐廣陵散，響絕稻江湄。學杜無餘子，凌陳(註)有好兒。春秋景勝集，風骨宛陵詩。玉闕修文去，空期載筆隨。

註：「陳」，指陳寔。

敬步林思謙副所長〈乙酉中秋泉州華僑大廈對月聯吟〉瑤韻五首

今夜高樓月，清輝照遠空。桂飄蟾兔窟，雉映莿桐宮。歲月如流水，庭闈憶《凱風》。徘徊甘露冷，將影意何窮。

其二

今夜高樓月，笛聲吹孰家？欄杆人顧兔，砧杵夜飛花（李商隱詩深夜月當花）。遙指松如薺，開懷酒當茶。鯉城秋作客，擊節樂無涯。

其三

今夜高樓月，追陪白社賢。鷺鷗欣邂逅，龍虎（星宿名）自鉤連。因果（蘭因絮果）原天定，相逢亦夙緣。醉餘諸髦士，對影舞蹁躚。

其四

今夜高樓月，抬頭望倍圓。賡歌《猛虎曲》，洛誦聖人篇。心曠吟佳句，眉矉效大賢。嫦娥應最樂，不死作神仙。

其五

今夜高樓月，騷人酒酌斟。形骸忘老少，肝膽照知音。秋氣來天地，清山泉州有清源山。變古今。難酬青靄志，辜負白雲心。

次韻蔚鵬詞長〈狗年詠狗〉

丙戌迓新年，靈盧韻事傳。雉烹餘灑淚，貂續眾難眠。搏虎留佳話，吠堯尤可憐。開懷斟柏酒，舞筆樂陶然。

次韻佑民理事長〈春雷〉

虩虩洊聞雷，蘇蘇春又回。青皇初軔發，紅杏倚雲栽。世亂蛇吞象，時衰宂作才。蟄龍騰海表，瑞氣滿蓬萊。

清源詞長招飲 二〇〇六年七月三日

叨承巖穴士，招飲錦華樓。機息盟鷗鷺，日長馥芰榴。魚殽陳簠簋，醽醴錯觥籌。式燕飽於德，敲詩韻自悠。

能學詞長招飲次道公韻二首

饌治英雄館，筵如結綠珍。心開醒更樂，志合老彌親。橘子香雙頰，茅台動四鄰。高陽有奇士，曾是下齊人。

其二

盤飧兼五味，下箸盡奇珍。適道交情篤，論詩笑語親。青門瓜滿架，朱邸竹爲鄰。舊日陵侯客，其誰識故人？

大馬英傑詩家獎飾《柳園詩話》次韻誌謝

蘇潮歸腕底，筆落富波瀾。機息詞偏壯，才雄字自安。宗周法倉葛，翼漢紹桓寬。振鐸揚風雅，人爭國士看。

恭祝清公(註)八秩大慶八首

陽月慶懸弧，籌添海屋俱。七年量玉尺，四院綰銅符。抑抑身懷瑾，陽陽手握珠。雙蘭園秀麗，彷彿輞川圖。

其二

攬揆蓂開瑞，菁菁竇室馨。幾番紅杏雨，萬戶紫微星。恫抱心長赤，安懷眼最青。令譽天共遠，荒徼競圖形。

其三

德望時無兩，壇壝仗主持。咸推才倚馬，僉說技探驪。庭訓嚴三省，廟謨過十思。文章驚海內，不伐眾人知。

其四

萬事皆如意，婆娑八十年。溺窮勞道濟，循誘善薪傳。赴義愁居後，標名患占先。考槃應最樂，宜陸亦宜淵。

其五

嶽降同申呂，神勞福祿恢。仙雲長點綴，猿鶴未疑猜。仁德宜膺壽，聲華永不隤。騷壇尊祭酒，棘院仗掄才。

其六

筆跡權家重，詞章聖代崇。四愁紹平子，三樂媲文翁。固利舟藏壑，嘉言草偃風。龍門登濟濟，吐握效周公。

其七

戩穀承天貺，嵩呼薄邇遐。雲廚生萐莆，雪案走龍蛇。偕隱車推鹿，消閒圃種瓜。居常書百忍，譎諫帝王家。

其八

不朽功言德，生來錫彼蒼。桂蘭欣競秀，梁孟羨相莊。鷗狎槔機息，蝶迷人物忘。九如篇獻頌，極婺煥臺陽。

註：張定成先生字清塵。

次韻南京柳塘渚客〈酬臺灣詩友〉集句

流水無情去（李白），東風拂面來（北魏樂府）。遠芳侵古道（白居易），倚劍登高臺（李白）。一一皆春態（北魏樂府），悠悠使我哀（魏武帝）。延年獻嘉作（李白），宿彥服奇才（姚椿）。

次韻佑民理事長〈丁亥元旦書感〉

盛衰天寶日，觴詠永和年。忠藎紓籌策，辭凌〈寶劍篇〉。反貪千手指，讟腐萬心燃。封豕方當道，吾寧且息煎！

丁亥上巳雅集二首

暮春開勝會，修禊萃羣儒。句琢杯浮蟻，詩成几倚梧（註一）。元音揚海嶠，豐膳出天廚（註二）。筆氣凌霄漢，風雲起壯圖。

其二

題襟紀丁亥，簪盍盡名儒。士達盟鷗鷺，師賢識檟梧（註三）。千篇酬上巳，八簋饋中廚。觴詠原餘事，徽音是究圖。

註一：《莊子·德充符》：「倚樹而吟，據槁梧而瞑。」又《天運》篇：「儻然立於四虛之道，倚於槁梧而吟。」陳鼓應註：「『槁梧』即几案。」

註二：「天廚」，餐廳名。

註三：《孟子·告子》：「今有場師，捨其梧檟，養其樲棘，則為賤場師焉。」

清源詩家枉過

陋巷高軒過，聞跫倒屣迎。談詩茶當酒，落筆價連城。不盡李桃意（註一），難忘羔雁情（註二）。文章驚海內，振鐸傲公卿。

註一：《詩・大雅・抑》：「投我以桃，報之以李。」

註二：羔雁，卿大夫之贄也。見《禮記・曲禮》。

次韻佑民理事長《國會改選藍軍大捷》二首

國會重新選，藍贏票匱開。嗜貪過幽厲，掃腐疾風雷。《碩鼠》成車鑑，銅駝認劫灰。龍飛見爻象，日麗慶天回。

其二

《牧誓》營摧綠，藍軍氣益振。濯河污不滅，罄竹腐難陳。摩頂期昌國（註一），戎衣爲拯民（註二）。漫言邦黨舊，其命日維新。

註一：《孟子・盡心》：「摩頂放踵，利天下，為之。」

註二：《尚書・武成》：「一戎衣，天下大定。」

謙公副所長偕公教授招飲

筵開燈節後，殽蔌盡稀珍。律轉年除舊，陽回運啓新。主無殊馬鄭，客不忝蘇辛。酩酊和風裡，揮毫似有神。

次韻世輝宗長〈歲朝〉

歲旦草青青，騷人筆有靈。詞宗姜白石，詩法李滄溟。漢苑酣遊過，羅浮醉臥經。升沈陰騭定，不借頌云亭。

賦呈吳大和先生

季札家風遠，傳承到海隅。潔身守堅白，潤屋法陶朱。早立功、言、德，弘揚釋、道、儒，無雙欽國士，百世作楷模。

意芬詞丈《學廬詩詞》題後

馬放華山去，悠悠廿載吟，剪裁推聖手，褒貶見仁心。狀景詞華茂，言情義理深。子期今已杳，孤負伯牙琴。

佑民理事長惠題《歐遊吟草》次韻誌謝

結伴東歐去，逍遙萬里行。青州典金縷，畫舫醉銀觥。地迴風情異，緯高宵景明。停雲長靄靄，離思共潮生。

次韻雪魂(註)詩家獎飾〈賦得冷香飛上詩句〉

咫尺天涯遠，識荊終恨遲。追陪得聞道，啓發藉談詩。粲溢師韓筆，淵渟自楚辭。揣摩常下酒，諷誦屢忘飢。

註：趙文懷先生號雪魂。

次韻世輝宗長獎飾〈賦得冷香飛上詩句〉

觀音賞荷芰，簪盍水雲鄉。翦燭時嫌短，銜杯興轉長。雨祛三伏熱，風作十分涼。倚檻情何限？詩成句亦香。

池畔曉鶯啼句入

窗前明月落，池畔曉鶯啼。睍睆棲花塢，穿梭傍柳隄。珠喉聲斷續，金翅影低迷。喚醒遼西夢，春愁擾玉閨。

聽雨

淅瀝輕塵浥，涼生細雨來，惺忪醒夢蝶，霹靂響春雷，霖繫蒼生念，窗敲白屋哀。憑誰摛麗藻，彰顯掞天才。

亂山殘雪夜 入句

亂山殘雪夜，天地益增寒。萬徑人消跡，千林鳥斂翰。工吟誇祖詠，乞食臥袁安。酒肉朱門臭，誰憐老杜嘆。

往事知多少 入句

往事知多少，追懷感萬千。乍違竹馬日，將近杖朝年。得失如流水，榮枯付彼天。棲遲瀛海上，狎鷺且隨緣。

一雨使成秋 入句

熟梅方苦熱，一雨便成秋。霢霂炎氛斂，滂沱爽氣浮。晨曦著絺葛，晼晚易棉裘。鳩喚農民樂，田禾潤似油。

次韻璧公〈閒居漫興〉每句係一動物名

歎鳳嗟天蹶，傷麟怨道賒。雨多鶯匿戢，風勁燕飛斜。不見弓殲虎，空懷劍斬蛇。隱居避青犢（註），浮蟻樂無涯。

註：青犢，漢光武時亂黨名。

錄鄧璧公元唱

老驥醒塵夢，蘧蘧蝶影賒。鴨知春水暖，蟬戀夕陽斜。從不追秦鹿，何曾作魯蛇（註）。雕蟲慚小技，雀戰亦生涯。

註：失敗者，英語LOSER之譯名。

揚州同庚徐坤慶詞長惠畫百壽圖以介八秩賤辰賦此誌謝

籌添臻八秩，承賀謝知音。百壽圖相贈，同庚意特深。何當翦窗燭，一晤豁胸襟。互祝身逾健，文章耀古今。

詩人節書懷

一抹汨羅水，千秋弔國殤。濟時哀楚郢，被謗諫襄王。角黍飄闤闠，龍舟競海疆。騷風賴丕振，擊鉢遍臺陽。

一樣天邊月 入句

一樣天邊月，心情各不同。思蓴翰（張翰）滯北，騁驥軾（蘇軾）徂東。乘興訪溪友，低吟憫笛風。蒹葭何采采，腸斷玉玲瓏。

莫說天涯遠 入句

莫說天涯遠，氣求若比鄰。心聲渡胡越，誰謂隔參辰。元白關山阻，星霜魚雁頻。鷺鷗無境界，道合久彌親。

東溟曉日

寅賓迎日出，鯤海發祥光。斗室生虛白，波濤漸泛紅。玲瓏遙火齊仄讀，灼爍近扶桑。冉冉升空際，輝輝照萬方。

問蝶

蘧蘧寧是蝶？栩栩詎非周？謝老工詩否？滕王善畫不？偷香誰體貼？尋艷孰風流？佳偶原天定，營營何所求？

戊戌歲杪楊蓁宗長枉過

何幸高軒過，相攜上小樓。我才輸蔣詡，公學匹皮休。長物唯三徑，餘心似一漚。底因遽歸去，不許少淹留。

已亥春讌甯佑公有詩見貽次韻誌謝

春日聯歡會，偏宜上酒樓。嘉賓僛側醉，良醞(註)濟泱浮。古調無人及，新詩四韻悠。效顰難著墨，俚鄙似齊優。

註：良醞，指甯佑公所餽之佳釀。

大馬張英傑詩家獎飾《柳園紀遊吟稿》次韻誌謝

春秋論忠藎，君不讓田橫。國運知無悶，天機識五行。心寧風月弄，志切雅騷宏。學富凌潘陸，探驪世莫京。

吾愛吾廬

吾亦愛吾廬(借句)，棲遲樂有餘。僻居處深巷，俗客屢迴車。自顧無長策(借句)，空知讀舊書。聖賢似親炙，蛾術遂衷初。

曉步

化蝶方忘我，聞雞櫛曉風。衣襟沾宿露，星斗沒蒼穹。載輿人扶杖，翻憐鵲繞楓。金烏初展翅，忽見海東紅。

問路

彳亍逢歧路，迷茫昧所之。兩頭可南北，失足肇安危。怪底楊朱泣，翻憐墨翟悲。行行宜謹慎，惆悵欲詢誰？

庚子春讌雪魂詩家有詩見貺次韻誌謝

弄笛樓曾倚，多能韻事傳。風騷揚此日，戎馬憶當年。塵望在君後，道聞於我先。不辭才力盡，勉綴續貂篇。

次韻大馬英傑詩家七十抒懷

懸弧閎壽域，南極煥蒼旻。素志崇忠孝，丹心炳恕仁。交情廿年舊，覽揆兩篇新。七十方開始，風騷起隱淪。

其二

天予風騷主，婆娑七十春。筆揮揚正氣，荊識奉清塵。著述千秋業，金剛不壞身。新冠猶肆虐，憂國復憂民。

卷二下　五言排律十首

追懷張仰安火金父執

蘭陽有高士，瀟灑出塵氛。園灌息槔械，膏焚格典墳。利名如水月，富貴若煙雲。聲譽蜚殊俗，詞章迥出羣。志伸繩祖武，心但服孫文。是亦夷、齊亞，追隨幸揖芬。

追懷李嘯庵有泉恩師

聖道向東移，春風化育滋。菁莪成國柱，棫樸奠邦基。絳帳燈傳馬，明珠手擷驪。救民兼救國，醫世復醫詩。拔幟人無敵，生花筆一枝。騷壇推祭酒，蓬島仰宗師。

追懷林宜民義德父執

身世逋仙後，崚嶒氣骨存。禮賢如仲舉，好客似平原。文采蜚壇坫，聲華動海門。庭除鷗鷺萃，階砌李桃繁。白首興家學，丹心醒國魂。王侯不得友，始覺布衣尊。

追懷蕭懷三文賢父執

對仗衡銖兩，毫釐信不差。爲詩欽有則，積學歎無涯。竹塹懷高士，騷壇仰大家。孜孜香瓣杜，郁郁筆生花，詞藻饒清俊，聲華播邇遐。因工吟競病，故善鬥尖叉。

追懷黃鑑塘振源父執

意愜苔岑契，情深翰墨緣。探驪教後輩，狎鷺許忘年。醉月頻中聖（借句），迷花快若仙。西窗同翦燭，東閣共攤箋。揮麈爭前席，采風欣執鞭。利名如土芥，上下察魚鳶。

追懷廖鍾英心育父執

相處如膠漆，無文類至親。三生徵石果，十載證蘭因。論事心無我，裁詩筆有神。琴棋淹歲月，書劍老風塵。共作忘機侶，同爲逐臭人。人生如可再，世世結爲鄰。

追懷黃怡陶春亮父執

翩翩足爲樂，是我丈人行。好客如梁孝，高風媲孟嘗。劵焚安市義，鄰困默齎糧。積善家餘慶，行仁世益昌。詩文垂竹帛，聲譽重蘭陽。濁世佳公子，謳歌效子長。

追懷林文訪熊祥前輩

詩書雙絕妙，清譽冠儒林。李、杜香分瓣，鍾、張駕並駸。倒懸懷祖國，正雅振元音。詞賦存天地，風華鑠古今。千鍾鋼起鐵，百鍊字成金。衛道公羊志，窮經孔鮒心。

追懷張漢澄晴川前輩

抗倭懷激烈，潘鬢未消磨。重作秋風客，相知春夢婆。昌詩頻結社，醫俗起沉疴。一卷詩文集，長年血淚和。忠心昭日月，壯志薄山河，乃祖雄風在，伐柯善執柯。

追懷葉蘊藍田前輩

海嶠鴻儒在，清操媲管寧。白衣三徑綠，絳帳一燈青。偶作閒居賦，常歌陋室銘。菁莪滿花圃，棫樸遍林坰。道統傳鄒魯，文源別渭涇。自甘安阜帽，魂夢仰儀型。

卷三上　七言律詩三百七十一首

讀書有感二首

孜孜矻矻奈資昏，點勘丹鉛深閉門。空有青氈懷祖武，恨無長策醒騷魂。聖賢已杳尋心跡，鴻雁高飛認爪痕。狂簡不知蚊負重，妄言學海溯根源。

其二

索居養晦懶彈冠，欲學先賢挽倒瀾。孤負明師長化育，自憐朽木不遑安。忘餐廢寢心常樂，刺股懸頭力至單。縱使才庸無所獲，求知一念未闌珊。

註：拙作〈詩書有感〉二首，辱承各地師友賜和，得詩三十二首。謹錄存和作，以誌謝忱。

次韻二首　嘯庵李有泉

詩文自律課朝昏，更向高年啓智門。雪影終嫌輸灼力，螢光未許替燈魂。辭篇細嚼還留味，卷帙頻翻不摺痕。四庫全書曾涉獵，茫茫學海莫窮源。

其二

非貪發奮望加冠，但對文章興未闌。竹几清幽書卷置，花窗美麗硯池安。原知求學從辛苦，肯把鑽研付簡單。不惜拋金搜絕板，尙嫌筆架未裝珊。

次韻二首　蘊藍葉田

偷閒今日又黃昏，詩債未還怕扣門。養性曾爲梅福侶，耽吟難忘屈原魂。羊、求來往談平等，涇、渭分明辨隔痕。〈周誥〉、〈殷盤〉都懶讀，空從學海望淵源。

其二

記從年少戴儒冠，文化蜩螗力挽瀾。陋巷雖貧心自得，權門附勢夢何安？欽遲德祖堪爲偶，學識公和未算單。新築茅廬容我老，詩情怎敢付闌珊？

次韻又一首並序　蘊藍葉田

用楊君潛社兄〈讀書有感〉韻，戲題為〈讀書辛苦賦詩難〉以博一笑

辛酸世味厭儒冠，似渡洞庭萬頃瀾。任末題衣心自苦，紹宗畫肚睡何安？殘更刺股非容易，入夜囊螢靡簡單。學海慇懃拋鐵網，三年媿未採收珊。

辱承葉蘊藍前輩次韻又一首並錫嘉題曰〈讀書辛苦賦詩難〉謹奉答誌謝

此生無悔戴儒冠，壯志思平百尺瀾。斟酌羣書餐屢誤，推敲一字寢難安。驪珠伸手探非易，雁塔題名豈簡單。筆未生花人未老，讀書佳興不闌珊。

次韻二首　鍾英廖心育

青燈黃卷耐晨昏，煮史烹經大雅門。萬軸牙籤輝鄴架，兩篇心迹壯詩魂。懸頭矻矻神彌

王，刺股斑斑血有痕。可畏後生求學切，不辭辛苦溯文源。

其三

杏壇禮樂顯儒冠，學海探驪筆起瀾。二酉窮探膏繼晷，三都未就睡遑安？君雖後輩資超眾，我忝先生識淺單。著作等身言益遜，丹鉛點勘未闌珊。

次韻二首　漢澄張晴川

崇聖追蹤竟夕昏，尊嚴重道有程門。王師北望迴旌纛，兵馬南旋激漢魂。萬感交心羞志節，千秋浩氣認啼痕。艱難每灑傷時淚，且向蒼天問溯源。

其二

將軍一怒髮沖冠，魂斷天涯望倒瀾。故國無情傷疾苦，新亭有淚感偏安。秣陵秋盡愁鴻杳，白帝城高悔騎單。詩學本爲涵品德，豈緣名利始鳴珊？

次韻 鴻飛蘇茂杞

年來衰老度晨昏，窄室從容懶出門。莫管風雲憑變態，惟期筆墨動吟魂。功名如夢渾無跡，歲月催人未有痕。但願斯文延一脈，永教吾道探深源。

次韻二首 黃逸邨

少讀書詩眼欲昏，老來翻羨傍儒門。恨無逸氣交吟友，卻喜騷音入夢魂。鬢髮催人霜有迹，河山歷亂雪留痕。平生幾許傷心事，不盡滄桑話起源。

其二

似子才華合冕冠，文迴潮海幾翻瀾。立身有道才無忝，處世能圓意自安。句鬪箋擲誰可匹？鷗盟鷺伴漫言單。多君一管生花筆，信手拈來盡網珊。

次韻二首　施少峰

青燈黃卷共晨昏，謝客何如久閉門。律細晉、唐饒雅句，雄渾屈、陸壯騷魂。研詩心得留佳話，感事胸懷剩劫痕。愧我時逢難解處，啞師作答是《辭源》。

其二

掃地焚香又整冠，志憑騷筆挽狂瀾。詩吟古句誰相論？酒解新愁自慰安。妙體〈西崑〉聲價重，奇才北宋譽名單。年來健忘多勤讀，何似君能盡網珊。

次韻二首　松雲高泰山

慚非短視老偏昏，習靜山齋晝掩門。剩有偷閒鋤菜圃，渾無餘力振詩魂。劃時不少開新例，好古何從認劫痕。笑逐流波幾忘本，審知導水自高源。

其二

藉鑑端宜一整冠，詞源萬派壯觀瀾。苦吟肯效王摩詰，清操誰同管幼安？皎月翻愁雲影密，寥天只感雁行單。下帷展卷從頭讀，學海猶多七尺珊。

次韻二首　笑岩林錦堂

溫故知新總不昏，潤身有德勝朱門。三更未作還鄉夢，幾句偏能動國魂。殘菊傲霜堅晚節，寒梅鬥雪露春痕。年來自笑如嵇懶，霧眼應教早復源。

其二

威儀追憶漢時冠，宦海須防百尺瀾。案上清詩吟宛轉，門前綠竹報平安。王恭鶴氅應無二，范叔綈袍僅有單。最好琴書娛晚境，管他環珮舞珊珊。

次韻二首　錦銘林韓堂

溫故如君解拙昏，不妨黽勉暫關門。何年得滅紅軍燄？復旦終銷赤黨魂。每怪無風思起浪，寧容借雪欲留痕。書中儘有傳匡濟，騰達時來絕妄源。

其二

鬢髮如雲少戴冠，誰能導水息狂瀾？詩成漫詡人都好，酒後還醒己轉安。善教深知懲小愈，防微早慎處方單。隨機應變資憑藉，奏凱同欣佩玉珊。

次韻二首　周希珍

滿紙珠璣映眼昏，何當並駕躍龍門。匡時筆繼文山氣，愛國詩招楚客魂。省識天涯鴻染雪，猶期海角爪留痕。青燈夜雨空餘恨，自愧庸才了道源。

其二

劫餘無意肅衣冠，許國寧忘挽倒瀾。月下沈吟懷賈島，夢中談笑晤潘安。生來最怕情難卻，身外偏多事不單。紙上雲煙傳雁翼，雕蟲海角聽珊珊。

次韻二首　雪清陳根泉

潛心經史立黃昏，世代書香積德門。一片靈岩銷俗慮，兩篇正氣起騷魂。時看紙帳搖花影，夜翦銀釭印月痕。讀破《福台》佳句在，始知學海有淵源。

其二

笑我當時頂上冠，卻因思想起狂瀾。九州風月三秋爽，萬卷詩書一枕安。欣遇俊才憑再繼，好教老邁慰孤單。四知楊震留青史，清白傳家鐵網珊。

次韻二首　傅秋鏞

刻苦芸窗月色昏，淪夷文化挽師門。唐詩元曲當年課，韓海蘇潮學子魂。時局切身爲反映，劫灰回首認殘痕。揚秦批孔殊無賴，泗水清流別有源。

其二

入仕曾彈逸士冠，思潮起伏似波瀾。大蘇筆氣淩蠻貊，小謝風流溯建安。我輩自慚才學短，晨星誰歎影形單。近來文運傾新派，不重遺珠鐵網珊。

次韻二首　鐵松黃金樹

自從固步樂晨昏，補讀詩書懶出門。野鷺窺泉魚歛迹，黃花吐艷蝶銷魂。時遊淡海觀帆影，日陟圓山印屐痕。大地妖氛尚未靖，人生何處是桃源？

其二

文風皷吹賴儒冠，豪氣鳴飛百尺瀾。且喜四知英傑出，何難大局泰山安？商場友廣才非薄，翰苑名高勢不單。從此唱酬添一侶，詩情雅興起闌珊。

次韻二首　余承堯

短景飛馳日易昏，冬榮草樹藹吾門。斜暉自落環山路，長谷還招去國魂。遊處區中觀有象，夢回天外據無痕。閒雲應共閒人住，廣意流方尋水源。

其二

少年意氣每衝冠，輒欲鞭潮靜海瀾。天不我期揮手去，時將自至轉身安。馬嘶大道行唯一，桑落長年念豈單。久伏山隅思歲晚，應同鄭谷厭珊珊。

次韻二首　藜經劉禹傳

年來漸覺眼將昏，詩法羞余未入門。稽古應憐精衛魄，欽忠爭弔屈平魂。才人筆氣沖牛、斗，騷客胸襟上酒痕。吟味思潮浮腦海，深明教育重淵源。

其二

弘景何因急掛冠，無風爲恐起狂瀾。新知聚會皆言志，舊伴相逢各問安。白鳳甘泉詞出眾，雪車冰柱賦非單。學膚偏愛吟唐調，固若金湯字字珊。

次韻蕭公獻三簡公竹村惠題停雲閣並序

一九六八年余築蝸廬於新莊，顏之曰「停雲閣」，寓意思親友也。蕭公獻三簡公竹村惠詩賜賀，惶恐無已。爰狗尾續貂以答隆情並附原作於後以資紀念。

一庵假我讀斯文，矻矻蘭膏繼晷焚。日月居諸懷舊雨，家山遠隔憶停雲。相將寵錫詩頌賀，併覆無方學未勤。十載追陪勞獎掖，資材獨愧小馮君（註）。

註：指馮立，見《漢書．馮奉世傳》。

恭錄蕭公獻三元作君潛誼姪雲閣落成誌慶

鱣堂肩負振斯文，一室蘭膏繼晷焚。嘉耦才高能詠絮，良朋情重憶停雲。芸篇欲遂千秋計，雪案應先十載勤。二酉窮探眞不愧，便便腹笥久推君。

恭錄簡公竹村元作君潛社兄停雲閣落成次蕭獻三詞長瑤韻賦此志念

堂皇華夏托斯文，祭歲奇詩賈忍焚。郁郁書工中外學，悠悠簾捲大、觀雲（潛註：指大屯山與觀音山也）。騰蛟起鳳功成早，稽古評今著作勤。難得忘年交誼重，衡、禰才調獨尊君。

新莊訪君潛誼姪　鍾英廖心育

好風送我到新莊，五柳園前認姓楊。山海味珍調嫩韮，主賓酣暢醉高粱。談心鮑、管情何重，促膝陳、徐興倍長。下榻相延銘雅意，蕪詞欲謝索枯腸。

次韻

廣聞博洽似蒙莊，啐啄偏憐小子楊。學海茫茫開覺路，功名渺渺醒黃粱。五更倏忽嫌宵短，十載追陪感歲長。慚愧盤飧堆野蔌，且將薄酒潤詩腸。

席上偶感呈楊處士君潛笑正　鑑塘黃振源

爲訪弘農處士遊，西窗閒話兩心投。書香滿室浮樽酒，劍氣千尋動斗牛。莫謂疏狂輕一醉，久將道義重相酬。文章深幸逢知己，學海從茲契鷺鷗。

次韻二首

市遠偏承辱枉遊，苔岑臭味喜相投。沉雄筆氣追韓柳，熀燿文光射斗牛。稟賦殊人難步武，謭才似我若爲酬。忘年更作忘機侶，藻繪江山狎鷺鷗。

其二

索居雅愛舊知遊，說彼平生雅誼投。且學陶潛栽綠柳，也同關尹望青牛。纔經分手猶延佇，常爲開心共唱酬。遮莫文風悲自鄶，忘機有侶是鳧鷗。

賦呈吾師李嘯庵先生

網塵誤落幾經年，向日葵心志益堅。利逐蠅頭忙採石，珠探驪頷羨臨淵。廿年沉瀣聯聲氣，萬縷離情付尺箋。我願少微長矍鑠，春風桃李舞階前。

次韻　嘯庵李有泉

營途逐利幾經年，不惑春秋立志堅。採玉應當登峻嶺，撈珠也要向深淵。多收元寶興家業，減作文章付社箋。今日袖詩來訪我，知君才力勝從前。

村居即事

連雲穲稏舞東郊，蟬噪遲遲碧樹梢。但有青氈無長物，只餘白屋與詩鈔。庭中老柏常棲鶴，廓外蒼松欲化蛟，奚止漁樵稱莫逆，天邊鷗鷺是神交。

次韻　鍾英廖心育

幽居恰合好擇村郊，四面輸青自竹梢。一座雲房塵不染，四知祖德世爭鈔。詞人雅愛栽松菊，文海懸知起鳳蛟。何日登堂陳契闊，且將俚句答知交。

賦呈廖心育父執

錚錚石友許忘年，小隱山林愛自然。道貌出塵同霽月，琴書萉枕仰文淵。鷺鷗結伴苔岑契，嵇阮相將翰墨緣。恆健吟躬天有意，待看一統漢山川。

次韻　鍾英廖心青

雄姿英發值華年，偶作詩文並斐然。不晤寧知才似陸，交談始覺學如淵。名揚中外生花筆，網罟珠璣落錦箋。遮莫盧前與王後，騷壇從古仰盈川。

新歲述懷

負笈他鄉未顯親，偏驚臘盡歲華新。自憐吳市簫吹客，猶是齊王竽濫人。楊柳爭妍看此日，仲文(註)尚未致其身。何當似鳳朝陽去，振翮先探萬象春。

註：錢起字。其〈贈闕下裴舍人詩〉云：「獻賦十年猶未遇，羞將白髮對華簪。」第六句云然。

次韻　鍾英廖心育

飛來佳什語溫親，作客同驚物候新。世仰高才推後輩，天將大任降斯人。書多點勘曾勞手，年少何愁未致身？折桂行看酬壯志，尤欣奮發趁青春。

九思軒主人厚貺書畫合璧賦呈誌謝並錄呈心育父執

隱几居然壁煥新，蕭齋日日度芳辰。堂懸詩畫聯城價，室溢書香四座春。倜儻宜膺天下士，嶔崎迥異世間人。卻看月白風清夜，散發文光筆有神。

次韻　鍾英廖心育

一入華堂倍覺新，交輝書畫奪芳辰。鶻飛兔起千鈞力，姹紫嫣紅四季春。學富五車推後秀，才兼三絕是高人。最憐燭翦西窗夜，壁發文光似有神。

賦呈鑑塘父執

一杯酒泛千愁散，八韻詩成六義包。瞻彼忘機鷗鷺侶，是眞嬝美范、張交。有爲公似人中鳳，無用吾猶世上匏。思欲抛磚期引玉，月明門下苦推敲。

次韻　鑑塘黃振源

潛修已紹名時學，性理精華腹裏包。求得友生鳴噦噦，酬將文字作交交。與君喜訂忘年契，遁世甘同不食匏。掃徑專誠迎大駕，何勞月下把門敲。

造訪竹村前輩別後賦呈

瀛社追陪輩分崇，勞謙君子德彌隆。修身正己無時習，識禮知詩尙古風。冠掛手揮林務局，機忘肩拍葛仙翁。歷朝詩話牛充棟，盡在先生腹笥中。

次韻　竹村簡阿淵

別來何事得尊崇，腹孕離情逐日隆。寒舍偶然臨故友，破窗猶自起文風。騷壇共待維名士，禿筆終慚誤老翁。屯嶺夕陽無限好，可憐都在病愁中。

陽月蟹肥邀迎安怡陶父執至南方澳餐敘

十月陽生蟹正肥，捋螯把盞樂忘機。富貧千載知誰是？名利皆虛寓理微。兩代交情緣不淺，五車學贍世幾稀。澄鮮空水南方澳，侍膳欣然步月歸。

次韻　仰安張火金

好是初冬蟹正肥，應邀赴宴值時機。車行安穩調溫氣，山亦歡迎展翠微。酒令寬容隨飲量，世風觀感異幾稀。多君破費殷招待，中午開筵半夜歸。

次韻　怡陶黃春亮

四季如春草木肥，今朝吾輩賞生機。蓬萊寶島名非仮，黑帝司權冷亦微。海接氣新農產富，地居熱帶雪花稀，苗條新馬饒煙景，忘返流連戴月歸。

前題辱承仰安父執賜和依韻賦謝

紅瘦欣看綠尚肥，小陽花木轉生機。洵非雨露霑承重，應是冰霜屈服微，依戀原知蜂蝶少，勾留陡覺鷺鷗稀。停車賞此忘憂物，月下低徊不忍歸。

前題渥蒙怡陶父執賜和依韻賦謝

五湖一舸鱖魚肥，釣譽沽名早息機。俯仰無虞心已足，治平有象理窺微。獨憐鯤嶠邪氛熾，誰愍騷壇正義稀。自許先生人已杳，茫茫人孰與同歸？

註：自許先生，明遺老盧若騰自號。

敬次漢澄（註一）副社長七秩書懷瑤韻二首

壯懷抗日鬢毛皤，滄海揚塵親見過。蹈義魯連今日少，著書仲蔚（註二）等身多。英風曾照蓬山月，正氣猶寒易水波。七秩如翁彌矍鑠，文光直欲掩陰、何。

其二

看雲倚劍思悠悠，志切王師定九州。紫鄭力排宏聖道，風騷管領障狂流。桂蘭挺秀家餘慶，梁孟相莊樂忘憂。瀛社詩人齊祝嘏，嵩呼聲徹稻江頭。

註一：張晴川先生，字漢澄，瀛社副社長。

註二：仲蔚：張仲蔚，後漢扶風人，隱居不仕，著書極多。這裡用以指張晴川副社長杜牧詩：「仲蔚欲知何處在，苦吟林下避風塵。」

贈楊君潛社友　蘊藍葉田

杞梓由來眾所崇，騷壇把臂喜無窮。范雲自愧年齡老，何遜多因趣味同。誠實交遊忠湛湛，修行言論美渢渢。相期此後師元、白，定有新詩寄竹筒。

次韻

響嗣莊騷德望崇，英才化育樂無窮。流連光景時人異，吐哺謙沖古聖同。摛藻從心猶疊疊，探驪信手美渢渢。功名富貴輕於羽，卻揀清溪下釣筒。

春亮師兄、君潛世姪應邀來舍賦此　仰安張火金

霜風帶雨此奇寒，踐約垂青訪所歡。避世固宜尊聖訥，談詩務必暢吾觀。爭名莫若埋名好，賭氣休云忍氣難。自古官場同戰地，於今尤烈請君看。

次韻　怡陶黃春亮

一陽初復覺猶寒，世姪詞兄與盡歡。衰草枯叢憐失色，野林紅葉壯奇觀。清風滿袖嚴光願，冷氣侵人范叔難。何事未春先有思，容容松秀共君看。

次韻

聲氣相聯未覺寒，小陽簪盍有餘歡。滿箋錦字開心讀，萬斛珠璣刮目觀。春去秋來垂老易，乘車戴笠遂初難。古今多少言知者，白首如新到處看。

臚德頌一首示君潛　均默梁寒操

木訥無言貌肅莊，一生服務爲人忙。只知盡責無輕重，最恥言酬計短長。絕意人憐情耿介，獻身世用志堅強，不尤不怨行吾素，力竭何妨死道旁。

次韻

積健爲雄尚敬莊，忠勤毋憚日繁忙。事人黃耳猶嫌拙，逗客畫眉空詡長。守辱知榮生不懈，如谿似谷老彌強。琳琅一幅傳家寶，膺服拳拳掛座旁。

謝鑑塘兄贈牡丹圖　竹村簡阿淵

塘兄與筆兩天眞，一幅丹青妙入神。艷襯寒廬如掛彩，蝶瞋破屋亦藏春。夭嬌漫道能娛老，富貴空懸莫療貧。笑我囊慳難畜妾，故將國色贈同人。

次韻　鐵松黃金樹

賜聯贈畫感情眞，掛起堂中看入神。未許蝶蜂沾一足，不驚風雨保長春。丹春色染堪存艷，富貴花留可卻貧。豈讓唐寅誇絕藝，凌霄筆氣駕前人。

次韻

琳琅一幅幾疑眞，點綴丹青筆有神。魏紫圖懸窮士宅，姚黃豔奪洛陽春。過從騷客誇殷富，從此鰥生不送貧。他日敕修文苑傳，獨推三絕又何人？

戊申新正雅集有感（夢花莊雅集唱和錄）

夢花江紫元

朗朗星輝滿院光，延賓筵啓菜根香。逢時何幸猴司歲，垂老休嗤我杖鄉。北望淄塵黷韓土，東來紫氣瑞臺陽。嬉春有酒今朝樂，忍話鄰邦作戰場。

次韻

鑑塘黃振源

主人滿面煥春光，雅集書齋溢異香。學繼文通江是姓，花開筆艷夢爲鄉。專營電熱能溫水，恭祝鴻禧正啓陽。畢竟龍頭君獨占，商場事業透騷場。

次韻

獻三蕭文賢

獨獲驪珠句蘊光，潘江陸海共飄香。文章信手堪酬世，甲子從頭值杖鄉。照影華燈酣夜宴，釀寒細雨藹春陽。多君一管凌雲筆，卌載名馳翰墨場。

次韻　黃逸邨

扢雅揚風藝苑光，珠璣咳吐遠飄香。敢呈俚句隨吟友，聊遣牢愁在客鄉。此日敲詩欽北郭，何時投刺訪南陽。生花筆本君家擅，合勝騷壇白戰場。

次韻　怡陶黃春亮

六合風和麗日光，書堆蘭室起清香。屠蘇酒進人增壽，彩管詩題客杖鄉。樹囀黃鶯迎百福，庭開玉蕋燦三陽。王春雅集皆名士，權把騷壇作戰場。

次韻　竹村簡阿淵

春來花與筆爭光，妙筆評花句亦香。痴想名題金雁塔，莫如醉臥黑甜鄉。蘭堂煮酒延高士，詩氣薰天襯太陽。享盡人間文字樂，何須冒笑入歡場。

次韻　劉劍秋

風騷壇坫喜沾光，雅宴猶留齒頰香。劫後河山如隔世，望中文物豈殊鄉。嬌花獻歲籠清景，好雨催詩趁艷陽。最是主人能愛客，不辭藏拙也登場。

次韻　傅秋鏞

洋洋喜氣好春光，載筆優遊墨瀋香。宴擬桃園人秉燭，宅如栗里自成鄉。歲時舊俗沿鯤島，花鼓新聲憶鳳陽。吉叶履端回夏曆，歡聯詩酒作開場。

次韻　宗儒廖文居

款客慇懃獻夜光，辛盤柏酒兩生香。賓難卻主違千里，士竟推君善一鄉。自有鶴梅伴和靖，寧無雞黍約襄陽。鶯花大塊文章麗，付與騷壇作戰場。

次韻　黃甘棠

此行意在欲叨光，蘭芷飄聞席上香。閒詠輕斟紅露酒，清吟望仰白雲鄉。雕龍有術描奇句，彩筆無朋似旭陽。絕好醉春舒雅興，莫因刻燭說逢場。

次韻　王在寬

春雨連綿對燭光，催詩人醉甕頭香。忍看旅客成羈客，勉把他鄉作故鄉。欣忭難逢新歲月，循環不改舊陰陽。吾生七十嗟虛度，閱世如登傀儡場。

次韻二首　高懷張福星

半村半廓好風光，甲子春回滿院香。詩酒娛君龍虎筆，文章笑我水雲鄉。花開夢裏追先哲，葵向天中識太陽。更羨子都人老後，早年頭角擅名場。

其二

夢花有餤甲花光，春滿坪林處處香。麟閣藏書人唱野，雞林覓句酒爲鄉。共霑杏雨開三泰，已覺鴻濛失九陽。但願膽肝相照世，百年與子醉千場。

次夢花莊主〈戊申新正雅集有感〉瑤韻　黃逸卹

偶爾技癢，一疊再疊，得毋嗤我不知藏拙耶？一笑

其一

白雪箋傳夜有光，恰如梅嶺暗飄香。一枝妙筆開壇坫，百卷奇書耀梓鄉。爲愛才華磚引玉，更欽詩賦鳳朝陽。吟儔唱和齊稱讚，莊主夢花獨擅場。

其二

臘梅蕋放綴春光，欹枕哦詩夢也香。老到長吟忘歲月，客來久處亦家鄉。世情孰解憐秋色，雅士偏教愛夕陽。瀟灑欽君饒逸致，不隨流俗逐名場。

其三

羣芳瀲灩感韶光，淺酌低斟歲酒香。垂老有懷皆念舊，投荒何處不思鄉。欲歌美景無佳句，愧綴良辰負艷陽。三疊夢花莊主韻，終慚拙劣辱吟場。

次韻並序

正月初四日，歲次戊申，江紫元詞長邀宴黃怡陶、蕭獻三、黃鑑塘、簡竹村、黃逸邨、劉劍秋、傅秋鏞、廖文居、黃甘棠、王在寬、張高懷及余等十二輩，於其別墅新店夢花莊。是日欣值主人還曆，樽傾北海，詩頌〈南山〉。四美俱，二難並，誠人生之樂事。爰記之云耳。

彩筆交輝掩日光，盍簪端月百花香。樽開北海賓盈座，詩頌南山主杖鄉。十二騷人宣白戰，差池燕子舞斜陽。性靈格調(註)平秋色，絕妙爭誇翰墨場。

註：袁枚主張詩尚性靈；沈德潛主張詩尚格調。

敬次登玉詞丈八五書懷瑤韻

杖朝晉五慶添籌，笻屐曾經萬里遊。嘯傲煙霞常近鶴，逍遥山水不驚鷗。神遊物外人恆樂，樂奏桑間道是憂。風雨雞鳴吟未已，韻高欲步若為酬。

家母九秩晉一誕辰內祝即事　韞山倪登玉

齡臻九一老慈堂，鶴髮雖添壽益康。厚禮堅辭歸戚友，薄筵自設當桃觴。養生有道心身健，處世無憂福命長。五代兒孫將及百，紅氍爭拜喜聲揚。

次韻

華封三祝令高堂，九一齡臻益健康。寶婺祥徵無量壽，麻姑呈獻九如觴。孫如麟趾家聲振，子作騷人福澤長。難得孝思恆不匱，千秋穎叔共名揚。

元旦試筆呈君潛社兄　趙永光

臘鼓聲中樂且耽，梅香庾嶺綻枝南。嬌柔柳際歌黃鳥，燦爛庭前集紫嵐。仙木迎春書換舊，椒盤送歲酒浮藍。俗詞初會弘農閣，文社來年契筆談。

次韻

靜修寡慾性吟耽，詩律嚴明習劍南。才調無倫譽鯤島，利名不競臥松嵐。頽風反制朱排紫，德業修成青出藍。刮目相看鷗鷺侶，新春開筆仰高談。

留別傳統詩學會五百會友　夢花江紫元

誰識詩痴一片誠，無能敢說苦經營。囊錐懶向師毛遂，讒語何求負屈平？谷可名愚堪息足，人甘守拙樂餘生。昨非不諫追今是，栗里安貧夢亦清。

次韻

大雅扶輪秉至誠，三年會務費經營。由來毀譽無標準，莫爲浮沉抱不平。詩學袁枚欽後輩袁子才為紫元先生最崇拜者，書如鄭燮仰先生江先生之書法專習鄭板橋。手持乃祖生花筆，全國聯吟擅俊清。

註：江夢花先生曾於全國聯吟次唱〈蒲觴〉轉結云：「驅邪有力休傾盡，留飲神州舊弟兄。」掄元。

七十並金婚自述　亞季何木火

大同世局望堯天，轉瞬蹉跎七十年。身爲遨遊經海陸，家曾爆炸化烽煙。居嘉子女都無恙，移北親朋互有緣。此日金婚堪自慰，欣看戲綵草堂前。

次韻

謳歌純嘏錫諸天，齊頌金婚杖國年。解識利名如鏡月，更知富貴似雲煙。忘年莫逆苔岑契，躡蹻追陪翰墨緣。庭砌桂蘭欣競秀，揚芬藝苑足光前。

卜居　占鼇林金標

信四路移信二居，閒時我欲讀三餘。獅球嶺上看飛鳥，鱟穴江中學釣魚。計爲兒孫營此宅，景多山水擁吾廬。鶯遷恰喜逢佳節，元旦新陽耀太虛

次韻

新宅眞宜處士居，山光鳥性看書餘。一園三徑栽陶柳，碧海青溪釣呂魚。盡把詩情傳子弟，落成冠蓋萃公廬。晨昏嘯傲情何限，清氣時侵牖戶虛。

七十書懷　恩應林子惠

緬懷母難我生辰，七十年來寄此身。虛度光陰慚立世，因循歲月忝爲人。稱觴著意遵蔬食，禮佛存誠薦藻蘋。每看鄰家常宴客，何如平素奉雙親。

次韻

星輝南極慶生辰，蝦祝金剛不壞身。福壽齊兼臻杖國，風騷管領作詩人。奇文共賞來鷗鷺，聖教皈依薦藻蘋。印象令人深刻處，了無矜伐最堪親。

八十自述　友珊陳玉枝

碌碌勞勞八十春，賦閒繞膝樂天倫。懸壺寸志行仁義，合藥微衷守潔貧。勝蹟優遊山水樂，騷場契締鷺鷗親。天將眷顧留雙眼，好看收京慰老身。

次韻

福享人間八十春，同堂五代樂彝倫。賣瓜避世成殷富，植杏懸壺爲濟貧。山水有緣常嘯傲，鷺鷗無忌最堪親。齡臻耄耋逾康健，依舊童顏鶴髮身。

六十述懷四首　欒山賴仁壽

滄桑歷盡節仍持，命本由天早自知。豈爲黃金忘道義，猶欣白首叶壎箎。人情反覆千層浪，世事推遷一局棋。且喜向平償宿願，韜光正待買山時。

其二

垂老常懷德與仁，城東卜宅養吟身。探驪月下偏娛我，射虎燈前不讓人。萬籟和秋猶順耳，終宵讀易尚留神。愿期故國烽煙靖，攜眷同尋五嶽春。

其三

甲子初週菊正妍，不堪回首溯丁年。艱辛歷我知多少？定省無親感萬千。培得桂蘭欣繞膝，分擔書劍未鬆肩。生涯筆墨何嫌淡，閒自哦詩養性天。

其四

髫齡失恃似孤雛，環境蕭條我特殊。馬帳攻書勤十載，班門習藝奮前途。微才敢謂文兼武，賤體無傷髮與膚。今日一家生計足，天心終不負寒儒。

次韻四首

其一

吾社風騷仗輔持，溫良謙讓眾人知。鼇公(註)掌舵明公佐，伯氏吹壎仲氏篪。學富春燈工射虎，消閒林樾下圍棋。即今桑濮風昌熾，反制頹波正及時。

註：賴仁壽先生為仰山吟社副社長，社長為蔡鼇峰先生。

其二

生平由義以行仁，甲子重週益健身。壽世文章堪報國，明倫道德足風人。千軍掃卻詩無敵，八韻吟成筆有神。壽比南山恆不老，靈椿暢茂萬年春。

其三

古柏蒼松共比妍，靈椿挺秀享遐年。懸弧戲綵秋重九，祝嘏添籌歲八千。喚醒騷魂常瀝膽，操持蓮社久擔肩。精神矍鑠身逾健，福壽由來錫自天。

其四

才氣駸駸蜀鳳雛，白眉生即與人殊。穎川郡望蜚清譽，瀛海詩壇闢壯途。忠志爲懷昭史乘，孝心系念惜身膚。蘭陽高士知多少，咸仰先生是碩儒。

歲次壬子年家慈八秩誕辰內祝　鏡村吴餘鑑

八秩慈幃喜健康，湔裙佳節奉瓊漿。紫萱灼灼迎桃李，翠柏青青耐雪霜，薄酒粗肴聊自祝，隆儀厚貺豈能當。國家多難何云壽，俚句吟成慰北堂。

次韻

宏開壽宇賀寧康，騷客三千醉酒漿。寶婺祥輝昭大地，靈萱瑞茂傲嚴霜。生平積善家餘慶，藝苑揚芬譽足當。海屋籌添無量壽，欣看萊綵舞華堂。

六十述懷　少滄王嬌娥

虛度光陰六十秋，詩禪慰老兩兼修。唱隨卌載諧鸞鳳，吟詠多年狎鷺鷗。淡薄生涯堪自足，清閒晚境不他求。兒孫繞膝身猶健，免對菱花歎白頭。

次韻

嘯傲人間六十秋，詩詞文賦並嫺修。長青不老如松柏，淡泊忘機狎鷺鷗。教子相夫應最樂，心平耳順復何求？騷壇女史才無敵，臚唱升鼇獨佔頭。

七十自述　樹德林萬榮

荏苒光陰七十秋，少而不力老還羞。感人處處垂青眼，顧我勞勞已白頭。幾畝田園耕自樂，三餐藜藿食無憂。幸膺天眷身猶健，攜屐名山作勝遊。

次韻

天貺靈椿八百秋，願違匠石有何羞？起衰八代誰攜手？立意非凡獨占頭。蘭桂騰芳應最樂，鷺鷗時狎自無憂。從心所欲不踰矩，五嶽三川汗漫遊。

題春亮師兄《美日觀光吟草》 仰安張火金

航行安穩勝驂騑，世會聯歡得意歸。國粹宣揚酬眾望，歐風領略願無違。文旌駐美人瞻仰，采筆隨心鳳起飛。問俗搜奇詩一卷，或騷或雅盡珠璣。

次韻

搭機遊興勝驂騑，美日觀光緩緩歸。骨肉團圓心最樂，親朋相聚願無違。採風擷俗文情茂，逐日凌雲宇宙飛。夜讀公詩成一快，光芒萬丈發珠璣。

鑑塘父執枉顧賦呈

雞林孰不謳三絕，騷客威推擅六爻。絳、灌未辭屠狗伍，鵷鴻猶欲弱禽交。春風化育繁桃李，詞賦曾經舞鳳蛟。市遠盤飧雜醅菽，漫勞文旆過衡茅。

世界詩歌節紀慶 慕萱陳家添

閩南諸子鬢邊皤，結侶題襟寶劍磨。月露鶯花供藻繪，〈陽春〉、〈白雪〉付高歌。吟儔自古知音重，邦誼從茲逸話多。林下遺風紀令節，大同詩教允休和。

次韻

扢雅揚風兩鬢皤，共披肝膽共磋磨。誰憐阮子窮途哭，獨效王郎斫地歌。彩筆干霄今已少，文章報國古來多。全球鷗鷺聯聲氣，不振元音致太和。

敬次吳保琛詞文七十書懷瑤韻

學窮墳典世無倫，餘事詞章寄性眞。哲嗣有爲通《國富》(註)，先生不用賦家貧。吟躬永並山河壽，詩卷長存歲月新。仙侶稀齡人盡羨，逍遙無忝葛天民。

註：國富，指吳國經濟學家亞當斯密著《國富論》。

敬次陳竹峰(註)詞丈八十書懷瑤韻二首

籌添八秩燭搖紅，紀壽書懷慰素衷。望闕丹心常系北，興文玄意獨徂東。千篇俊逸誰能及？四義清新孰許同？自是德門有餘慶，三臺騷客仰高風。

註：公本竹塹人，旅居花蓮。故第三、四句云然。

其二

福慧雙修逸興催，四時清興藻摛來。騷壇競仰雕龍技，鯤島爭誇吐鳳才。寄跡人間容嘯傲，采風世界任環回。榮登耄耋承天貺，壽宴宏開盡醉杯。

敬和進東縣長六秩晉二述懷瑤韻

仁德端宜享大年，懸弧華燭篆祥煙。聲蜚壇坫詩文合，譽比汾陽福壽全。矢志從公宵旰外，八年主政寡鰥憐。績侔宓子齊黃、龔，餘事千秋耀錦篇。

宜蘭縣孔孟學會成立陳縣長進東有詩見示次韻賦呈

斯文刼後喜逢春，會務操持慶得人。恰似文翁當蜀令，更同柳老化猺民。宏揚孔孟懷孤詣，化育菁莪重五倫。餘事偏驚詩律細，雄渾筆氣見精神。

野菊　宜民林義德

托根山野漫相嗤，不與凡花鬪艷姿。霜壓瓊枝容冷淡，露凝玉蕋影離披。有緣得上騷人鬢，無分安居處士籬。質本高超堅晚節，任他同種入時宜。

次韻

荻蘆爲伍且休嗤，傲雪凌霜挺豔姿。秋日迎風容綽約，晴時匝地影離披。韜光不羨陳花市，養晦無求傍竹籬。泛泛浮鷗最投契，晨昏閑狎恰相宜。

敬次瀛社杜社長萬吉八秩暨金剛石婚紀慶瑤韻　宜民林義德

極婺雙輝映大千，鑽婚又慶杖朝年。桂薑性美心彌篤，松柏材良老益堅。堀祝遐齡臻上壽，詩吟合璧集羣賢。紹裘三鳳誇英畏，榮耀門楣福自天。

次韻

登堂祝堀客三千，頌獻康寧享大年。壽比南山身不老，婚名鑽石質同堅。聲清三鳳傳衣鉢，才冠羣儒紹聖賢。詩律嚴纖臻化境，雙全福壽錫由天。

蟾宮折桂　宜民林義德

取月梯雲意氣豪，泥金詩帖姓名高。吳剛伐桂傳新話，杜氏攀枝舉世褒。蟾窟分香才自足，龍門躍鯉力親操。題名雁塔男兒志，耀祖榮宗莫憚勞。

次韻

力上雲霄膽氣豪，攀回丹桂譽蜚高。蟾宮留跡詩人頌，雁塔題名聖主褒。接武無難心莫怠，修文有則手親操。泥金報捷功成日，十載寒窗慰苦勞。

虎字碑懷古　宜民林義德

草嶺浮青聳海東，碑鐫虎字勢何雄。溪山曾走凌雲筆。季節猶來捲地風。奉使當年膺重任，開疆一代仰豐功。登臨無限滄桑感，荒野平疇已不同。

次韻

碑碣高標矗海東，驅邪鎮孽氣何雄。倚天落筆消妖霧，立地揮毫制暴風。隆嶺一嵎傳韻事，蘭陽千載著豐功。我來剔蘚滄桑後，陵谷推移感慨同。

春燕　宜民林義德

王、謝堂前迹已殘，年年渡海路漫漫。一天杏雨珠簾捲，滿地韶光玉剪寬。舊巷烏衣徒掛夢，新巢翠幕覺棲安。於今飛入尋常宅，芳草斜陽興未闌。

次韻

朱雀橋邊樂事殘，春回東渡路漫漫。紅襟紫頷和風暖，結伴呼羣弱水寬。上下差池新雨後，呢喃細語舊巢安。六朝已渺烏衣冷，瀛嶠棲遲興未闌。

漁港晚眺　宜民林義德

唱晚清歌浦上聞，夕陽鴉背映紛紛。依稀暝色三湘接，淡蕩炊煙兩澳分。篷底呼杯魚入夢，沙中曬網日將曛。眼看一幅天然景，數點漁燈月半紋。

次韻

雲水爲鄉遠近聞，秋晴漁網曬紛紛。歸舟積貨逾千尺，沽酒回家喜十分。短笛橫吹迎霽月，轎車縱列趁斜曛。蕭蕭乍覺衣襟冷，惟見江波起浪紋。

秋日遊梅花湖　宜民林義德

鑑湖景勝冠蘭東，結伴來探興靡窮。曲徑尋幽通佛地，垂亭摛藻寫秋風。當年煮石浮珠嶼，此日營橋掛玉虹。十里波光千里月，半爲人力半天工。

次韻

揮鞭直指過羅東，攬勝人來樂未窮。湖象梅花魚讀日，山飄楓葉鳥呼風。玉尊宮聳摩牛斗，珠嶼波翻漾蜺虹。遊遍五洲無此景，人工巧奪鬼神工。

碧潭秋色　宜民林義德

新店風光曳杖尋，涼飈瑟瑟拂寒襟。潭含秋影來初雁，日映波心落翠岑。岸畔砧聲驚遠夢，亭邊樹色減濃陰。綠山一磬疏林晚，天地無情萬象森。

次韻

屈尺秋光緩步尋，跳珠玉露濕衣襟。涼飈強颭婆娑水，輕霧橫遮遠近岑。九日登高堪盡興，千林搖落不成陰。人來嘯詠西風裡，四面商聲氣鬱森。

海鷗　宜民林義德

雪翎浴浪日忘疲，萬頃滄茫任所之。物外逍遙情自逸，水鄉出沒世難欺。掠舟喜作漁人伴，覓壘羞同燕子痴。愧我紅塵緣未了，何時相狎契心知？

次韻

海島生涯樂不疲，靈禽天地任翔之。揚鰭獵物恆難脫，爭席鄰翁莫漫欺。無束無拘於願足，雙飛雙宿最情痴。水鄉出沒休云淡，千載騷人是舊知。

戰馬　宜民林義德

霜蹄馳騁越關山，定遠揚威黑海灣。破敵黃沙留偉績，論功丹陛近天顏。帳前莫嘆烏騅逝，塞外爭誇赤兔還。垂老何堪身伏櫪，猶思汗血報時艱。

次韻

奔雷逐電蹴雲山，捲雪追風掠海灣。掃穴犁庭喪胡膽，衝鋒陷陣悅天顏。一從鞭策揚蹄去，百戰功成振鬣還。垂老未遑回故櫪，亟思報主濟時艱。

祝黃春亮社兄榮膺宜蘭縣農會理事長　宜民林義德

縣農會長屬先生，學博涪翁更得名。是種是耕調鼎鼐，乃倉乃積兆豊盈。麥禾百里呈新秀，業佃千秋奠好評。但願蒼天風雨順，謳歌處處慶昇平。

次韻

蘭疆農政賴先生，博學多能仰大名。乃積乃倉民樂利，教耕教鑿歲豊盈。慕回伍噲時人頌，仗義疏財月旦評。后稷薪傳留韻事，年年稻浪與雲平。

蝠山遠眺　宜民林義德

蝠山遠景世名聞，覽勝同登果不羣。綠水縈洄猥小市，奇峰突兀鎖閒雲。平林風定炊煙直，嶺頂樵歸暮靄分。極目海門波浪闊，地靈人傑自揚芬。

次韻

蝠山名勝邇遐聞，四季登臨大雅羣。此日交通繁海陸，昔時抗戰會風雲。鼍鼉擊鼓當秋候，蝙蝠篩星燦夜分。自古人才紛輩出，士農工賈各揚芬。

茗谷觀瀑　宜民林義德

茗溪景勝早名留，峰勢迂迴水急流。時有閒雲迷谷口，長將白練掛山頭。天心恍惚晴猶雨，霧氣蒼茫夏亦秋。擊石寒聲堪悅耳，頓忘身世有沉浮。

次韻

茗溪攬勝客停留，萬丈濺濺天外流。銀漢斜懸青澗底，玉虹倒掛碧山頭。飄來爽氣忘三伏，滌盪吟懷似九秋。憐汝在山清可掬，肯隨濁世任沈浮。

秋日雙溪謁三忠公(註)　宜民林義德

涼飇瑟瑟締吟儔，來謁三忠雨未收。力挽狂瀾張至理，歌吟正氣耀千秋。侯封信國風徽遠，身溺厓山志節留。太息宋家終不起，蕪詞弔古思悠悠。

註：三忠宮祀文天祥、陸秀夫、張世傑。

次韻

三忠廟謁萃吟儔，雲斂雙溪宿雨收。赫濯英靈安四境，浩然正氣壯千秋。捨生慷慨成仁去，視死如歸大義留。一角觚稜隆俎豆，西風蕭瑟思悠悠。

歲暮書懷　宜民林義德

有限人生怕歲加，又驚臘鼓耳邊賒。無多俗累身仍健，只爲豪吟鬢已華。架上詩書娛老境，門前桃李孕新花。春聯備好窮文送，元旦欣乘半價車。

次韻

蓂莢凋殘歲又加，街頭臘鼓日催賒。鴻鈞運轉千門慶，馬齒徒增兩鬢華。凡事小心因是果，菲才難夢筆生花。世風日下文章賤，鄴架休云富五車。

秋日花蓮雅集　宜民林義德

勝會宏開九月時，黃花老圃正離披。雲收魯閣看排笏，楓染蓍萊似點脂。照海驪珠生霽月，橫天雁字入新詩。願教韻事年年繼，風振文壇壯鼓旗。

次韻

宏開勝會九秋時，大雅扶輪共膽披。菊綻蓍萊如錦繡，楓鋪魯閣似胭脂。罰依金谷頻中酒，競剪秋光入小詩。天下英雄宣白戰，風雲舒捲卓吟旗。

荔枝香　宜民林義德

嶺南名果憶髯蘇，飽蘊瓊漿勝酪酥。曾為佳人消內熱，長勞驛使動飛駒。金丸顆顆香猶好，玉液沈沈味自殊。贏得深宮妃子笑，唐皇韻事古今無。

次韻

日噉三百比髯蘇，味埒醍醐勝酪酥。擘殼幾曾疑玳瑁，垂涎不用走龍駒。涼生齒頰吟情逸，沁到詩脾筆力殊。源自嶺南誇異果，臺灣明鄭以前無。

迎歲梅（歡迎日本木下周南教授）　宜民林義德

炎方淑氣轉洪鈞，玉骨冰魂更出塵。破臘簷前開景象，衝寒雪後顯精神。賡平賦罷文章古，和靖吟成歲月新。喜有高朋來上國，香浮瀛海盡生春。

次韻

番風第一轉洪鈞，梅蕊先開迥出塵。浮動暗香侵氣骨，橫斜疏影助精神。迎年卻比羣芳早，破萼欣看萬象新。更喜騷人與相狎，琴樽檀板共嬉春。

殘夏即事　宜民林義德

解慍薰風力漸殫，無多長夏雨生寒。驕陽曬盡江楓赤，涼味吹來客思寬。露欲成珠秋欲到，荷將墜粉暑將殘。炎威已被蟬吹去，雁信何須嘆渺漫。

次韻

赤帝權威逐漸殫，幾番梅雨袖襟寒。日斜槐樹蟬聲歇，晝寢江樓蝶夢寬。綺歲數奇難自棄，暮年壯志未消殘。乘風好是中秋近，桂折蟾宮氣浩漫。

蘭陽秋訊　宜民林義德

一葉梧桐信乍頒，新涼已到太平山。龜峰過雁驚新序，草嶺殘蟬冷北關。楓落江中吟妙句，扇捐篋底嘆朱顏。歐公大賦吾人繼，撫景詩成桂欲攀。

次韻

涼生有信雁初頒，一葉梧桐落雪山。蓼白楓丹移節序，鱸肥蒓美憶鄉關。驚秋賦出歐公手，作客愁凋庾子顏。甚欲乘風霄九去，蟾宮暢覽桂躋攀。

示兒一首並寄君濳誼姪　仰安張火金

玩紙聰明幼應徵，半箱經卷幸相承。讀書致用關心術，處世交遊慎友朋。簣積成山勤在我，冰寒於水服其膺。欲窮千里看春色，百丈高樓待汝登。

次韻

術士之言不足徵，自憐家學乏傳承。鯉庭有幸聞詩禮，鯤海浮沈愧友朋。冰水寒論知立志，簣山勤訓永銘膺。誓將一覽眾山小，竭盡微誠五嶽登。

元日寄諸吟友　仰安張火金

一點河沙一寸絲，茫茫人海強棲遲，業荒有愧家承父，身老無文學負師。嫁娶未完心上願，桐棺將向隴頭移。勞人幸喜憂添壽，依舊平安過歲時。

次韻

煙柳迎春茁嫩絲，修文甚悔奮偏遲。耳提面命同家父，心放才疏愧我師。富貴如雲庸系念，詩書葄枕不能移，效顰無狀腸搜竭，直到新正爆竹時。

人生我見　仰安張火金

得迂迴處且迂迴，莫爲閒愁困不開。曠我胸懷時半醉，翻天事業讓全才。梳風纔撫春舒柳，綻玉旋看臘放梅。電閃光中爭富貴，勞心損壽苦何來？

次韻

死生肯信有輪廻？此說虛無亟破開。一分耕耘一收穫，半爲努力半天才。天經霹靂方驚蟄，地歷冰霜始綻梅。愚者愈愚聖彌聖，飛沉賢劣自尋來。

歲暮館樓偶成　文訪林熊祥

既服芳蘭未忍鋤，汶汶察察孰憐渠？馬蹄夢已無經世，雞肋情難罷讀書。嘈雜市聲人此老，飄蕭山雨歲看除。漢陰機究何時息？煩惱俱生落地初。

次韻

硯田無稅好勤鋤，寵辱譏讐盡任渠。幸有蘭膏焚繼晷，絕勝螢案藉攻書。駒光過隙催人老，蠖屈求伸趁歲除。作客十年猶故我，青氈仍在未違初。

丁未春節 文訪林熊祥

通宵爆竹象昇平，正統人心奉不更。舊俗多懷成度歲，終身一願看收京。椒盤粗具欣童稚，橘頌深居謝友生。滯雨放晴山色好，樓頭久對暮雲橫。

次韻

梅柳爭妍十里平，桃符貼就一年更。孤臣孽子懷天闕，南宋遺民望汴京。俚句綴成迓羊歲，效顰無狀愧鯫生。新正翹首蒼茫外，瑞氣依微嶺上橫。

北投靜憩　文訪林熊祥

脈脈泉溫溪嶺間，怡情蘇頓返間關。農歌聒耳豐年樂，草色支頤半日閑。白鳥殘虹犂外雨，芳林斷靄檻前山。逢辰作健客輕過，自古無方可駐顏。

次韻

側身冷翠熱泉間，俗慮浮名兩不關。養氣自應長日憩，興懷難得片時閑。梧桐零落驚新序，鴻雁歸還識舊山。好是晚來新雨後，東籬把酒解愁顏。

李紹唐先生就任瀛社社長已逾三載有感奉贈一首　嘯庵李有泉

大雅宏揚最勇爲，儒風振起可無詩。山高道德人爭仰，海量襟懷世所知。濟困扶危常樂善，禮賢下士又謙卑。主盟瀛社三年過，成績輝煌感不支。

其二

詩教應期進大同，執盟牛耳有明公。好將道德交天運，且把文章耀國風。忠厚溫柔爲主旨，興、觀、羣、怨更旁通。欣逢六十星霜滿，社集刊行慰素衷。

次韻二首

孝忠義信自安爲，國族情懷盡託詩。處世不虞猿鶴怨，律身有則鷺鷗知。提攜晚輩彌親切，接侍時人更遜卑。附驥忝爲瀛社侶，追陪何幸感難支。

其二

嶽降星辰自不同，瀛洲雅士樂隨公。披肝瀝膽關民瘼，主社昌詩振國風。〈八索〉、〈九邱〉皆盡讀，〈三唐〉、〈兩漢〉盡嫺通。桂冠軒冕欣榮戴，實至名歸翕衆衷。

贈張晴川先生　嘯庵李有泉

港上題襟一面親，方知君乃舊騷人。中年抗日聯同志，光復議壇又獻身。交友心誠眞感激，幹詩事捷見精神。江天閣是論文地，添得先生趣味臻。

次韻

慈祥愷悌語和親，吾社扶持慶得人。誓爲蒼生甘瀝膽，曾經滄海許捐身。譽蜚鯤島詩無敵，幟拔騷壇筆有神。一自流行隨驥尾，心如葵藿喜傾臻。

註：張晴川字漢澄，為民國十年臺灣文化協會發起人之一，從事抗日活動。第三、四句本此。

天籟吟社四十周年社慶　嘯庵李有泉

一場慶會展華筵，得句如珠落錦箋。儘有才名標海內，肯將風義讓人先。藏山可卜千秋業，結社曾經四十年。好把文章同報國，諸君彩筆欲凌煙。

次韻

欣逢社慶敞華筵，扢雅揚風共擘箋。蟾桂何人枝折早，驪珠有客手探先。江山嘯詠千秋業，歲月推移不惑年。筆陣縱橫干氣象，雞林聲價駕凌煙。

六三書懷　嘯庵李有泉

六十三無白髮生，手邊事業且經營。劍南愛國詩尤壯，甌北從軍夢不驚。風雅一燈心自照，江山萬里足曾行。雄心擬挽天中月，來向神州照太平。

次韻

綵筆花應夢裡生，名山事業擅經營。探驪早令詞宗服，屬草常教社侶驚。耿介不求兼不忮，生來安學又安行。精神已與先賢合，坐忘人間路弗平。

江天閣晚興二首　嘯庵李有泉

曲欄風靜展茶杯，目送斜陽過嶺隈。向晚流雲推月出，平空掠水一鴻來。聲飄漁笛玻璃水，市湧鐙光窈窕臺。好約朋歡聯小酌，柴扉認取背江開。

其二

搖晴江草照茶杯，坐我迴闌萬慮開。向晚碧空添月靜，照城市色送燈來。正憐歸鵲啼幽樹，稍厭奔車起細埃，似此樓居原不俗，更思移竹小庭栽。

次韻二首

晚涼坐納展茶杯，魚避銀鉤躍水隈。心靜無虞鴻鵠至，神閒端愛鷺鷗來。圖書四壁埋憂地，庭院三弓養性臺。雀舌斟來無限好，風生兩腋筆花開。

其二

新茶初試自銜杯，鑑地窺天筆路開。句自千山雲外得，詩從三峽水中來。聲華早已蜚殊俗，方寸長如未惹埃。獨善毋忘培後進，庭前桃李手親栽。

花月吟　嘯庵李有泉

花容月貌兩分明，醉月餐花得句成。月下看花花解語，花前坐月月含情。月將影照花冠麗，花把香熏月鏡清。春欲壽花秋壽月，花朋月友契三生。

次韻

春花秋月記分明，步月看花句漫成。月下餐花饒逸興，花間醉月最怡情。雲收月照花容麗，雨霽花開月鏡清。坐月看花何限意，邀花同月証三生。

花月酒吟　嘯庵李有泉

名花美酒月相陪，坐月吟花弄酒杯。酒氣熏花邀月出，月痕涵酒對花開。盟花友月酒爲主，品酒評花月作媒。我是月中花酒客，憐花惜月酒情催

次韻

賞花載酒月相陪，月照花枝映酒杯。酒醉邀花同月舞，月明把酒趁花開。依花坐月酒爲伴，對酒盟花月作媒。月下花間將進酒，憐花惜月酒詩催。

花鳥吟　嘯庵李有泉

奇花異鳥自溫情，花號難知況鳥名。羨鳥吟風花醉露，愛花富貴鳥聰明。鳥和花語花神爽，花染鳥香鳥性清。鳥自超塵花不俗，箋花題鳥興非輕。

次韻

半生花鳥兩關情，遮莫花名與鳥名。傍柳隨花探鳥性，持柑聽鳥趁花明。花熏日暖鳥聲碎，鳥舞風和花韻清。坐賞花園羨飛鳥，漫吟花鳥馬蹄輕。

一吟二首　嘯庵李有泉

一樓一閣一江城，一柳一花一鳥鳴。一塔一橋一帆影，一圻一壑一泉聲。一茶一菜一肴美，一杖一瓢一笠輕。一筆一箋一硯古，一觴一咏一心清。

其二

一山一水一村莊，一國一池一小堂。一畫一書一詩卷，一琴一鶴一爐香。一梅一竹一松逕，一笛一簫一劍囊。一夕一朝一無事，一遊一臥一徜徉。

次韻二首

一泉一壑一山城，一竹一松一鶴鳴。一室一燈一倩影，一經一磬一鐘聲。一寒一暑一年過，一雨一風一葉輕。一几一琴一歎息，一絃一柱一淒清。

其二

一阡一陌一村莊，一硯一書一草堂。一水一橋一鶴語，一園一徑一花香。一簑一笠一漁笛，一筆一箋一槖囊。一世一鄉一隱士，一醒一醉一徜徉。

開歲吟　嘯庵李有泉

好趁鞭春納吉祥，自題聯語掛華堂。登樓坐領千山秀，倚檻吟迴一水光。花展芳菲添歲景，人穿錦繡賀年忙。誰知揀取良時出，先踏財方後喜方。

次韻

獻頌椒花兆吉祥，桃符換舊燦華堂。窗前送翠來山色，檻外拖藍映水光。爆竹家家迎歲樂，吹春處處賽神忙。吾家世代遵庭訓：「元日初遊必有方」。

新宅　嘯庵李有泉

移從高閣向西邊，坐接江風失夏天。小插瓶花陳淨几，試安茶竈煮甘泉。帆光拖水來窗外，山色和雲到檻前。飽食清眠無個事，新詩題滿案頭箋。

次韻

新居占卜淡江邊，一室窗含萬里天。月白風清來舊雨，龍團、雀舌煮甘泉。談詩公罕《三唐》後，讀稿人疑《兩宋》前。大隱市廛多發興，清詩題遍薛濤箋。

墨蟹　嘯庵李有泉

無腸公子畫難和，妙筆傳神自不訛。八足橫行如帶劍，雙螯抗敵似揮戈。含膏滿腹文章飽，披甲周身武力多。卻羨丹青長寄跡，漁翁擒取奈君何？

次韻

郭索輸芒墨瀋和，陽陽神采訝無訛。雙螯揮舞猶披甲，八跪橫行似帶戈。硯水飽餐黃頓減，秋霜久凍黑滋多。居然遁入丹青裡，笑問漁人可奈何？

元日即事　嘯庵李有泉

爆竹聲飛遍市寰，賀年有客叩柴關。醉傾美酒全家樂，飽玩韶光一日閒。舊歲已隨流水去，新春又送百花還。貼門親寫紅聯字，古例依然尚未刪。

次韻

爆竹吹春響市寰，氤氲淑氣遍江關。齊民共享新年樂，詞客權偷半日閒。西嶺雪銷寒氣盡，東皇旆返暖風還。窮文已送洪鈞轉，醉飲屠蘇萬慮刪。

訪友　嘯庵李有泉

千山作態宛如環，來訪幽人在此間。也似東坡參玉版，卻無佛印坐雲關。詩成不覺頻吟咏，景好還思一再攀。居士有林瀟洒甚，勞身笑我未曾閑。

次韻

坪林居處綠迴環，步入清泉碧石間。小隱雙溪甘野蔌，窮探二酉閉柴關。驥騏類聚駑非偶，鴻鵠羣棲雀漫攀。三徑未荒松菊翠，白雲紅葉兩閑閑。

春園鳥語　嘯庵李有泉

千紅繡出一園春，天籟聽來欲爽神。杏底音清調燕舌，柳邊韻雅弄鶯唇。鷓鴣活潑能呼侶，鸚鵡聰明解喚人。絕似東皇開樂府，眾禽爭奏曲歌新。

次韻

千禽百卉一園春，萬籟爭鳴聽爽神。鸚鵡臨風憑鼓舌，黃鸝梭樹奏絃唇。世衰誰是知音者？日暮空懷顧曲人。熙攘率皆名利客，憐渠歌調枉翻新。

湖濱曉步　嘯庵李有泉

曉風吹落兩三星，來看湖天振雁翎。樹色乍明雲腳路，櫓聲搖過水頭亭。高峰勢欲爭天立，薄雪還餘向岫停。可惜此間村店少，未容沽酒醉山靈。

次韻

熹微只賸幾晨星，湖畔依稀雁刷翎。訪月何人乘短艇？談天有客憩長亭。週遭魚鳥渾相識，輾轉居諸不易停。一飲新茶空五蘊，更欣琢句筆通靈。

春光　嘯庵李有泉

春光一半付東流，此日題詩倦倚樓。花若感時應有恨，柳如傷別豈無愁。河山北望妖氛合，人物南遷霸氣留。佳節不殊風景異，那堪回首憶神州。

註：公廈門人，結句本此。

次韻

駒光似水不停流，憑弔人來上翠樓。紅紫凋零猶有淚，青春易老豈無愁。悽悽易得分陰逝，惻惻難賒寸晷留。九十韶華容易過，誰憐何遜在揚州。

東寧　嘯庵李有泉

東寧豔說舊仙寰，山色如城北市環。萬國衣冠三府近，幾家亭館七星間。劍沈潭水英雄去，巢破圓山草樹閒。雲物已隨時世換，一江終古自潺湲。

次韻

五龍東渡闢仙寰（註），瀛海婆娑四面環。島為東南添鎖鑰，境同天上異人間。牛皮地割盟纔訂，鹿耳潮掀鬥未閒。闍閦門荒餘夕照，浪濤依舊碧潺湲。

註：「五龍東渡闢仙寰」，鄭成功高祖葬處，形家謂「五馬奔江」。清施士浩〈臺灣雜詠〉：

「信有山川妙鐘毓，至今五馬説奔江。」

醉春　嘯庵李有泉

感謝春開萬樹紅，醉餘題句贈東風。桃腮引我情先動，柳眼窺人意欲通。短杖頻拖行野外，深樽獨飲坐山中。無邊光景看難盡，酩酊歸來興未窮。

次韻

迎春螘泛狀元紅，絲竹悠揚坐暖風。醉酒敲詩追太白，微酣琢句擬文通。乾坤倒轉三杯後，桃杏飄香四座中。身世飛沈渾不管，吟成秀句樂無窮。

宜蘭縣陳縣長進東卸任賦似　嘯庵李有泉

八年邑宰政和通，大藥醫邦德更隆。建設蘭陽新氣象，昌明潁水舊家風。懸車循吏民皆譽，愛國唯心眾不同。勝景梅湖堪小隱，閒雲野鶴伴詩翁。

次韻

蘭邑人和政翕通，河陽千載譽聲隆。賣刀買犢行昭代，垂拱鳴琴尚古風。並奉老莊子期異，獨崇孔孟仲舒同。八年郅治絃歌外，辭賦猶堪匹放翁。

江村晚步　嘯庵李有泉

閒扶一杖踏斜曛，纔過橋西景便分。落日漁舟多占岸，出山樵客半挑雲。暮林歸鳥啼煙碎，野寺寒鐘隔水聞。領略江村幽爽氣，始知城郭有塵氛。

次韻

躑躅郊坰日未曛，緩尋秀句惜陰分。平皋犢返浮青靄，曲徑樵歸破白雲。咽石清泉流外聽，辭枝紅葉靜中聞。西風乍起衣裳冷，興盡徐還踏夜氛。

晚秋　嘯庵李有泉

落葉聲中睡起遲，輕寒最愛晚秋時。含煙丹桂濃於畫，帶雨黃花淡似詩。才拙敢邀龍尾譽，性頑欲近虎頭痴。江干此去無多路，且爲鱸魚理釣絲。

次韻

細剪秋光得句遲，嫩寒節近小陽時，半山紅葉明如畫，三徑黃花美似詩。點勘百家忘寢食，吟安一字欲狂痴。商聲肅殺年華老，橐筆空懷鬪色絲。

閒居漫興　嘯庵李有泉

宜茶宜雅逸心長，字出銀鉤句亦香。色未能空生且樂，情如可割死何妨？溪山寄興東坡筆，意氣論交北海觴。似此襟懷眞作達，故應綺語帶清狂。

次韻

梟篆茶煙引興長，四圍鄴架發芸香。菜羹蔬食都無礙，甕牖鶉衣盡不妨。句摘春秋堪佐酒，偶來樵牧快飛觴。漫談北宋淪亡事，明辨忠奸喜欲狂（註）。

註：元韋安居《梅磵詩話》卷上、明楊慎《升庵詩話》卷十一、清潘德輿《養一齋詩話》卷一，僉言北宋亡於王安石。而後者且言王安石有六大罪：欺君、蠹國、病民、用小人、逐君子、侮聖經等。轉結本此。

秋興　嘯庵李有泉

離懷經雨思愔愔，門掩西風落葉深。剩對青山酬冷眼，誰將綠酒答秋心？小堂俗客談無味，遠地佳朋盼斷音。寂寞燈窗成獨坐，手翻舊稿一重吟。

次韻

式昭琴德思愔愔，紅影飄來感觸深。玉露金風遊子淚，鱸肥蓴美故園心。搗衣用盡閨中力，作客愁聽空外音。叢菊兩開懷杜老，曲欄徙倚自沈吟。

中秋　嘯庵李有泉

畫闌徙倚到三更，表裏乾坤一氣清。銀燭有心還照夢，冰蟾無語也關情。莫愁節序催年暮，且喜文章漸老成。月餅正香秋宴啓，團圓妻子小昇平。

次韻

中秋賞月到深更，空水澄鮮一色清。桂粟飄香饒綺思，嫦娥終古最多情。劇憐節序行將暮，長恨文章老未成。哀鬢梳風無限感，心潮起伏不能平。

放曹　嘯庵李有泉

江東敗走喘絲懸，截路魂驚漢將前。乞命辭哀憐此日，封侯恩重憶當年。不關功罪終身繫，但放奸雄匹馬還。千古華容佳話在，髯翁忠義擅雙全。

次韻

兵敗無能解倒懸，華容漢將立當前。蛟龍水淺逢今日，賓主恩深憶昔年。目送奸雄揮手去，頭垂匹馬負荊還。髯翁韻事傳佳話，萬古雲霄忠義全。

崁津秋望　嘯庵李有泉

目接清靈水接隈，大溪依舊笑徘徊。龍潭釣鯉經西崁，烏嘴含煙向北臺。雲物天心身外置，江關秋色眼中來。詩聲夾入商聲裏，盡覽風光落酒杯。

次韻

大嵙嵌接白雲隈，漫剪秋光日往徊。鯉躍龍潭誇勝景，鶯鳴桃邑有歌臺。炎氛頓渺涼飈至，秋思初生暮雨來。日月居諸無限感，典裘沽酒盡餘杯。

詩僧（限虞韻）　嘯庵李有泉

羨他老衲本鴻儒，覓句敲鐘興不孤。數本詩箋陳佛案，百篇吟草疊經橱。邀人結社禪心悅，約友論文道意娛。眞個沙門風雅士，彷如慧遠隱廬嵎。

次韻

崎年藝苑一鴻儒，老去爲僧興不孤。磬韻鐘聲鳴寶殿，梵文貝葉滿經櫥。談詩斐亹難行易，解字周詳澀化娛。絕似唐朝釋齊己，空王長侍隱衡嵎。

憶君潛　嘯庵李有泉

營途奔走幾經年，忙煞精神也喟然。身似鳥飛盤峻嶺，跡如魚落入深淵。得來元寶多藏篋，失去新詞落滿箋。何日還君心境靜，新莊歸隱快如仙。

次韻

詩文受業十餘年，琢句叮嚀尙自然。動若鵬程窮碧落，靜如龍蟄隱清淵。關懷悃悃揮椽筆，諭訓諄諄落錦箋。何日歸來長侍側，執經叩問快如仙。

君潛大弟見晾佳什武韻報之　嘯庵李有泉

營途逐利幾經年，不惑春秋立志堅。探玉應當登峻嶺，撈珠也要向深淵。多收元寶興家業，減作文章付社箋。今日袖詩來訪我，知君才力勝從前。

次韻

絳帳春風二十年，鄙寬儒立志彌堅。才疏力乏追雙陸，資淺知難學九淵。氣骨崚嶒勞遠夢，珠璣璀璨滿華箋。卻慚句俚猶嘉勉，依舊慈祥在眼前。

美國海盜船探測火星感賦二首　嘯庵李有泉

火星探奧開新智，海盜奔騰速力龐。多處山光皆挺峻，幾分水色不成淙。欲尋生物因迷路，挖取乾塗載返艭。費盡心機來試驗，未明眞相興難降。

其二

光體如開萬里窗，火星遠望燦成釭。箇中秘奧無人覺。世外乾坤有物龐。造詣更難趨月窟，登臨需要駕雲艭。原知美國通科學，偉大精神鼎可扛。

次韻

太空探險功勞偉，熒惑搜奇績效龐。雪地有山皆濯濯，冰河無水失淙淙。直奔碧落凌三界，上擊青天駕一艭。挖土歸來憑化驗，揭開奧秘眾心降。

其二

太空秘奧覷船窗，閃鑠銀河萬盞釭。回顧地球形縮小，俯看熒惑體增龐。四圍尋覓無金谷，終古停留有玉艭。軌道由來無引力，鼎輕如羽不須扛。

世亂時衰慨然有作　嘯庵李有泉

五嶽盪胸氣未平，擬攜神劍斬長鯨。掀天風起千山動，捲海潮高萬馬鳴。劫外版圖開國史，望中鼙鼓隔江聲。何當一奏〈伊涼曲〉，指日雄驅殺賊兵。

次韻

世道崎嶇未剷平，運移漢祚走長鯨。瀛壖清淺塵揚起，潭水潺湲劍不鳴。太息豆萁相對泣，劇憐蠻觸鬥爭聲。漁翁在側眈眈視，鷸蚌依然未息兵。

寒郊散策　嘯庵李有泉

曳杖冬郊十里長，老來腰腳轉康強。幾株破臘梅初放，千樹期春竹尚蒼。聽鳥忍寒來嶺上，觀舟耐冷到潭旁。殷勤展步尋詩去，收得村光入錦囊。

次韻

漫步郊垌逸興長，探幽不覺朔風強。李桃逢臘都搖落，松柏隆冬尚鬱蒼。叉手詩敲楓徑外，開心句覓竹籬旁。夕陽西昃歸來晚，細剪年光入錦囊。

月窟雙攀桂　嘯庵李有泉

丹桂同攀步捷程，陳、施二士冠羣英。花蓮大會無雙譽，臺北聯吟第一名。詩好能追唐、宋法，才高莫怪鷺鷗驚。廣寒宮殿開門待，定博嫦娥帶笑迎。

次韻

折桂蟾宮萬里程，詩壇天挺兩豪英。稻江練就探驪技，蓮社爭來繡虎名。琢句清新耆宿服，揮毫俊逸邇遐驚。雙揮彩筆人無敵，贏得嫦娥倒屣迎。

春聲　嘯庵李有泉

賞春何物最心嬉，天籟傳神處處奇。燕舌音清如學語，鶯喉韻滑似吟詩。雨敲楊柳聲千點，風打梅花響一枝。眞個東皇開樂府，人間絲竹不相宜。

次韻

春回天籟最心嬉，側耳銷魂韻律奇。肯信蚓蛩能弄笛，始知鶯燕擅吟詩。憑開芥圃花千朵，何遜騷人筆一枝。此曲祇應青帝有，等閒絃管不相宜。

曉遊得句　嘯庵李有泉

覓句晨郊喜不禁，興來一步一回吟。人行倒影長拖地，鳥宿啼聲靜繞林。遠望千山環北出，遙看孤月向西沉。歸家舉筆攤箋寫，宛若途中拾得金。

次韻

平旦清遊樂不禁，淡江江畔漫哦吟。波心潑剌魚跳水，岸畔彈絃鳥噪林。宿雨初收天欲曙，世風直下陸悲沉。聖賢在邇宜私淑，懿行嘉言式似金。

日月潭風光　嘯庵李有泉

潭名日月景清幽，引得鄰邦客競遊。隄上看山拖短杖，波中覓句泛扁舟。無雙美麗傳千古，第一輝煌譽五洲。涵碧樓高堪信宿，我曾攬勝慣勾留。

次韻

萬頃波光景色幽，杖藜徐步任優遊。聯翩騷客消三伏，信宿蟾宮駕一舟。誰謂當今無淨土？倘來此處即滄洲。依稀斷續杵歌地，便是原民古俗留。

碧潭泛月　嘯庵李有泉

滿船明月浸虛空，綠水無痕夜氣沖。詩思浮沉檣影裏，夢魂搖曳櫓聲中。星辰冷落碧潭水，鴻雁悲鳴紅蓼風。數點漁燈依古岸，斷橋垂露滴梧桐。

次韻

飄然彩鷁泛虛空，鼓枻潆洄爽氣沖。一水浮光濃淡外，千山暝色有無中。乘槎準擬訪秋月，振藻端宜向晚風。烏鵲南飛無意緒，可憐三匝繞梧桐。

夜半鐘聲　嘯庵李有泉

寒山鐘響夜深天，張繼題詩萬古傳。敲起羈情無限感，催來鄉思不成眠。烏啼月落霜侵岸，漁火星殘浪打舷。十載江湖飄泊慣，蒲牢聽罷悟參禪。

次韻

百八敲來霜滿天，張公韻事世爭傳。烏啼半夜蟾初落，蒲吼寒山客不眠。人競追陪驃騎幕，誰堪遺顧孝廉船？古來今往皆如此，悟徹思參慧遠禪。

梨江秋望　夢若洪寶昆

西風落葉滿山涯，放眼平疇一望賒。稻浪千重翻沃野，詩聲疊唱起農家。成功嶺外軍聲壯，大肚溪頭夕照斜。煙景無邊憑藻繪，當筵有客筆生花。

次韻

西風颯颯起天涯，遙望梨江逸興賒。敘舊津頭萃騷客，翻新水調唱漁家。魚潛龍寂滄波冷，蘆白楓丹夕照斜。欲剪秋光留畫本，卻憐禿筆不生花。

夏日謁彌陀寺　夢若洪寶昆

彌陀梵境雨濛濛，涼意侵襟昨夜同。說法僧談眞妙諦，盍簪人有古儒風。詩敲遠寺追蘇子，跡遯深山憶謝公。頂禮焚香頻禱告，河山再造待元戎。

次韻

蕭寺雲深細雨濛，泠然塵世不相同。天花散落如殘雪，貝葉悠揚渡曉風。鯨去一龕懷沈老，人來三笑效陶公。旻天似奏霓裳曲，鼓吹中興叶〈小戎〉。

光復節洄瀾雅集　夢若洪寶昆

河山復旦九州同，騷客題襟大海東。魯閣雲濤生腕底，洄瀾水色入杯中。投荒有恨明朱裔，收土垂勳漢蔣公。數盡興亡多少事，酒邊酬唱樂融融。

次韻

合浦珠還節慶同，宏開勝會海之東。蘭陽山水蒼茫外，魯閣雲濤掩映中。爲政長懷胡鐵老，昌詩永憶沈斯公。二難四美都齊備，臭味相投酒思融。

松鶴遐齡 祝陳進東縣長林義德社長七秩　仰安張火金

秦政恩封出偶然，林逋愛護義循天。藤蘿附勢紆堪憫，鷗鷺相形小自憐。暴雨狂風撐萬劫，寒汀清澗逸千年。神閒氣勁皆長壽，衍作民間祝嘏篇。

次韻

松鶴知音豈偶然，半因際遇半由天。凌霜傲雪人爭仰，警露鳴皋獨自憐。翠蓋參天春不老，玄裳舞月壽千年。籌添七秩懸弧日，騷客紛呈祝嘏篇。

冬日雙溪話舊　怡陶黃春亮

飛花六出足遊觀，簪盍雙溪日未殘。堂上張家雞黍約，樽開陳榻客心歡。箋擲幾輩才追杜，筆戰伊誰力繼韓。投轄孤山堪比美，清談刻燭共披肝。

次韻

橘綠橙黃蔚大觀，貂山冬暖雪初殘。振衣絕頂長舒嘯，濯足雙溪盡謔歡。作賦有人追李杜，摛詞幾輩紹蘇韓。二年約不忘雞黍，聲氣相聯照膽肝。

詩幟　怡陶黃春亮

迥異青空掛晚風，竿頭舒捲動文雄。招來墨客詞如海，拂起詩人氣吐虹。一代才華追白社，千秋藻雅仰蘇公。心旌我亦同搖曳，撚斷吟鬚句始工。

次韻

一竿招展捲文風，弄月篩星藻思雄。諸子驅馳才吐鳳，百家吶喊氣如虹。興衰起敝賡韓老，愛國憂民繼杜公。接武前賢開泰運，詞翻白雪奪天工。

祝春亮詞兄榮膺宜蘭縣農會理事長　南湖陳進東

指揮農會仗詩人，處世惟期日日新。嘯傲煙霞忘歲月，圖謀福利奮精神。偷閒尚抱逍遙志，負責無傷矍鑠身。風範如兄擔重任，定教德澤遍蘭民。

次韻

農政推行慶得人，盤銘康誥日維新。五車學富人無敵，餘事吟哦筆有神。遠小親賢憑隻眼，賣刀買犢必躬身。懸知三載劬勞後，定有嘉猷答選民。

題《美日觀光吟草》黃春亮先生著　南湖陳進東

行吟萬里出蓬瀛，杖履隨緣無限情。笑我勞形忘日短，知君作客覺身輕。尋幽探勝搜佳句，抎雅揚風盡至誠。字字珠璣驚鷺侶，感人肺腑是心聲。

次韻

笑攜鉛槧出鯤瀛，美、日觀光愜素情。心地慈祥仁義重，胸懷曠達利名輕。抎揚風雅不遺力，格致詞章竭至誠。海外清遊應盡興，奚囊飽貯振譽聲。

冬日雙溪話舊　南湖陳進東

鷗鷺雙溪互問安，朔風吹面不知寒。多君情重催詩急，笑我才疏覓句難。喜聽高吟閒把盞，何妨一醉共披肝。聯牀促膝徵重約，剪燭西窗到夜闌。

次韻

故人相見自心安，溫暖渾忘氣冷寒。徵逐酒肴行處有，踐形車笠古來難。約遵雞黍明心志，話到人情瀝膽肝。夜雨對牀猶未已，不知曙色上勾闌。

臺灣雜詠　蘊藍葉田

東寧騷客約遊期，隨處尋幽定有詩。鹿港歸帆看晚景，梨峰撥霧賞朝曦。問禪必到龍山寺，弔古曾探虎字碑。攬勝南都欣駐馬，整衣合拜鄭王祠。

次韻

臺灣攬勝慰襟期，撫事興懷紀以詩。淡水戰場餘廢壘，砧山劍井弔晨曦。黑旂帳下英雄塚，赤嵌樓前帝子碑。最是初晴春雨後，梅花含淚灑王祠。

華江橋觀釣　　蘊藍葉田

橋中眺望倚欄干，有客垂綸坐石磐。港嘴流青春水闊，柳町拖綠夕陽殘。遙聞舟子吹長笛，近見漁人托釣竿。尚有江湖遺老在，利名不羨隱嚴灘。

次韻

橋頭觀釣倚欄干，投餌華江坐石磐。渭水風光猶宛在，富春景象未消殘。不求利祿營三窟，卻把生涯寄一竿。泛泛浮鷗皆勝侶，多情明月伴前灘。

中秋雅集　　蘊藍葉田

曲譜霓裳倍有情，騷人雅約聚吟旌。光涵大地千家醉，月照中天萬里明。只合登樓尋謝朓，不須泛渚學袁宏。欣逢秋色平分夜，文讌應開到五更。

次韻

騷客題襟愜素情，北投高會駐吟旌。星垂平野天偏闊，節屆中秋月倍明。嘯詠雉門懷庾信，放歌牛渚慕袁宏。蹉跎不覺駒光逝，暑往寒來轉眼更。

虎字碑懷古　南湖陳進東

贔屭高標入望中，我來嶺上拜英雄。曾傳蠻草籠昏霧，故寫斑奴鎮暴風。倚海有關皆向北，抱城無水不流東。興亡莫問前朝事，依舊山花夕照紅。

次韻

仰望豊碑夕照中，蒼茫虎字氣何雄。曾聞草嶺興妖霧，故倩劉郎靖蜑風。天地含悲關向北（有北關），氤氳收斂澳朝東（有東澳）。我來剔蘚英雄渺，唯有山花寂寞紅。

試新茶　蘊藍葉田

文山採得近清明，上品應教活火烹。小種香濃邀客啜，新芽味好待僧評。欲師陸羽經猶在，竟效盧仝癖已成。解渴最宜醒酒後，津津舌本動吟情。

次韻

水沸香騰蟹眼明，武夷初採汲泉烹。連傾七碗盧仝癖，點竄三篇陸羽評。坐忘深宵脾潤透，推敲險韻手叉成。翌晨餘馥猶留頰，勝事追懷倍爽情。

諸羅話舊　蘊藍葉田

諸羅別後酒猶酣，又作燈前一夕談。麗澤十年重聚首，香山九老復停驂。論詩幾輩師甌北，潑墨何人學劍南。雅會未曾辜負約，卻無佳句覺懷慚。

次韻

聚首桃城酒興酣，新知舊雨共歡談。春光點蕩芽抽柳，帽影參差客駐驂。幾輩聲名揚淡北，何人詞賦動嘉南？嗟余一別蘭陽後，十學無成袛自慚。

春亮詞兄七秩賦祝　竹村簡阿淵

福星朗朗照蘭城，才比張湛壽比彭。惠澤農民歌大有，筵開文士慶長生。笑君七十猶稱弟，老我無奇敢作兄。當隱尚難償夙願，累人自古是虛名。

次韻

孟嘗佳譽遍蘭城，仁壽端宜比老彭。我幸追陪稱後輩，人欽恬退頌先生。優遊山水親鷗鷺，孝順椿萱翕弟兄。亮節高風難學步，恤貧隱姓淡虛名。

詩讖　竹村簡阿淵

竹竿高豎小樓東，酒旆冰帘總不同。影覆玉欄呈瑞靄，光浮金字曳文風。詩徵七子祥朝鳳，才展諸生氣吐虹。舉國人都昂首望，堂堂標颺漢天空。

次韻

一旌搖曳聳瀛東，酒旆從來迴不同。日月爭光呈鳳藻，煙霞舒捲孕騷風。指揮李杜才攀桂，吶喊曹劉氣吐虹。待得千軍橫掃後，威揚我武卓長空。

指南宮春望　竹村簡阿淵

春到猴坑事事宜，堂皇旅舍對仙祠。窗含淡水帆千點，光耀文山日一帷。問難人依祈夢室，療飢鳥瞰放生池。歇涼有客花中坐，嘯詠純陽警世詩。

次韻

日暖春遊最適宜，東風送我謁仙祠。靈通碧落乩多驗，夢醒黃粱枕一帷。趨吉避凶人似織，銜泥裁錦燕差池。興懷感物情何限，鑑地窺天總是詩。

扶桑春曉　獻三蕭文賢

高樓大廈奪天工，出海雲霞淑氣融。破夢幾疑深夜雨，侵肌尚怯五更風。棕櫚檻外株株綠，罌粟窗前朵朵紅。雨即談詩晴覽勝，不知身置在瀛東。

次韻

昭明家學縟而工，七子并呑氣自融。格律森嚴韓杜體，詞鋒敏銳晉唐風。驛中屬稿星初落，象外尋詩日旭紅。櫜籥春回韶景麗，千層櫻霧鎖瀛東。

夏日謁彌陀寺　獻三蕭文賢

綠陰冉冉梵王宮，禮佛人來萬念空。雲外錫飛身近鶴，山前關印爪留鴻。便將解帶師坡老，何幸談禪共遠公。好是催詩梅雨裡，疏鐘聲渡晚來風。

次韻

藻蘋式薦古琳宮，鐘磬悠揚聳碧空。一味禪參心靜鳥，三摩地淨爪留鴻。錫飛近鶴懷支老，杯渡親鷗慕遠公。竊喜有緣來側耳，盡蠲俗慮沐薰風。

秋日遊梅花湖　獻三蕭文賢

驅車聯袂出羅東，峻嶺危峰夕照中。山徑天高歸遠雁，湖亭橋跨臥長虹。扁舟一棹波搖白，老樹千株葉染紅。相約寒梅花著日，重來縱覽醉郫筒。

次韻

鞭絲帽影過羅東，湖近梅花指顧中。客訪蟾宮飛彩鷁，人探鮫室跨長虹。沈魚潑剌波翻白，落葉含霜地染紅。嵇、阮相將來信宿，秋光細剪醉郫筒。

蘭陽秋訊　獻三蕭文賢

新涼忽報滿塵寰，消息遙傳到北關。玉露蕭森凝鵠嶺，金風颯爽入貂山。一泓江水魚龍寂，萬里雲天鴻雁還。草木漸凋天漸冷，寒衣欲寄淚先潸。

次韻

秋聲肅殺遍塵寰，葉落風涼瘦北關。萬派胥濤湧龜嶼，一行雁陣掠貂山。彈冠且讓人先達，倚檻猶悲客未還。遊子心情家萬里，從來有淚不輕潸。

護花幡　獻三蕭文賢

紅酣翠冶艷陽天，一幟高標萬卉前。紫陌風吹番廿四，綠章奏似表三千。買絲漫把封姨繡，弄影曾邀月姊憐。別愛司春香國尉，金鈴十二繫年年。

次韻

彩旛持護艷陽天，籠罩芬園百卉前。青帝司權風廿四，金樽酣醉客三千。心旌搖曳李桃媚，體態妖嬈蜂蝶憐。從此羣芳欣有庇，不愁風雨衛年年。

月窟雙攀桂　獻三蕭文賢

歷戰詞壇一管橫，鼇頭名占冠羣英。字題雁塔他年事，枝折蟾宮此日情。七步才高懷子建，八叉句捷羨飛卿。廣寒倘識登科記，榜首應添兩姓名。

次韻

折桂乘風氣概橫，稻江天眷挺豪英。騷壇拔幟酬宏願，蟾窟攀英愜素情。千載有榮昭史乘，一枝無價傲公卿。憐渠霄九歸來後，雁塔標題兩姓名。

麻豆代天府題壁　獻三蕭文賢

五王廟謁趁秋晴，摛藻人來續舊盟。顯赫神靈仰南勢，巍峨寶殿冠東瀛。龍喉朝遠傳龍嘯，鳳穴宵深聽鳳鳴。濡墨我慚詩思澀，留題敢望筆花生。

次韻

人來薦藻趁秋晴，頂禮王宮締鷺盟。拯世功勳旌北闕，代天巡狩顯東瀛。瀾安四海鯨鯢寂，地勝千秋龍鳳鳴。廟貌巍峨冠南勢，神威赫濯濟蒼生。

臺灣雜詠　漢澄張晴川

延平霸業逐荷夷，海嶠重光萬眾嬉。浪撼今朝懷鹿耳(註一)，地侵昔日割牛皮(註二)。花蓮商港開新埠，臺北城垣認舊基。寶島四時如夏季，終冬花果綠參差。

註一：即鹿耳門。連雅堂《臺灣通史・開闢紀》：「鹿耳門港路迂迴，沙多水淺，紅夷以纓縛竹竿別深淺，名曰：『盪纓』。成功至，忽水漲數丈，大小戰艦，縱橫畢入。」

註二：即牛皮地。連雅堂《臺灣通史・開闢紀》：「初，紅夷借地於倭曰：『但得地大如牛皮，多金不惜。』倭嗜利，許之。乃剪牛皮如縷，環圍數十丈，築赤崁城。自是久借不歸，全據臺地，南北土酋皆屬焉。」

次韻

馬關條約屈東夷，淚灑臺胞斂笑嬉。力盡無援空有膽，毛將焉附不存皮。漫誇海峽爲天塹，浪擲珠崖毀國基。政客但求謀己利，大和歌頌亂參差。

秋晴晚眺　漢澄張晴川

千山黃葉夕陽斜，簾捲西風一望賒。日暮鴉羣飛遠浦，秋高雁陣落平沙。登樓王粲情猶切，愛菊陶潛興倍加。放眼江間懷故國，天涯有客未還家。

次韻

蘋起西風落日斜，飄來紅影興偏賒。徒勞難飽蟬鳴樹，北去南歸雁落沙。元亮吟情猶未減，季鷹愁思黯然加。塗聞餓莩天寒冷，肉腐朱門貴戚家。

雨中訪舊　漢澄張晴川

前村漠漠感荒涼，一別相思客路長。為踐十年雞黍約，不辭千里馬車忙。蒼茫雲樹風吹鬢，馳騁關山雨濕裳。此日故人重訪戴，好教詩思入奚囊。

次韻

瀟瀟聲裡感淒涼，言念伊人興轉長。雞黍不忘二年約，鷺鷗那計四時忙。謁張（張劭）豈畏風侵袖，訪戴（戴逵）寧辭雨打裳。夜語聯牀情意重，盡收佳句入奚囊。

江樓醉月　漢澄張晴川

更上層樓對影斟，危欄映水獨沉吟。夢迴枕上波光冷，醉倚窗前月色侵。十載天涯懷故國，半生海嶠繫歸心。黃龍痛飲知何日？腸斷中原感不禁。

次韻

獨上高樓酒酌斟，連天江水發豪吟。思親最怕春光老，作客偏驚秋色侵。對月飛觴伸壯志，暮年何日振雄心。迴諷漢武秋風句，悲自中來不可禁。

修身　紹唐李建興

第一修身莫憚勞，無貪無妒品清高。我能涵養心常靜，誰作聰明氣自豪。要學溫恭和禮讓，何關得失與榮褒。閑談莫說他人事，淡飯粗衣勝錦袍。

次韻

增能忍性骨筋勞，忠信操持氣節高。萬鎰傳家亦虛幻，一言立世自雄豪。思惟只為狂瀾挽，謦欬何求世俗褒。但願五經藏腹笥，蔽身遮莫是鶉袍。

齊家　紹唐李建興

起家耕讀本清貧，助父勤勞歷苦辛。老幼無猜齊活潑，操持有道在精神。負擔重任卅餘載，分與產權幾十人。慚比張公居九世，咸稱李氏顯雙親。

次韻

樂天知命守清貧，正己修身任苦辛。藜藿無妨塡口腹，詩書有味振精神。一聾理盡全家事，百忍調和九代人。子孝孫賢心已足，夫妻相敬更相親。

處世　紹唐李建興

畢竟人生處世難，讒言豈可詆清官。忠良原不憑饒舌，奸佞還多起禍端。地上蟊蟲思撲滅，林間梟鳥欲摧殘。廉貞宦海分明在，俯仰無慚意自安。

次韻

千載名揚戛戛難，成功詎是在爲官。致知格物親儒學，見惡探湯遠異端。昕夕三思長切記，輕肥一念亟消殘。從來不作虧心事，半夜敲門夢亦安。

淡江泛月　紹唐李建興

畫船簫鼓任風之，彷彿夜遊赤壁時。露似眞珠流上下，月如明鏡照高卑。遊魚出聽詩聲響，野鳥驚飛樹影移。戍壘笳鳴人未睡，旌旗遙映義忠祠。

次韻

一舸逍遙任所之，碧空如洗夜涼時。雲開天淨蟾宮近，潮落人隨鷁首卑。願望未酬心更切，年華易老志難移。潺湲不見潭沈劍，卻繞巍峨忠烈祠。

雨港觀濤　紹唐李建興

杙峰如矗水晶盤，雨後滄溟眼界寬。彷彿騎鯨來海上，居然躍馬立雲端。渡江未洩孤臣憤，擊楫能揚壯士顏。北望神州無限感，樓船待發阻狂瀾。

次韻

屛障基津獨鬱盤，杙峰矗立地天寬。能教海若魂飛散，應是靈胥氣發端。指顧六鼇頻鼓舌，眼看萬馬展雄顏。憑誰接武昌黎筆，迴卻狂濤挽倒瀾。

晚渡　紹唐李建興

喚渡相攜上野航，石磯西畔已斜陽。鐘鳴彼岸僧歸寺，鷗散寒林客倚檣。柔櫓一聲搖遠浦，漁燈數點映滄浪。橫江誰抱匡時策，擊楫應追祖逖強。

次韻

嵇、阮相將晚共航，輕舟同濟趁斜陽。魚如舊識親柔櫓，鷺似新知立短檣。載舞載欣歌白紵，濯纓濯足賦滄浪。一聲欸乃津頭到，二老風流體健強。

蝴蝶蘭　紹唐李建興

是花是蝶認分明，點綴幽齋入夢清。紉佩風騷懷楚客，蹁躚體態悟莊生。素心不抱榮華思，嫩蕋還含雨露輕。南國由來王者貴，雙飛誰與共爭名？

次韻

宛如蛺蝶綺紋明，蕊綻蕭齋臭味清。紉佩當年懷屈子，迷離昔日夢莊生。憐渠栩栩風流甚，猶自蘧蘧體態輕。空谷靈根高格調，王香毋忝錫嘉名。

跨越橫貫公路一行全景三首　紹唐李建興

偷閒探勝豈辭艱，昨日遨遊此日還。天道無私開宇宙，人工有志闢河山。高峰萬仞盤紆外，削壁千尋指顧間。自有金莖仙掌露，鍊成丹藥駐容顏。

其二

元旦閒遊興欲仙，驅車直到谷關前。千峰疊翠疑無地，萬木陰森別有天。長路穿山通峽閣，合流曲水滙花蓮。豐碑處處留佳句，教與兒孫學古賢。

其三

登臨梨嶺慰心情，淨掃蠻煙曙色清。大甲溪源流水急，中央山脈亂雲横。南行霧社廿公里，北走蘭陽一日程。傳語桑榆諸父老，國恩應載口碑聲。

次韻三首

東西横貫歷危艱，命駕遨遊兩日還。不仕靈猿啼峭壁，更看蠟象舞尖山。興飛碧靄蒼穹外，詩在清泉白石間。日暮天低人脅息，四圍冥合欲凋顔。

其二

九曲通過快欲仙，天祥一霎在當前。追烏逐兔車如電，歷并捫參勢戛天。詞藻肩差姜白石，才華胤嗣李青蓮。詩原餘事猶雄勁，猗頓陶朱未是賢。

其三

躋登禹嶺豁吟情，箕踞科頭混太清。雲散蘭疆看指顧，霧收梨嶺見縱橫。風光似畫饒遊興，藻思如泉汩旅程。好是憩於松谷下，龍吟謖謖起濤聲。

侯硐介壽橋重建感賦　紹唐李建興

津梁重建喜初成，介壽兼昭壽母名。人闢深山猴已散，硐開片道炭猶盈。溪邊向晚砧聲急，橋上迎曦曙色明。此後應無揭厲感，千秋共仰國恩榮。

次韻

鼇梁重建慶功成，造福人羣博盛名。臨履不虞重揭厲，生平積善自豐盈，雞聲破曙虹腰麗，人跡凌霜雁齒明。濟濟衣冠參盛典，執鞭我亦有光榮。

試新茶　紹唐李建興

杜牧茶煙一榻清，不勞同好費心評。夏芽不及春芽好，活水還須活火烹。熱客心脾呑七碗，騷人款客品三更。爭言醞著烏龍味，兩腋風飄喉韻生。

次韻

煎茶泉取在山清，陸羽三篇費品評。馥起龍團忘夜永，香浮雀舌徹宵烹。邀來勝友消三伏，潤透枯腸到五更。怪底攤箋詩思湧，沁脾兩腋覺風生。

春帆樓懷古　鍾英廖心育

春帆樓顧感猶羞，瀛海滄桑往事悠。此日倭奴何所有？當時宰相恥猶留。姦屠百姓無窮恨，掠奪三臺百世仇。天意已令清祚盡，故無餘力制貔貅。

次韻

馬關條約不勝羞，義憤塡膺七秩悠。區脫權臣甘擲棄，珠崖祖國拒收留。椎心誓雪春帆恨，沒齒難忘甲午仇。太息昊天已方蹶，黑旗無力捲貔貅。

儒林懷古　鍾英廖心育

人傑地靈歲月深，文風冠邑讚儒林。囊書路畔饒詩興，縣令公餘樂唱吟。香草騷壇新繼舊，珠璣固壘古傳今。親朋遍訪存無幾，老我重來感不禁。

次韻

開來繼往學淵深，棫樸掄才譽士林。迂谷（註一）縱容軒冕棄，一山（註二）慷慨劍潭吟。崚嶒氣骨昭天地，磊落襟懷耀古今。異代相望媲韓、柳，遺徽瞻仰感難禁。

註一：陳維英，號迂谷。淡水大隆同庄人。清咸豐九年（1859）舉人，任閩縣教諭，捐內閣中書。返臺後，掌教仰山、學海兩書院，著有《偷閑集》、《太古巢聯集》。

註二：趙元安，字文徽，號一山（一作益山）。淡水板橋人。清光緒十一年（1885）生員，於稻江設帳授徒，署其居曰「劍樓」，著有《劍樓吟稿》。其〈遊劍潭寺〉詩云：「一麾雲水叩禪關，古寺修篁泊艇間。鷗鷺定知滄海變，桃園能避幾家閑？入門忍讀前時句，對面重看舊識山。為問龍泉緣底事，潭心不改碧潺潺？」盛清沂評：「國族之情，溢於言表，獨稱佳構。」

春日遊烏來　鍾英廖心育

雙柑斗酒把山巔，坐賞烏來逸興牽。萬斛明珠跳谷底，千尋白練掛崖前。豪情滾滾看飛鳥，吟思源源似湧泉。四面氤氳饒淑氣，風光旖旎畫圖然。

次韻

銀漢倒掛翠微巔，春覽烏來雅興牽。觸石鳴雷奔足下，跳珠濺玉灑胸前。如傾禹甸三江水，似瀉天河萬斛泉。日暖風和鶯語滑，花間觴詠樂陶然。

蓮山寺曉步　鍾英廖心育

疏星淡月曉風涼，曳杖蓮山逸興長。已覺芒鞋沾宿露，卻看寶殿發神光。誦經鉢韻雕梁繞，說法花飛滿院香。淨理欣參陪末席，積年俗慮頓然忘。

次韻

安禪心靜自然涼，磬韻鐘聲客思長。虎伏蓮山弘佛力，龍歸魚鉢發神光。金經聽後看花落，玉版參來覺筍香。漫步招提天欲曙，俱空五蘊利名忘。

僧舍談禪　鍾英廖心育

隔斷紅塵別有天，沙門幽靜客相延。爪留淨土如遺世，耳聽高僧頓悟禪。怒目金剛魔盡伏，低眉菩薩佛宏宣。頻參玉版情難已，色相皆空覺大千。

次韻

蕭寺雲深欲蔽天，山僧瀹茗喜相延。頻參玉版三摩地，諦聽金經一味禪。悟徹玄機空色相，只宜意會不能宣。烏啼月落東方白，百八蒲牢醒大千。

淡江夕照　鍾英廖心育

淡江夕照碧蒼蒼，屯嶺觀音色染黃。樵子穿林忙下徑，漁翁吹笛正歸航。掠空風暖鴉翻背，落日雲迷客斷腸。徙倚中興橋上望，神州烽火感無疆。

次韻

淡水茫茫樹鬱蒼，斜暉脈脈地昏黃。三芝隱約千鼉吼，八里依稀一葦航。摛藻欽公八叉手，效顰愧我竭枯腸。瀛堧幾度滄桑變，帶厲仍然屬漢疆。

送春詞

轉瞬風過廿四番，東皇將別苦攀轅。韶光九十成追憶，粉黛三千欲斷魂。草草濁醪陳祖道，霏霏細雨濕芳園。離情滃鬱深如海，潭水桃花漫並論。

暑夜怡庵納涼

小集怡庵納晚涼，羣賢少長並同堂。浮瓜擘荔心腸潤，雪藕調冰齒舌香。溽暑祓除風四面，吟情拂爽樹千章。盤桓已覺消三伏，何用驅馳到水鄉。

夏日書懷

南薰曲奏海之東，試葛裁蒲處處同。晚霽猶憐梅帶雨，涼生午覺竹迎風。閒居賦寫心情逸，解慍詩題藻思雄。最愛清和時節好，北窗高臥效陶公。

冬閨怨

緹室吹葭朔氣強，衾寒枕冷漏偏長。黃鸝啼落婆娑月，紫燕呢喃玳瑁樑。鏡裡自憐慵畫黛，陌頭欲望懶凝妝。誶他臘鼓催無歇，夢斷遼西九折腸。

鄭成功

一旅扶明抗滿清，驅荷傳檄霸圖橫。牛皮地（註一）靖餘丟甲，鹿耳門寬漫盪纓（註二）。曆數難迴天意定，瀛壖擘劃史留名。劇憐齎志騎鯨去，滄海桑田幾變更。

註一：初，紅夷借地於倭曰：『但得地大如牛皮，多金不惜。』倭嗜利，許之。乃剪牛皮如縷，環圍數十丈，築赤崁城。自是久借不歸，全據臺地，南北土酋皆屬焉。

註二：鹿耳門港路迂迴，沙多水淺，紅夷以纓縛竹竿別深淺，名曰：「盪纓」。成功至，忽水漲數丈，大小戰艦，縱横畢入。以上見連雅堂《臺灣通史・開闢紀》。

吳沙

披荊斬棘黨人俱，噶瑪蘭開績紀吳。三籍(註一)流民作馮翼，五圍(註二)荒地變膏腴。子同豚犬心無憾，姪似麒麟道不孤。石港(註三)人來何限感，斜暉脈脈弔遺郛。

註一：三籍約一千人。其中漳州佔十分之九，泉、粵僅佔十分之一。

註二：頭圍、二圍、三圍、四圍即今頭城鎮及礁溪鄉一帶。五圍即今宜蘭市及員山鄉。

註三：頭城鎮烏石港是吳沙當年墾拓噶瑪蘭時最早建立之村落。至今獨有昔時郛郭，供人憑弔。

題《瀛社詩集》

也同季札樂觀周，點頷應教讚未休。響嗣斐亭追李、杜，韻賡東社邁曹、劉。淪胥鯤島闕懷馬，光掩騷壇耳執牛。一卷懸知梨棗後，長存天地壯千秋。

題《延平詩集》

元音磅礴震瀛東，十五星霜社運隆。海外別開鄒魯地，天南蔚起晉唐風。中興鼓吹人才盛，大雅輪扶藻思雄。一例青錢經萬選，千秋聲價福臺同。

蘭陽秋訊

金風乍拂太平山，玉露繁滋秋信頒。半嶺迷離楓欲醉，橫空嘹唳雁初還。十年獻賦心違願，萬里思親鬢已斑。蓴美鱸肥憶張翰，輕舟返到舊鄉關。

懷雲峰詞兄曼谷

伯勞東逝燕飛西，暑往寒來草又萋。嶺上花葩（星洲有花葩山）遺爪跡，園遊虎豹（星洲有虎豹別墅）記詩題。十年唱和同元、白，何日相將似阮、嵇。千里關山勞遠夢，暮雲春樹望難迷。

水底月

潑剌魚羣恐未休，大江遙夜晃銀鉤。嫦娥浪跡龍宮裏，李白痴情汨水求。浣婦砧邊揮不去，謫臣橈畔卻相遊。浪淘人物知多少？獨羨波蟾萬古留。

寒夜對弈

北斗闌干志未刪，棋枰對弈樂悠閒。人移大炮中鋒內，我伏雙車兩翼間。教戰有方兵不老，局殘無奈馬偏頑。閒關渾忘衣裳冷，握手言和雪滿山。

次韻達五詞長偶成之什

一臥滄江二十春，座談常對古來人。生於憂患屛安樂，食只穮鹽忘苦辛。垂老未嘗搖素志，頌詩殊足振精神。相期努力崇明德，藻飾江山要此身。

楊君潛著

柳園吟稿

張定成題

下冊

辛丑年榴月
萬卷樓刊本

目次

上冊

卷一上 五言古風三十四首

目次

卷一下　七言古風四十二首

卷二上　五言律詩一百四十四首

卷二下　五言排律十首

卷三上　七言律詩三百七十一首

下冊

卷三下　七言律詩六百八十七首

目次

目次

目次

卷四上　五言絕句二十七首

卷四中　七言絕句一百九十五首

卷四下　七言絕句五百三十一首

卷五上　詩餘二十闋

卷五中　聯語三十六對

卷五下　詩鐘四十九副

目次

卷三下　七言律詩六百八十七首

詠懷十首

刼餘日日嘯東軒，檢視衣裳有淚痕。成敗已同蕉覆鹿，浮沉肯似蝨留褌。間關欲立錐無地，頓悟方知道有源。俯仰無慚貧亦樂，一樽長對月黃昏。

其二

一肩書劍老風塵，處世脂韋自有眞。蠅利無爭心不競，燕居常樂德爲鄰。襟懷灑落青氈在，歲月推移白髮新。食只⿰禾韲鹽甘野蔌，從來憂道未憂貧。

其三

富貴從來俗念輕，傳家詩禮最關情。烹經煮史燈相伴，鏤句雕詞酒自傾。好道已無槐蟻夢，消閒只有鷺鷗盟。熙游含哺還捫腹，卻訝漁樵識姓名。

其四

裾曳侯門誓弗爲，家無長物卻矜持。丹鉛點勘心常樂，鐵硯磨穿志不移。勝友相逢猶恨晚，暮年困學未嫌遲。沉吟幸免愁風雨，林下鷦鷯藉一枝。

其五

跫然鄰曲足音來，共賞奇文亦快哉。劫歷紅羊餘魯壁，變經滄海賸秦灰。聖賢應有窮途恨，天地寧無叔世哀。學富五車成底事？不如陶醉菊花杯。

其六

世無裨補嘆蹉跎，六五韶華瞬息過。乍覺比來親友少，卻驚老去鬢絲多。文章要學陶元亮，氣節長懷馬伏波。水調歌殘何限意，綺年壯志未消磨。

其七

白髮雖生老未孱，百年榮辱總心關。追陪鷗鷺乾坤大，得失雞蟲日月閒。馬齒又迎新甲子，蝶魂長遶舊河山。最憐雨霽黃昏後，險韻詩成亦破顏。

其八

浮生得失本無常，寵辱讒譽盡可忘。天上白雲幻蒼狗，人間黑土劫紅羊。沉迷到處求神佛，曠達伊誰學老、莊？一食萬錢何足道？千秋無價是文章。

其九

北上攻書卌載留，無才衰老志難酬。故鄉魚美懷張翰，異地人誰識馬周？池畔乍看荷送夏，籬旁又見菊迎秋。寒微孰許拋青眼，歲月贏來是白頭。

其十

卌載騷壇勵駿圖，不求聞達抱區區。未能繡虎追先哲，空效雕蟲誚壯夫。歷盡艱辛心不老，飽經憂患志難枯。詩詞例作傳家寶，是亦乾坤一腐儒。

題中國當代詩詞選第八集

天下瑤章入選樓，騷壇一卷重千秋。輶軒幼婦曹碑得，赤水玄珠象罔求。羣怨興觀昭聖代，溫柔敦厚盡名流。宏揚國粹天聲振，佇看風行五大洲。

題林義德先生《黑石集》

貂社風騷賴主持，雞林尸祝仰明師。雕龍繡虎詩千首，泣鬼驚神筆一枝。海表重瞻周禮樂，瀛壖復覿漢威儀。宏揚詩教饒微義，留與人間作鑑龜。

題李嘯庵先生《江天閣吟草》

詞源滾滾似長江，白戰人人盡畏降。博洽多聞才第一，不矜所學德無雙。恢宏正氣詩心壯，倒挽狂瀾筆力厖。卌載騷壇推巨擘，光爭日月耀家邦。

題黃怡陶先生《美日觀光吟草》

美、日觀光匝月歸，奚囊飽貯盡珠璣。親朋探望心無憾，骨肉團圓願不違。逐日凌雲生意滿，採風擷俗寄辭微。菁華一卷燈前讀，廢寢忘餐逸興飛。

題黃鑑塘先生《臺灣一週遊紀吟草》

興觀羣怨盡羅包，猶自謙言學解嘲。常慕景宗吟競病，更追賈島擅推敲。銅琶高唱驚風雨，鐵笛橫吹舞鳳蛟。他日臺灣修藝志，公詩無忝列前茅。

題蕭獻三先生《扶桑鴻爪集》

或騷或雅紀游蹤，咀嚼詞華興味濃。異國民風勞掇拾，故鄉親友喜相逢。馬蹄遍印中禪寺，鴻爪長留富士峰。怪底扶桑增秀色，一枝彩筆擅雕龍。

題簡竹村先生《板橋吟草》

摛辭斐亹似長卿，拔幟騷壇世莫京。意會來時詩興發，靈機觸處筆花生。消閒歲月忘榮辱，灑落襟懷淡利名。顧我文章如餖飣，迴環諷誦不勝情。

題林竹庵先生《雲峰詩集》

窮探兩漢擅爲詩，扢雅揚風格調奇。海外久傳成絕唱，集中不盡寄微辭。昔賢筆下無遑讓，故國吟邊有所思。間世英才誰得似？自憐多難識君遲。

神舟杯二首

中華科技奪天工，俄、美憮然拜下風。星際無垠宣豹略，神舟五號入鴻濛。太空設站方開始，大地鑿兵卻未終。桂折蟾宮揚我武，乾坤一擲決雌雄。

其二

蒼穹奧秘鏡窺同，科技精湛舉世崇。功蓋千秋民振奮，威加四海國昌隆。中華火箭原無敵，五號神舟遶太空。天外歸來楊利偉，捫參歷井氣豪雄。

致富思源二首紀念鄧小平百年誕辰詩聯書畫大典

德望巍巍傳說同，鞠躬盡瘁策興中。政經改革民年富，科技昌明國日隆。大智若愚辭九五，至仁齊聖克初終。百年冥誕源追遠，四海謳歌頌偉功。

其二

繼述毛、周國運隆，康衢擊壤帝堯同。食衣行住民謳足。貞利元亨世競崇。兩制權行臺、港、澳，特區遍設北、南、東。百年冥誕追懷日，飲水思源感靡窮。

秋雁

玉門關出掠風涼，振翮渾忘桂正香。秋訊三湘傳遞早，雲衢萬里去來長。橫塘菰米棲無礙，淺渚蘆花宿不妨。飛過衡陽始回首，眞堪寄命志堅強。

秋菊

傲雪黃英氣節奇，算來陶令最相知。因緣不負三生約，契闊無違百歲期。顧我伶俜相識晚，憐渠挺秀獨開遲。何當泛此忘憂物，日日東籬醉不辭。

秋柳

長亭搖落序逢秋，十里毿毿朔氣浮。春夢醒來餘悵恨，風華老去若爲柔？嬌嬈曾惹斑騅繫，婀娜嘗教畫舫留。此日龍鍾生肘後，勻黃慘綠倩誰求？

秋荷

六郎老去怯秋寒，過眼榮枯悵倚欄。墜粉誰憐消瘦甚？殘粧合作劫痕看。迴思擘雨情何逸，緬想凌波夢已闌。恩負敦頤情負鮑，幾曾開眼夜漫漫。

秋月

玉蟾皎潔拂金風，水調賡歌醉碧筒。槎泛伊誰枝折桂？宮遊人孰爪留鴻？清輝依舊情何限，歷劫彌新興不窮。我願此生長矍鑠，人間天上共玲瓏。

歲晚感懷

虎鬥龍爭底日闌，兩涯父老淚流乾。歲殘行見春風暖，雪霽猶驚鶴語寒。章句偶從酣夢得，詩書常自短檠看。嗟予聵聵生而魯，人一吾千克萬難。

張松譜拔頁落葉詩四首 敬步瑤韻

飄來紅影入霜天，庭樹凋傷劇可憐。作賦東坡中酒後，悲秋宋玉小園前。映階玉露愁何限，拂檻金風夜不眠。羈旅十年成底事？漫將微意託絲絃。

其二

卻辭林表冒天寒，萬水千山路渺漫。肯信涼飇摧蒂早，翻思春日益心酸。繽紛錯認殘花墜，飄蕩偏貽斷梗看。等是有家歸不得，空拋血淚灑江干。

其三

蕭蕭聲裡瘦林闗，春草池塘綺夢刪。蟬抱已遲風定後，鳥歸失所日斜間。題詩進御隨流水，落溷登茵別故山。骨肉乖離餘恨在，也應一夕鬢毛斑。

其四

節序推移造化工，更將消息遞賓鴻。思親遊子杯浮白，弔影閨人淚滴紅。一樹摧殘枝盡瘦，千山搖落葉全空。凋零莫謾嗟塵劫，無死無生理闡通。

讀騷經

蘭茝荃蓀尙鬱香，汨羅依舊遶瀟湘。忠貞義不臣秦帝，侘傺寧無怨楚王。宋玉招魂天亦老，史遷作傳德彌彰。懷沙、哀郢居何卜？展誦遺篇欲斷腸。

讀列子

怡然隱几讀沖虛（註），妙絕言詮忘毀譽。神在形離生亦死，珠遺罔得實猶虛。巧聰雙棄心無競，眞僞皆忘志乃舒。班固質疑遷不傳，無傷天下一奇書。

註：唐天寶元年，詔號列子為沖虛真經。

盧若騰

自許先生（註一）性最眞，扶明覆滿委風塵。愴懷馬亂違新主（註二），陡聽龍降鬱老臣（註三）。統御貔貅光禹甸，驅除韃虜拯黎民。天心已定移明祚，長使英雄淚濕巾。

註一：盧若騰，字閑之，崇禎庚辰進士。觀政兵部，出為寧臺紹道。有惠政，民稱「盧菩薩」。唐王時，巡撫浙東，加兵部尚書僉都御史銜。鼎革後，屏居里門，晚適澎湖，卒。臨終遺命，題其墓曰「有明自許先生」殆以見志云，著有「留庵詩文集」等。

註二：福王立南京，擢若騰為鳳陽巡撫。若騰以馬士英、阮大鋮當道，綱紀大壞，辭不赴。

註三：唐王立福京，擢若騰為浙東巡撫，駐溫州督師北伐，已而紹興師潰，鄭芝龍降清。

張鏡微先生《白石詩草》題後

白雪陽春昔競傳，陳陳不覺有新鮮。遣詞錘鍊黃山谷，爲事吟哦白樂天。雅嗣唐音珠累櫝，風揚晉韻錦成篇。笑余心放身偏癢，搔倩麻姑一快然。

劉東橋先生《東橋說詩》題後

宿彥文壇工繡虎，新生詩苑擅雕龍(註)。古今月旦欣開眼，人物璣衡屢盪胸。世爲先生競尸祝，天因叔季挺文宗。菁華一卷燈前讀，啓聵如聞寶刹鐘。

註：劉榮生先生號東橋，曾長期主編新生報社「新生詩苑」。

黃景南先生轉贈《南都詩存》

餘事還應庾、鮑同，身膺昭代德、言、功。斐亭逸響振頹俗，南社清吟復古風。禹域名區蹄信馬，扶桑勝蹟爪留鴻。溪山煙雨樓巍立(註)，鼓吹中興叶小戎。

註：陳逢源先生號南都。「溪山煙雨樓」乃其齋名。

甲申上巳雅集二首

暮春清景在初三，修褉題襟傍碧潭。麗藻忽從雲外得，明珠偶自水中探。荷戈幾輩師甌北（註），投筆何人學劍南？多難興邦憂啓聖，待看吳下出奇男。

其二

龍潭修褉繼蘭亭，雅會宏開韻事馨。竹葉芬芳傾北海，騷人薈萃振東寧。詩追白也才無敵，序紹羲之筆有靈。一望波心一惆悵，濟時猶未起青萍？

註：趙翼（一七二七～一八一四）清史學家、文學家。字耘松，一字雲松，號甌北。晚署三半老人。江蘇陽湖（今武進）人。清進士。乾隆五十一年臺灣林爽文之役，嘗佐閩浙總督李侍堯幕渡臺戡亂。亂平，因功擢升貴西兵備道。著有《廿二史劄記》、《陔餘叢考》、《甌北詩話》、《甌北詩集》、《皇朝武功紀盛》等。後二者頗繫臺事之作。

賦似黃由福詩家

詠桃雅會喜逢君，促膝談心慰久聞。翰墨論交成莫逆，珠璣璀璨落繽紛。江邊閒鷺堪爲友，阯上幽蘭可挹薰。悟得南柯原是夢，詩書以外即浮雲。

次韻磊庵詞丈賀得教育部文藝創作獎疊韻二首

少時爲學失培根，垂老潛修深閉門。歲月不堪駒驅過，心懷惟向郢人言。花開東閣詩千首，月賞南樓酒一樽。最愛莊生知物化，是周是蝶兩無痕。

其二

廿年尋覓道源根，萬疊崇山翳聖門。天譴積愆又奚怨，數奇藏慝復何言。流光似水渾無迹，往事如煙謾一樽。願效飛鴻長振翮，雪泥恒見爪留痕。

次韻任道一詞長賀得教育部文藝創作獎

瑤章奉讀感難收，諦聽嚶鳴並渥優。詞藻洋洋繩祖武，文源滾滾自天流。顧余擁腫樗無用，付梓猶嗟蕆未劉。比辱先生多獎飾，浩然逸氣膽邊浮。

註：頷聯上句引《南史任昉傳》：「博學，於書無所不見。……所著文章數千萬言，盛行於時。」

次韻黃由福詞長賀得教育部文藝創作獎

讀罷瑤章心欲然，良朋致賀慰匏堅。忘餐細味清奇句，佳什增光唱和篇。名姓偶然題雁塔，泥金幸不負蒲編。相期爾後多匡誨，勿使鳴蛙自一天。

甲申新春雲峰詞兄有詩見懷次韻卻寄

陵鑠袁（枚）黃（黃景仁）筆氣雄，窮探漢魏振騷風。立身私淑船山志，蹈海長懷舜水衷。言念伊人霞靄外，欲看吾道有無中。寒消九九春風暖，天地無爲百卉紅。

題《張定成書法集》

篆籀眞行草隸書，鍾、王以外孰能如？銀鈎鐵畫驚心後，兔跱鷹飛咋舌初。雙絕才名蜚藝苑，千秋聲價重璠璵。風承乃祖推神品，積善之家慶有餘。

題胡傳安先生《聽竹軒詩集》

句法精嚴世靡朋，揣摩老杜獨稱能。蟾宮折桂誰堪武？鯤海探驪自不矜。絕、律、古諳稟天賦，德、言、功立合身膺。三唐馳騁從前事，正復駸駸兩漢凌。

詠桃

韃絲帽影上梅峰，灼灼欣看蕊萬重。息國無言偏有子，文君新寡乍醺醲。從知花面如人面，比見今容想舊容。卻怪漁郎歸去後，復尋向路竟迷蹤。

敬步張定公開字韻大作

洊震林昏瘴不開，雞鳴風雨八方來。義存侯伯莊生慟，變起田齊岱嶽哀。雲霧誰云長蔽日？淵龍久蟄忽驚雷。剝餘七日看來復，載酒邀公醉幾回。

題張以仁先生《青山紅樹詩詞稿》

李杜蘇辛不足奇，聖門堂奧早詳窺。言情寫景時無匹，愛國憂民筆一枝。絕妙文章傳海外，嶄新風雅播天涯。最憐慵拾人牙慧，純白描成幼婦詞。

題許臨河先生《浮生瑣憶》

溫、良、恭、儉、讓無違，裕後光前布德徽。一集琳琅留筆跡，半生言行控樞機。坐忘身外榮兼辱，笑置人間是與非。我本冬烘鄉曲士，欲隨芳躅未能幾。

次韻李春初詞丈賀得教育部文藝創作獎

楚騷端賴固扃基（公現任中華楚騷研究會理事長。），怪底堂皇闓奧奇。吐屬殊多胞與句，行吟盡是性靈詩。愛公心宅常存厚，顧我天機未棄漓。振鐸鯤瀛恬不伐，名垂竹帛復爲誰？

次韻姚化龍詞長賀得教育部文藝創作獎

行雲流水儼蒙莊，洛誦迴環意味長。四韻咸推金石句，半箋盡奪斗星章。詞華騰踔追無己，筆力雄渾紹有光。率爾拋磚蒙賜玉，輝生斗室自陽陽。

敬次蔚鵬詞長七四感懷瑤韻二首

德言功立耀千秋，更向松、喬不老求。灑落襟懷無蟻夢，牽縈眉鬢是鵑愁。卅年征戰勳名在，萬首詩詞歲月酬。七四懸弧開壽域，芳騰蘭桂復何憂。

其二

欣逢潭府慶弧辰，紀壽瑤章字字珍。雙絕同儔推巨擘，無矜舉世仰高人。事常忍讓心寬厚，政偶批評性率眞。笑傲公侯輕富貴，故知憂道未憂貧。

乙酉上巳雅集二首

小集觴隨曲水流，蘭亭禊事又重修。形骸放浪忘賓主，詩酒聯歡契鷺鷗。月桂攀來因妙手，風騷嗣響豁吟眸。何年策杖山陰路，竹外林間汗漫遊。

其二

晉朝人物自風流，上巳蘭亭禊祓修。灑落襟懷常狎鷺，載浮杯酒不驚鷗。崇山指顧策高足，峻嶺躬臨遂遠眸。此日盍簪賡韻事，幾疑跌蕩會稽遊。

次韻磊庵詞丈獎飾〈桃花賦〉

精微豪雋筆生花，誘掖循循意味賒。辭賦於公本餘事，聲名況是古文家。夢遙蕉鹿應無悶，坐擁驪珠卻不誇。屢欲趨前求問惑，竟因咫尺似天涯。

自力校長枉過喜作

芥舟覆水戲坳堂，忽聽跫然喜欲狂。朗朗奎星輝篳竇，遲遲春日煦藜牀。辟雍弟子三墳讀，博士文章二酉藏。小坐難留酌雲液，依依惜別馬蹄忙。

疊韻奉酬磊庵詞文

飛來麗藻美於花，馥滿茅堂逸興賒。恰似東坡栽後輩，不殊南郭仰方家。等身著作儒林重，三益論交勝友誇。瀲灩文瀾何壯闊，氣吞潘陸歎無涯。

哭三叔父大人

星沉南極暗諸天，果證菩提九四年。事業昌隆堪裕後，兒孫繼述足光前。生承天貺三多合，尸祝人間五福全。撫槨吞聲成一慟，涓埃罔答恨緜緜。

參觀蔡鼎公書展渥荷厚貺瑤章次韻誌謝

盛典宏開奏瑟竽，既眈書道又歡娛。回程不懼沈明月，繼晷還欣秉夜珠。龍鳳勢驚天下有，鍾王神肖世間無。詩書雙絕蜚聲遠，望重騷壇手握瑜。

次韻道一詞長重賀得教育部文藝創作獎

絕妙詞章嘉拜收，故知才學兩兼優。精研章法如無己，獨擅詩詞似少游。橫制頹波憑隻手，輝騰正氣豁雙眸。偶然得獎原徼倖，攬鏡差堪慰白頭。

次韻甯佑公賀得教育部文藝創作獎

琢雕四韻獨鮮妍，句法精湛氣浩然。才調胤承甯武子，詞章私淑柳屯田。為人雅善行中道，處世謙沖禮下賢。最是不堪多問寡，騷壇有幸契吟緣。

磊翁詞丈見示〈中秋對月〉次韻奉和

節屆中秋月倍明，紅羊劫未損虧盈。登仙且話淮南子，望氣長懷右北平。宇宙成形緣有始，海天何處學無生。嫦娥不悔偷靈藥，了卻人間陰復晴。

題胡傳安先生《詩聖杜甫對後世詩人的影響》

髦士韜光譽日昇，國家頒獎早榮膺。弓箕一脈承元任，衣鉢千秋嫡少陵。筆走龍蛇筋岣嶁，語驚鷗鷺骨崚嶒。蹉跎顧我嗟何及，長物青氈乏繼繩。

註：元任：其令尊諱。

次韻佑民理事長〈丙戌春酌〉

明主殷勤勸盡觴，孔偕羣彥復汪洋。玉樓笑謔韶光短，金石聲喧福壽長。擊角難賡齊相賦，矉眉空效楚賢章。昌詩天予扶輪手，丙戌題襟意氣揚。

次韻江沛詞丈〈感時〉

〈剝〉〈復〉虛盈爻象占，田齊蠹國負鈇砭。侍臣嗜利捐仁義，策士工諛鮮恥廉。侈比何曾眞夠夠，態同王莽假謙謙。東山已慰蒼生望，聖道恢恢喜未潛。

磊菴詞丈賜和〈風櫃斗賞梅〉疊韻奉酬

一別孤山滯異鄉，花開從未倚青陽。日斜修竹依疏影，風動寒林露暗香。入世幾經人白眼，出身獨厭粉紅粧。比來瀛嶠知音少，兀自無言哭當狂。

次韻江沛公獎飾〈風櫃斗賞梅〉

一枝彩筆紹文通，點綴梅花孰比工？惟與竹松盟歲臘，肯隨桃李笑春風？桴浮瀛海懷中土，曲〈念家山〉叶〈小戎〉。望斷羅浮何限意，巡簷曾記爪留鴻。

次韻任道公獎飾〈風櫃斗賞梅〉

彥昇才調邇遐聞，爲振風騷不事君。嘯傲羅浮飢嚼雪，棲遲庾嶺渴餐雲。翻憐國色樽傾樂，漫賞清香袖挹芬。醉折南枝動詩興，崚嶒氣骨抱情殷。

丙戌上巳雅集二首

回首蘭亭跡已陳，重修祓禊到蘇津。揚風扢雅盟鷗鷺，曲水流觴樂主賓。底處高談天下事，有人沉醉甕頭春。去年三老成千古，撫景追懷感喟頻。

其二

修褉揚風麗藻陳，幽情暢敘坐江津。軒臨盡是忘機侶，觴詠尤多曲突賓。信有高名留百代，深憐白雪鬭陽春。伊余竽濫師南郭，贏得羣賢絕倒頻。

磊庵詞丈獎飾拙作虎頭埤次韻誌謝

剔蘚摛辭紀勝遊，魚龍寂寞凜清秋。水聲瀺㶕李神手(註)，山勢巃嵸顧虎頭。遙望祠堂心更切，緬懷英物志彌修。團團碧血凝新化，獵獵剛風正氣遒。

註：李思訓畫大同殿壁，夜聞發水聲。唐明皇嘉為通神佳手。

題鄧璧公〈耄耋頌〉次其〈八十述感〉韻二首

望塵莫及漫駸駸，天爵修成萬福臨。〈伐木〉嚶鳴符素志，〈考槃〉棲隱寄幽心。春回嶽聳雲根淺，鐸振風揚歲月深。郁郁文章容學步，巍巍性、道苦追尋。

其二

鬱茂靈椿繞瑞煙，心超物外不知年。仲華眾仰雲臺上，精衛時看瀚海塡。世事人情貫今古，詩詞曲賦動山川。談瀛座客皆殊俗，絕類延之與惠連。

次韻江沛公〈八秩書懷〉

榮登耄耋賦新詩，介壽祥光映酒卮。老柏著花春旖旎，中原逐鹿昔驅馳。望回眾許才無忝，伍噲公羞志未移。彩筆嫡傳天有意，色絲句得種瓜時。

次韻江沛公〈面向海洋〉

萬疊驚濤拍翠巒，浩然如立聖門看。誰知海底羣魚樂，獨羨雲中眾鳥摶。破浪何人而不縮？馮河有客以為安！亢龍隱約騰施雨，國正殷憂悔螯蟠。

賀江沛公榮膺北市詩魁(註一)

凌雲桂折廣寒宮，筆掃千軍意氣雄。君子最憐傳豹變，滄溟一擊與鵬同。霓裳曲奏丹霞外，風雨詩鳴晦日中。破浪依然懷素志，畢生私淑是宗公(註二)。

註一：獲獎詩題為「面向海洋」。

註二：宗公，指宗愨。

次韻江沛公招飲

抗懷無忝叔孫通，稷下英豪一掃空。天縱先生才蓋世，詩成幼婦酒何功？投竿呂尚心情若，棄帛終軍氣節同。宴啓騷人紛祝頌，威儀怭怭頰雙紅。

林恭老招飲

照眼緗裙與綺襦，銷魂齒皓間脣朱。干支絕學何淵博，樽酒佳人信美都。富貴由來如水月，光陰過隙似雲駒。諸公豹隱懷高蹈，百代留名著作殊。

祝鄧馥公八秩二首

鄂松葱翠拂虬枝，樾下清芬蔭海湄。親友呼嵩無量壽，庭除戲綵有佳兒。昌騷早定千秋業，棲鶴祥開百世基。丕振家聲光祖德，雲臺重覿漢威儀。

其二

倚馬文章筆一枝，才名早著海之湄。蓬壺艷說無餘子，陳寔休誇有好兒。處世溫和謙是本，傳家儉讓禮爲基。欣看八秩懸弧日，極婺騰輝燦兩儀。

次韻逸梅詞長〈綠樹蔭濃夏日長〉

櫟陰逭暑亢陽天，罝散憐渠幹曲拳。荷芰風來添逸興，鷺鷗時至結詩緣。魯戈不信難回日，露布誰賡伐則天？舊讀《南華經》一卷，利名差喜未拘牽。

賀姚化龍先生榮膺中華楚騷研究會理事長

屈宋遺徽燦海東，更欣吾道日崇隆。騷人舊浥灞陵雨，藝苑新吹荊楚風。繼往開來賡李老(註)，昌詩報國仗姚公。鄭聲亂雅今尤烈，起敝興衰勿苟同。

註：李老，指該會前理事長李春初。

古典詩刊發行兩百期紀念

氣凌庾信江關動，響嗣靈均澤畔吟。點勘丹鉛忘宵旰，排除紫鄭費神心。期臻兩百天同慶，事不尋常陸未沉。詩史千秋功紀鄧(註)，珠求罔象式如金。

註：鄧，指古典詩刊創辦人鄧璧先生。

次韻鄧璧公獎飾《柳園詩話》

追陪吟杖魯鄒行，發奮渾忘幾度春。結合鷺鷗遊聖域，撥開雲霧達通津。瀆呈蕪稿題材舊，獎飾鴻篇句意新。李杜韓蘇俱往矣，風騷蔚起仗斯人。

次韻江沛公獎飾《柳園詩話》

公詩滋味太津津，融化騷葩格調新。久息桔槔宜狎鷺，自成機杼不隨人。志同蘇子羞曾富（註一），足踵羊公賀起貧（註二）。瑣稿瀆呈勞獎飾，緬懷啐啄奮微身。

註一：蘇軾《擷菜》詩：「我與何曾同一飽，不知何苦食雞豚。」

註二：羊舌肸（叔向）曾向韓宣子（名起）賀貧。見《國語．叔向賀貧》。

次韻世輝宗長獎飾《柳園詩話》

數載晨昏積苦思，典搜寢食輒違時。幾番喜截韓蘇句，萬遍愁翻李杜詩。蕪雜難期當世用，菲才敢望賤名垂。願教雅誼兼師友，老我風塵數不奇。

次韻任道公獎飾《柳園詩話》

瑤章俊逸滌襟煩，矯若鱣騰與鶚翻。底日烹經煮文史，飛觴臨牖御櫺軒。教忠教孝詩維本，無死無生道溯源。留得片言傳後世(註)，也應羨煞呆芝園。

註：彼東園公等四皓，未聞有詩傳世。

詠便面扇次蔡鼎公瑤韻並序

丁亥詩人節，中華詩學會同仁花東攬勝之旅，與洄瀾詩社諸詩老同慶佳節。渥蒙餽贈便面扇。扇面書畫皆花東人士手筆，彌足珍貴。蔡鼎新詞文賦詩誌其盛，讀後撫髀賡歌，固不自知狗尾之續貂也。

鷺鷗盟締樂融融，縞紵金蘭意萬重。花鳥天姿留扇面，龍蛇神迹寄紈中。團圓似月裁成異，搖動生風作用同。好是收藏能摺疊，永懷高誼誌花東。

長公理事長《萬里詩草》題後

餘事謳歌庾鮑同，力排紫鄭不言功。元音鐸振忘宵旰，大雅輪扶貫始終。集見詩源昭聖代，會宣國粹賴親躬。菁華一卷風簷讀，心血奔騰藻思雄。

英傑詩家《躡雲樓詩稿》題後

洞開霹靂聳天池，世外桃源仗主持。衣缽嫡傳劉李易（註），才華兼擅畫書詩。譽蜚星馬人宏道，嚮嗣風騷學濟時。偃蹇伊余慚固陋，更憐多難識君遲。

註：劉指劉太希、李指李冰如、易指易君左。

佑民理事長編著《趣聯妙對》題後

絕妙楹聯畢萃叢，解頤尤可愈頭風。功能遮莫隋珠異，聲價應教趙璧同。漫道煎膏取麟鳳（註），最憐下酒勝魚熊。古今多少成名作，都在先生一卷中。

註：《十洲記》載：西海之中有鳳麟洲，洲上多鳳凰、麒麟。仙家取鳳喙、麟角合煎作膏，名為「集弦膠」又稱「續弦膠」。杜牧《讀杜韓集》詩：「杜詩韓集愁來讀，似倩麻古癢處

搔。天上鳳凰誰得髓？無人解合續弦膠。」

次韻磊庵詞丈見懷

數奇奚用問君平，金液還丹鍊不成。鴻鵠幾時酬壯志？蕙蘭空谷揭枯莖。側身鷺侶饒餘興，彈鋏王門拂素情。何日燈前一樽酒，酩然相與話三生。

次韻逸梅詩家獎飾《柳園詩話》

格調雄渾未易攀，與他人自不同般。敦寬殊足匡澆薄，廉立尤堪正懦頑。孫綽漫誇金石響，楊修驚喜玉珠頒。門楣寵耀添瓌寶，雙絕琳琅異等閒。

註：楊修句，曹植有〈與楊德祖書〉。

次韻林恭老獎飾《柳園詩話》

瑤章擲地發金聲，機杼神奇自製成。工麗應居王孟上，雄渾直與杜韓平。騷壇扢雅憑區濁，鯤海揚風仗激清。引玉殊榮誌微悃，奈何庸俗類芹呈。

二疊林恭老獎飾《柳園詩話》

回風迢遞送天聲，筆落陽春韻疊成。骨相嶔崎和靖後，才華洋溢仲宣平。出山泉水多泥濁，入世人誰比鏡清？賡唱昧知詞飣餖，又將緘札託鴻呈。

三疊林恭老獎飾《柳園詩話》

高山流水託琴聲，響嗣風騷器早成。曲調最憐三疊後，棹機坐忘七情平。鄭喧無那如涇濁，槃考眞堪媲渭清。幽憤不爲外人道，遺雙金鯉案前呈。

四疊世輝宗長獎飾《柳園詩話》

天外傳來遙駿聲，騷壇拔幟鬥毫成。萬家經史千回讀，八載乾坤百戰平。明遠豪吟江海動，子山高詠月風清。燈前雒誦情何限，率爾操觚徑瀆呈。

五疊逸梅詞長獎飾《柳園詩話》

撥絃迴異向前聲，律呂調和仰老成。詩定流傳千歲後，天教嘯詠太階平。飽經世故輕名利，淡與人交漉濁清。附驥伊余殊有幸，未慚蕪穢倩鴻呈。

六疊逸梅詞長獎飾《柳園詩話》

鼓宮奏角併商聲，四韻鏗鏘一氣成。動地元音初響後，震天大呂暮雲平。光風霽月多詢寡，樽酒論詩濁復清。潔比池荷出塵俗，欣賡瑤韻倩黃耳呈。

七疊劉定遠詞長獎飾《柳園詩話》

空谷傳來伐木聲，賡吟彷彿出蘭成。友于白傅劉賓客，遠避紅塵向子平。合沓千峰重疊翠，渾函萬頃淺深清。笑余顰蹙原無狀，也學東施薄技呈。

八疊劉定遠詞長獎飾《柳園詩話》

朱絃疏越有遺聲，一倡三嘆四韻成。元白壘摧繩祖武，蓍龜策不問君平。少時學得〈廣陵散〉，怪底詩如謝朓清。屬草憐余猶待雍，卻因鴻便即馳呈。

次韻張夢機所長獎飾《柳園詩話》

資昏簡策漫爬梳，一得兢兢誡罔誣。學每援弓心有雁，性偏憐櫝眼無珠。南軒器偉如瑚璉，東閣詩珍失瑾瑜。振鐸揚風天意在，投簪甯復爲蓴鱸。

次韻世輝宗長〈秋聲〉

貙膢祭罷下簾鉤（註一），簷際鏦錚又報秋。桐落蕭蕭晨更寂，蛩鳴唧唧夜偏幽。浮名我比陳驚坐（註二），佳構君淩趙倚樓。嘯咏商音詩律細，一時傳誦遍神州。

註一：《漢書．武帝紀》：「三月，祠后土。令天下大酺五日，膢五日。」漢儀注：「立秋貙膢。」蘇林曰：「膢，祭名也。」

註二：《漢書．陳遵傳》：「遵字孟公。……所到衣冠懷之，唯恐在後。時列侯有與遵同姓字者，每至人門，曰：『陳孟公』，坐中莫不驚動。既至而非，因號其人曰：『陳驚生』。」

次韻逸梅詩家〈詠柳〉四首

春柳

春風駘蕩競萌芽，眉眼嬌嬈世共誇。細縷浮煙青拂檻，長條蘸水碧籠沙。斑騅稅駕愁難繫，黃鳥穿梭喜最嘉。安得青衿染香汁，狀元及第耀寒家。

夏柳

隋隄漢苑變鳴蟬，追憶酣遊口有涎。冥杳黃鸝徒自悼，暌違青帝倩誰憐？凝妝曾惹佳人恨，飛絮嘗教瑞雪詮。悟得盈虧原爕理，不驚物候氣神全。

秋柳

露冷霜寒灞岸行，鵝黃搖落杳鶯鳴。王恭體態無人重，張緒風流倚殿輕。帶雨撚青成底事？含煙搓綠漫多情。毿毿莫謾隨風舞，遲暮龍鍾是誚評。

冬柳

隄荒葉落散棲鴉，日暮殘枝拂岸斜。羌笛猶吹〈折楊柳〉，騷人嬾爲註蟲蝦。離亭不見攀條客，御日空期返旆車。珍攝嬌軀禦強冷，天回剝復事非賒。

恭祝蔡鼎公九秩大慶二首

欣逢臘月慶懸弧，九秩籌添福壽俱。栲杻葱蘢降王母，蓬萊清淺話痲姑。齋名晚學欽光霽，譽滿全臺仰宿儒。攬揆佳辰天獻瑞，延齡蓮莆茁雲廚。

其二

靈椿不老節彌堅，閱世婆娑九十年。文溺頹波勞道濟，詩歸正雅藉薪傳。鷺鷗競獻岡陵頌，蘭桂騰芳福澤綿。齒德雙尊誰得似？張公差可與齊肩。

次韻甯佑公賀得蘭陽文學獎

生來靈氣挾衡陽，扢雅揚騷異楚狂。性近常人同好惡，志承乃祖守行藏。風神最愛千杯後，坐席長留三日香。小獎漫勞詩賜賀，欣看篇幅忽增光。

次韻鄧璧公賀得蘭陽文學獎

廿載音書滯一鄉，登樓作客望蘭陽。庭闈眷戀羞饈膳，喬木縈懷入枕囊。吾社主持騷雅盛，佳章長發筆花香。最憐交誼兼師友，坐沐春風舞綠楊。

次韻江沛公賀得蘭陽文學獎

騷人漫說擅詞章，筆蕊輸公一段香。化謝鎔陶開我眼，離情愁思斷人腸。儒頑啓發翻騰趠，鄙薄潛移爲奮揚。光掩前賢最高蹈，半生無愧是行藏。

次韻蔚鵬詞長賀得蘭陽文學獎

公詩高步邁錢起郎士元，譽滿衡陽與漢陽。桂折蟾宮花吐筆，驪探鯤海客稱觴。十年難得交金石，五內長銘賜玉章。一幅雄渾懸掛後，草堂洋溢麝煤香。

次韻鄧馥公賀得蘭陽文學獎

古今典籍久鑽研，倚馬文章世競傳。幕佐適之揮彩筆（註一），酉藏《馥苑》萃佳篇（註二）。通經腹貯《春秋》學，好士肩差六一賢（註三）。豐沛辭源流腕底，浩如峽水瀉中天。

註一：公年廿五，即擔任胡適秘書。

註二：公著有《馥苑吟草》。

註三：歐陽修自號六一居士。

次韻東橋公賀得蘭陽文學獎

《白雪》魚傳出六英，漫勞過譽愧深情。最憐刻羽詞清拔，不盡餘音欐繞縈，袖有驪珠繩祖武，案無青玉藉芹呈。效顰苦我腸空索，響嗣風騷月旦評。

次韻公引詞長賀得蘭陽文學獎

錦鯉傳來藻翰香，迴環雒誦好詞章。采風志作談瀛客，扢雅心甘去贛鄉。致仕考槃聲娲娲，鼓宮流徵韻央央。李侯辭賦原無敵，筆挾刀鋒勝墨陽（註）。

註：墨陽，寶劍名。

次韻任道公招飲

點勘丹鉛老更勤，劬勞宵旰久傳聞。騷壇兩岸蜚佳譽，鯤島千秋紀偉勳。諸子飽觀無俗氣，等閒吐屬出塵氛。梅花風裡叨珍饌，親切眞同靖郭君。

新歲述懷

律回己丑月逢端，細細思量漫倚欄。一二知音心願足，攤還酒債夢魂安。人生得失尋常事，詩卷長存此處難。最是抬頭霄際望，自憐弱羽愧鵬摶。

次韻黃由福詩家〈八十感懷〉

閱世婆娑八十年，半生名利若雲煙，釣鰲鯤海人逾健，折桂蟾宮馬放還。壯志待追公望躅，豪情常搭子猷船。彌甘蔗境籌添屋，小隱林泉別有天。

緬懷三原于右老

詩魁草聖仰鴻儒，天挺英豪道統扶。魂魄化爲蓬島鶴，精神管領柏臺烏。衛公申伯才無忝，嶽降箕騎說不誣。開國元勳人競頌，中華賴以繼唐虞。

獲蘭陽文學獎三辱任道公賜賀次韻誌謝

興觀北海小黃河，秋水鳴蛙空自多。守墨十年封故步，齊賢一念越新羅。學欽惠子書難計，釣仰任公道不頗(註)。顧我數奇猶有幸，追陪殊足補蹉跎。

註：任公子釣大魚。見《莊子・外物篇》。

緬懷龔稼老

辱許忘年感涕零，追陪杖履仰儀型。舉隅恨不三隅反，閱歲聲吞四歲經。依舊家風揚渤海，嶄新詩句耀鯤溟。受知未有涓埃答，孤負生前惠眼青。

祝黃由福詞長伉儷八秩雙慶

天輝極婺家雙慶，人頌岡陵海十籌。兼擅詩書承魯直，精研儒釋紹梨洲。名山早建千秋業，壯志長輕萬戶侯。蘭桂騰芳庭戲綵，賓筵祝嘏醉朋儔。

敬輓趙諒老

拓張紡織廟謀賒，外匯年增裕國家。謇諤桓寬止鹽鐵，廉能趙抃遜風華。消閒旮矣琴兼鶴，退食翛然步當車。撫事燈前頻攬涕，胡天不憖厄龍蛇。

淩立公（註）謂倘將拙著詩話與絕句三百首並讀恰似一部文學史詩渥蒙賞音賦此誌謝

檢書燒燭送華巔，漫注蟲魚合自憐。文學史詩褒晚輩，謏言謬論愧高賢。令譽公已埒牛頓，彩筆人猶儗馬遷。獻頌南山椿不老，長教明月照嬋娟。

註：公為我國前駐聯合國代表團團員，負責農業督導。

逸梅詞長惠書楹聯

翰墨論交亦夙緣，賞桃荊識十年前。玉筋金錯揮君手，兔跱鷹飛服我拳。辭賦已追黃魯直，法書猶匹柳公權。最憐一幅懸堂上，耿耿文光射斗纏。

次韻陳麗華女史賀得蘭陽文學獎

藻采渾如庾杲蓮，世惟白雪與爭妍，趣殊淮海女郎句，調翕昌黎山石篇。四韻敲金難接武，千秋漱玉得眞傳。從知巨浸成其大，折節謙卑納百川。

湛國屛先生著《江曦詩文選集》題後

詩詞文賦盡斑斕，酉穴珍藏異等閒。理學冰心宗若水（註），體裁風骨法遺山。揮毫句得雲霄外，當世人誰伯仲間？顧我相形彌見拙，思齊徹夜誦迴環。

註：湛若水：明理學家，與王守仁同倡「心學」，唯旨趣異。

馥苑詞丈見招並惠贈摺疊扇

知己招邀笑幾回，瓊樓末席喜叨陪。燈光掩映鷺鷥杓，月影斜侵鸚鵡杯。摺疊扇揮詩興好，碧篘（唐佳釀名。）香動酒脾開。嗤他陸凱恩猶薄，千里相思遺一梅。

延齡詞丈惠書楹聯

欲答雲情愧乏鵝，菲才執筆劣於羅（註）。傳神楷隸如瑰寶，酷肖鍾王是礫波。鐵畫銀鉤今有幾？鸞驚鷹跱古無多。笑余飼養家雞末，漫向珍聯一放歌。

註：羅指羅暉。古之不善書者。見蘇軾〈贈孫莘老詩〉。

甯佑公見招並呈在座諸公

濟濟高賢萃一堂，叨陪垢面有輝光。碧篩白墮指頭動，紫蟹黃雞舌底香。卜晝未妨燒燭短，小春偏愛引杯長。君家武子遺徽在，愚智行藏式海疆。

次韻周代熾詞丈〈九十生辰感懷〉四首

籌添九秩益寧康，智水仁山矍矍強。履靖草眞揚宇內，美成詞賦播遐荒。平生不道人家短，盛德宜膺福壽長。省識海鷗得常近，靈臺淨澈早機忘。

其二

懸弧祝嘏慶良辰，議士功成作逸民。名利蠲除言近道，是非忘卻語純眞。觴傾北海來者舊，詩頌南山擅俊新。生挹氤氳衡嶽氣，儼然三月不違仁。

其三

秀擷三湘成世傑，才高八斗得天憐。生知智在中人上，止足情無外物牽。瀛嶠椿靈呈瑞氣，鷺鷗華祝獻詩篇。千秋祖逖堪攜手，一統河山早著鞭。

其四

地留難老人稱瑞，天挺豪雄志早伸。咸仰襟情紹周任，共驚頎額類高辛。書懷句琢才無匹，紀壽詩成筆有神。鶴算最憐添十載，期頤藝苑頌聲頻。

后齋詞丈有詩見懷次韻卻寄

韻武鴻篇飲且哦，幾回更鼓巷擿過，枯腸已竭猶搜索，個字難安廢寢訛。句綴則徐如散綺，詩裁和靖鬱駢羅。即今滄海橫流日，端賴摧頹激素波。

探視任翅社長住院

華子(註)昔曾罹此疾，須臾得失盡攸忘。卜占「无妄」奚求藥？漫倩盧醫爲合方。訝矣吉人天自相，少焉爰處體彌康。趨前探視情何限，欲別依依淚滿眶。

註：華子病忘，見《列子．周穆王篇》。

春讌

律回大地百花香，歲月天增福壽長。簪盍騷人聯白社，樽傾蟻醁迓青陽。盛情賢主頻投轄，險韻嘉賓獨擅場。我亦頹然揮禿筆，賺他四座笑郎當。

蔡鼎公九秩嵩慶既叨珍饌又貺佳章次韻誌謝

鹿蕉世事無縈夢，鶼鰈情懷有所思。辭賦雄渾臻化境，吟壇難以索瑕疵。揚風扢雅千秋頌，鑠柳鎔張一管知。醉酺飽仁叨寵眷，效顰聊復祝鴻禧。

就任古典詩社理事長沛公惠詩嘉勉次韻誌謝

趨步維艱漫九思，渥蒙謬薦敢推辭。才微臨事甯無懼？德薄藏愆曷有爲？隨世浮沉心易放，待人疏慢性難移。雞鳴風雨眾昏日，煮酒談詩欲與誰？

前題承鄧璧公惠詩嘉勉次韻誌謝

長年瀛海振騷風，杜紫揚朱道不窮。敦化川流刊《古典》，相期漢復醉新豐。《中興》《河嶽》難程盛，《藝苑》《詩文》漫比功。蚊負明知難勝任，相期鞭策社昌隆。

前題承甯佑公惠詩嘉勉次韻誌謝

荀令衣香未足珍，抗懷爭及釣鰲人。無聊握別纔三日，縈獨縈思似一春。捕拙惟將疏懶改，偷閒且把矩規循。相期爾後多鞭策，社務蒸蒸氣象新。

前題承東橋公惠詩嘉勉次韻誌謝

一筆千秋自不刊，說詩兩部萬人歡。譽蜚鷗鷺揚文苑，氣攝衡湖耀坫壇。永健奚須五禽戲，長生早服九還丹。祈將點鐵成金術，「古典」扶輪挽倒瀾。

前題承清源公惠詩嘉勉次韻誌謝

涪翁辭賦久名揚，後裔增華盛厥章。手握隋珠何璨璨，身懷荊玉自琅琅。詩書兼擅雄才具，文化恢宏令德彰。舉世推崇如柳惠，追陪垢面有輝光。

恭祝朱長公八秩晉八雙慶八首

嶽降婆娑八八年，星輝極婺耀南天。桂蘭挺秀家聲振，梁孟相莊福壽緜。報國惠民憑隻手，昌詩矯俗繫雙肩。即今聖道陵遲日，海宇蒙麻賴斡旋。

其二

吾會風騷仗主持，天教元晦作之師。信忠傳習常三省，用捨行藏必十思。宇內齊欽才倚馬，海東咸仰技探驪。壽如陵阜謳難老，跨竈旌門有好兒。

其三

會籌創價闢鴻濛，錫福羣黎造化同。博學尤精中日美，半生早立德言功。高郵世代文章盛，萬里詩篇藻思雄。米壽榮登身益健，雲山供養樂融融。

其四

紛挐滄海劫塵飛，振俗移風績炳巍。性媲仲尼能寡過，敏如伯玉早知非。雲霞似綺詩初就，風雨其濛筆乍揮。趨步愧余僵且走，欲求香瓣總心違。

其五

蟠桃春暖熟蓬瀛，曼倩心興眄伺情。一夕偷來爲父壽，千秋傳頌是兒名。長生可比安期棗，純孝差同穎叔羹。此日騷壇齊祝嘏，懸弧共仰月輪明。

其六

白鹿家聲久彌著，紫陽世澤永流芳。長年飽飫韋公饌，末席頗薰荀令香。鯤海嵩呼尊祭酒，騷壇嘏祝共稱觴。駢臻福壽承天貺，子孝孫賢百世昌。

其七

合江花草一家春，壽域宏開氣象新。桃李騰芳枝鬱茂，文章華國骨嶙峋。翛然身已蜚殊俗，淨澈心猶不染塵。消受煙霞閒歲月，故教猿鶴鎮相親。

其八

杏月天南炳壽星，東瀛荒徼競圖形。鹿蕉無夢時供佛，人蝶雙忘自寫經。譽滿三臺留碩果，文揚四海有餘馨。生平止足心常樂，儒雅雍容樹典型。

就任古典詩社理事長代熾詞丈惠詩嘉勉次韻誌謝

閒雲野鶴詩人宅，明月青山處士家。振俗斐然風偃草，微吟妙絕筆生花。宦亭汁染懷恩柳，命貴珠承報德蛇。郁郁文章驚海內，效顰無狀贕長嗟。

前題承王甦教授惠詩嘉勉次韻誌謝

性劣罔知師蠖屈，欲持弱羽伴鴻飛。步趨顧我時非晚，光霽如公世已稀，培植菁莪量玉尺，洞明天地運衡璣。春風化雨教無類，不是斯人孰與歸。

羅學聖詞文《學詩與創作》續集題後

先生響嗣廣陵散，弟子才侔袁孝尼。一卷風行誰若是？五車書讀不常師。興哀起敝名傳世，抑紫揚朱道濟時，叵測有無與虛實，恭謙光霽久心儀。

題世輝宗長《寄園詩選》

詩詞各體盡精研，戛玉敲金百世傳。清白家風承伯起，淵渟學問紹盈川。才華信美驚今哲，句法雄奇過昔賢，適健吟躬天有意，要將大雅扢花蓮。

庚寅上巳雅集疊去年韻二首

堨來疑是剡溪濱，峻嶺崇山不染塵。曲水流觴鷗鷺萃，良辰修禊薜蘿新。浮生有命天休問，往日題詩跡未湮。四美二難欣並集，忘形且作騁懷人。

其二

彷彿重遊泗水濱，清流湍激隔紅塵。管絃絲竹時辰好，躑躅醾醿雨露新。漫說痲姑滄海變，未聞騷客姓名湮。羣賢觴詠情何限，等是風流絕代人。

世輝宗長惠題《歐遊吟草》次韻誌謝

春暖東歐十日遊，空中河上笑凝眸。卑斯積雪詩情遠，多瑙乘風客思悠。漫綴蕪詞奚足道，飛來麗藻若爲酬。棲遲興盡欣然返，泥爪長留黑海頭。

遐昌詞丈《四樂軒詩鈔》題後

哿矣富人軒四樂，等身著作足千秋。利名雙淡眞高士，虧苦無辭是勝流。術紹南崖(註)難學步，脈承元晦若爲仇。雞鳴不已於風雨，展卷迴諷感未休。

註：清、朱珪，字石君號南崖。

次韻江曦詞丈賀得蘭陽文學獎

招隱憑誰賦〈鶴鳴〉？悠然園綺伴閒行。驪探瀛海無餘子，芝採商山自有情。畫虎靡成慚老拙，繫匏不食愧生平。菲才任重期匡誨，千載詩壇卓翠旌。

王甦教授疊前韻見懷次韻卻寄

無能有命安鳩拙，覽日凌雲羨鵠飛。俚句綴成難避俗，知音得遇不嫌稀。前章已訝如瓊玉，疊韻尤驚似貝璣。一蹴龍門譽十倍，八方士子望風歸。

重辱賓勁公獎飾獲蘭陽文學獎次韻誌謝

德輝仰望九疑高，未老廉頗意氣豪。陵澤徽音聞夏翟，詩書壽世見秋毫。平庸空羨馬千里，相去長嗟牛一毛。彩筆干天來有自，探驪敏捷媲枚皋。

湖湘文化協會成立誌慶次甯佑公韻

湘賢夙願慶終酬，協會籌成澤潤周。鼓吹三通連赤縣，桴浮不負臥滄洲。靈鍾衡嶽才偏縱，氣吸沅江德自優。基奠臺灣留碩果，龍飛虎拜展鴻猷。

重辱趙文懷詞長賀得蘭陽文學獎次韻誌謝

爲詩此樂錫于天，積學欽君似孝先。不擲分陰惜今日，抗懷曩哲盡餘年。才高屢有驚人句，德劭難齊易色賢。絕類苔岑相結契，因同臭味自依然。

清公厚貺珍貴領帶

嶄新領帶眾稱揚，式樣時髦最大方。烘托西裝儀抑抑，浮雕前臆貌堂堂。乘槎訪戴增身價，揮塵談龍吸眼光。一介書生叨寵眷，永懷恩澤不能忘。

註：張定成先生，字清塵。

清源詞丈腎衰賦此慰之

八十涪翁矍鑠身，偶緣微恙避風塵。預儲窖下三年艾，行見樽前四座春。清靜不聞蠻觸鬧，消閒惟與鷺鷗親。吉人瘳疾承天貺，呑蛭慈懷是夙因。

題黃清源先生著《綠水隨筆》

世席無爭望愈巍，等身著作仰言微。養生瞠目嵇中散，博洽差肩呂不韋。海上忘機狎鷗去，山陰振筆換鵝歸。翛然一卷燈前讀，滌盡閒愁與是非。

人日小集辱承鄧璧公厚貺瑤章次韻誌謝

執轡悠悠歲幾遷，休閒相處總陶然。定知騷賦垂千載，長仰鴻詞驚四筵。棲隱海東揮象管，澄清天下匣龍泉。律回辛卯逢人日，鷺侶揚觶祝萬年。

前題次賴綠水詞丈瑤韻

聞跫倒屣笑顏開，紫氣長隨倩影來。著作歸然傳奕世，聲華咢矣滿三臺。詩文浩瀚如煙海，性格高標若屹嵬。武韻自憐空腐筆，枉教雒誦百千迴。

前題次李能學詞長瑤韻

日暖花開樂未央，鷺鷗把盞興偏長，相逢況是春端月，一舉何妨酒十觴。老去但知文字事，餘生遠隔利名場。風騷嚮嗣君無忝，藻思頗薰乃祖（指李白）香。

前題次羅學聖詞丈瑤韻

玉山積雪已消融，稻麥芃芃歲卜豐。聊備濁醪迓人日，漫邀大老醉春風。才如峽水奔流下，詩似煙綃慰貼工。徙倚西樓遇鴻便，效顰寄謝採芝翁。

慶祝建國百年暨辛卯春節聯吟誌盛三首

定鼎悠悠屆百年，重光漢土倡民權。蔣公德大誰攜手？國父功高孰比肩？此日謳歌聲動地，當時革命力回天。黃花崗血長凝碧，永爲先賢啓後賢。

其二

建國星霜百載更，鬱蒼佳氣滿蓬瀛。全民共策中興業，舉世同揚大漢聲。會啓騷人揮彩筆，筵開鷺侶醉瑤觥。龍飛虎拜徵今日，好展雙眉見太平。

其三

律回辛卯百祥徵，紫氣東來王氣騰。大雅輪扶揚海表，元音鼓吹入雲層。騷葩正豔爭分瓣，鄒魯遺徽賴繼繩。兩岸行看歸一統，待攜鬯卣祭黃陵。

春人詩社創立六十週年次趙雪魂詞長韻

饗嗣風騷久遠揚，千秋蘭芷共爭香。盪胸賦稾探驪技，瞠目文同繡虎章。鯤海詩源長滾滾，蓬萊吟旆永央央。頹波遏制逢回曆，社運蒸蒸國運昌。

定遠詞丈有詩見懷次韻卻寄

自從小魏識荊過，心折詞章脫臼科。一別緣慳違左右，分明命蹇有差訛。最憐公幹花生筆，長愛高陽飲且哦。食肉笑余無此相，餘年端合日酣歌。

延齡詞丈賦〈大漢詩詞研究社頌〉藏頭格次韻奉和

大儒德已類顏淵，漢臘尤欽武昔賢。詩妙韋慚題雁塔，詞雄班愧勒燕然。研虛無損苔岑契，究實端因翰墨緣。社稷扶傾懷往日，頌公今比地行仙。

大漢詩詞研究社新春聯歡江沛公賦詩抒感爰賡歌之

嘉賓式燕慰相思，糲藿羞叨厚貺詩。老驥壯懷千里志，春風吹拂萬年枝。靈鍾衡嶽才偏縱，胤嗣文通筆莫追。底事書工人鮮識，甯非名盛句神奇？

大漢詩詞研究社新春聯歡楊蓁代表諸同學獻詩爰賡歌之

淺學無才愧答詞，編成講義不相宜。漫將自比菁莪樣，屢聽人稱棫樸姿。弗悟知知難濟道，未能病病好爲師（註）。何當早遂名山業，冰水青藍是素期。

註：《老子・七十一章》：「知不知，尚矣。不知知，病也。聖人不病，以其病病。夫唯病病，是以不病。」

大漢詩詞研究社新春聯歡唐謨國賦〈柳園西席歡宴生徒〉藏頭格次韻誌謝

柳鞞鶯嬌花復妍，園中玉樹値鍾千。西來楚客無餘子，席對鷗朋一大緣。歡累十觴猶不醉，宴丁四美足留連。生難忘卻年辛卯，賓主聯歡醉綺筵。

《晚學齋新編首卷》(註)題後

卷開照眼盡珠璣，響嗣風騷旨闡微。叔度多公武芳躅，伯喈千載見遺徽。身膺雙絕才華著，名滿全球德望巍。屢次趨求香一瓣，舉隅難反總心違。

註：作者蔡鼎新先生。

祝劉祥華詞丈八秩晉六嵩壽

靈椿晉穀承天貺，八六嵩呼薄邇遐。呈瑞雲廚生蓮莆，揮毫雪案走龍蛇。才華蓬島無餘子，德望騷壇一大家。蘭桂騰芳庭戲綵，鷺鷗獻頌筆生花。

賀胡理事長傳安獲聘世詩名譽會長

從來國士本無雙，譽滿儒林耀萬邦，筆倒潘江才不忝，句凌陸海氣何龐。龍頭稱號言彌遜，驥尾歡呼興未降，最是難仇八叉手，每將白雪變新腔。

次韻林后齋詞丈〈九秩書懷〉

詩學江西格出奇，風騷嗣響仰襟期。脈承北宋林和靖，人似南陽直不疑。乍過華封聞獻頌，彌甘蔗境卜占〈離〉（註）。精神矍鑠身逾健，矯若廉頗上馬馳。

註：〈離〉周易卦名。卦辭曰：「離利貞亨。」彖曰：「離，麗也。日月麗乎天，百穀草木麗乎土，重明以麗乎正，乃化成天下，柔麗乎中正，故亨。」

次韻張英傑詩家辛卯三春旅臺書感

稻江春日締鷗盟，六律悠揚薄八瀛。振木遏雲聲浩蕩，雕龍倚馬氣縱橫。頡頏元白憑誰敵，伯仲蘇黃莫與京。共道相逢眞不易，接䍦倒著酒頻傾。

獲臺北文學獎謝諸詩老賜賀

得獎雖欣實偶然，漫勞詩老貺佳篇。無違誓復錢銖五，雙絕頒來價鎰千。腐筆端因才下拙，雄詞況是意高騫。追陪倘許容趨步，積蹞還期仗策鞭。

李順良伉儷詩書畫聯展誌盛

表達心聲逸俗塵，六長八法並奇新。藝廊展出詩書畫，墨客爭誇美善眞。北派南宗欣有繼，怒猊奔驥更無倫。道昇孟頫應驚畏，千幅琳琅百世珍。

次韻沛公〈述懷〉

生因魯鈍負頭懸，性僻偏如賈閬仙。一是未嘗千慮得，中和罔致七情牽。數奇有恨慵占卜，命蹇無尤不輟絃。差喜讀書蠲俗累，心隨先聖與今賢。

辛卯上巳修禊二首

卯年修禊稻江湄，北宋南施壯鼓旗。句得探驪追白也，序成倚馬繼羲之。揚風扢雅情何限，曲水流觴樂靡涯。世道人心猶板蕩，振興禮樂合昌詩。

其二

辛卯題襟傍海湄，蓬萊島上耀旌旗。瓢甘菽水懷回也，筆振文風紹退之。辭藻增華揚宇內，雅騷嗣響遍天涯。最憐修禊三千客，一夕吟成萬首詩。

次韻江沛公參加九老會書感

青州（註）從事會羣賢，一飲能教萬古傳。浮白忘形逢卯歲，泛紅雙頰似丁年。生無杜老驚人句，難和江郎夢筆篇。累舉十觴猶不醉，賓筵盡是酒中仙。

註：青州從事，好酒也。見《世說新語・術解》。

甯佑公招飲寧福樓

虎拜龍飛緬辛卯，鶯吟燕舞迓壬辰。瓊樓旨酒三杯釅，秀句奇章百世新。矍鑠精神瞻鷺侶，不開泰運轉鴻鈞。漫言叔度深難測，萬頃汪汪仰主人。

恭祝朱長公九秩雙慶

白鹿家聲揚海內，紫陽世澤遍瀛東。桂蘭挺秀春無限，梁孟相莊福靡窮。九秩嵩呼輝極婺，三臺堀祝醉郫筒。德言功立人爭仰，餘事摛辭藻思雄。

中藩大師伉儷招飲

律回歲暖百花香，濟濟高賢萃一堂。紫蟹黃雞消晝永，碧筩白墮引杯長。忘機促席親鷗鷺，投轄留賓謝孟梁。書藝當今推泰斗，濂溪苗裔顯臺陽。

中華詩學研究會成立十周年紀盛

響嗣元音壯海東，辛勤策勵振騷風。狂瀾倒挽千鈞力，正氣宏揚十載功。侘傺豪吟追杜老，艱難締造仗朱公。羣儒紀慶開高會，筆陣堂堂國運隆。

壬辰上巳雅集二首

鷺鷗修禊喜重逢，曲水流觴興味濃。扢雅揚風賡韻事，崇山峻嶺盪心胸。蘭亭高蹈懷先哲，鯤島清遊躡舊蹤。袞袞諸公身益健，長青不老似屯峰。

其二

羣賢老少笑相逢，興致端如趙酒濃。一序千秋文足式，去年今日事縈胸。詩書有味常忘食，名利無營久絕蹤。上巳題襟遊汗漫，騁懷數里入雲峰。

吳夢公伉儷招飲

書畫斐然繩道子，詩詞無忝紹梅村。德門歲遠家風在，翰墨緣深仁義存。投筆棄繻欽曩日，龍年鷺侶醉芳樽。何當再見唐高適，史乘岑參相並論。

輓任道公前理事長

杖履追隨十載更，風騷管領仰耆英。平章獨秉春秋筆，耿介長留月旦評。東海釣鰲（註）繩祖武，忘機狎鷺勝公卿。胡天不憖遺難老，薤唱傳來涕淚傾。

註：東海釣鰲，指任公釣大魚。見《莊子．外物偏》。

唐謨公九秩晉一雙壽並金剛石婚誌慶

琴瑟和鳴六十年，萊衣欣看舞蹁躚。世謳難老岡陵頌，天眷明公福壽全。仁智勇傳長裕後，詩書畫擅足光前。俚辭敬向雙星祝，身比金剛石樣堅。

洗硯

秦磚魏瓦墨猶存，洗向清池趁日暾。鴝眼滌時聞霹馥，松皮拂處看魚吞。方圓幾寫興亡史，斑駁長留歲月痕。若遇燕玉求草詔，瓌材殊足振黃魂。

獻陽詞丈《后齋詩稿續集》題後

繡虎雕龍筆一枝，迴環諷誦益欽遲。畫詩無忝王摩詰，書藝應驚何紹基。才德聲華眞國士，風流儒雅是吾師。唐寅已矣東坡渺，爲問人誰鬥色絲？

新月

銀弓隱隱掛雲梢，兔魄哉生似繫匏。碧落奮飛驚陣雁，滄溟避釣匿羣鮫。盛衰倚伏人同恨，圓缺循環世莫嘲。消息盈虛本天理，團欒有日照衡茅。

賀陳德藩理事長八秩雙慶

洪綏家聲久彌著，穎川世澤永流芳。懸弧飽飫郇公饌，促席頗薰荀令香。鯤海書工尊祭酒，騷壇眼祝共稱觴。八旬雙慶承天貺，桂馥蘭馨百代昌。

寧福樓宴聚辱承賓勁公厚貺瑤章次韻誌謝

胸懷喜爲盍簪張，倒屣頻薰荀令香。祖德克承齊國佐，公才無忝漢田郎。首播白雪難賡和，腸潤紅壇（註）易奮揚。最是玉樓懸掛後，蛟龍筆翰發清光。

註：紅壇，佳釀名。賓勁公惠贈。

劉延公惠書楹聯

鍾王以外最雄渾，耄耋騷壇望益尊。振藻筆開書世界，揮毫字見道根源。品高饒蘊山林氣，妙絕爭謳屋漏痕。耿耿神光輝燭夜，連城聲價勝璵璠。

楊蓁理事長惠畫竹石

數竿瀟灑伴雲根，日日平安報柳園。蓊鬱琤瑽風動壁，淋漓濃淡墨留痕。神凝蘇軾形俱釋，胸貯文同孰與論。筆畫新篁知有意，欲看龍化振寒門。

賀吳夢公榮膺南菁書法學會理事長

會主南菁慶得人，八方翕服賀聲頻。謳歌地迴來鷗鷺，振盛天教率鳳麟。體勢髯掀王逸少，才華領點釋藏眞。換鵝韻事添佳話，爭仰先生筆有神。

寧福樓宴聚辱承中藩大師厚貺瑤章次韻誌謝

盍簪苟簡無兼味，寵錫瑤章喜欲顛。獨擅詩書當代少，駢臻福壽幾人全。體裁精究唐之後，楷隸窮研晉以前。磨礪鉛刀思一割，徒勞奢望法高賢。

啖荔

虬珠嫩肉蘊天香，風味爭誇十八娘。濺齒沁脾搖食指，療飢解渴爽吟腸。催詩有力邀同擘，袪熱無倫好共嘗。一騎紅塵妃子笑，千秋韻事說唐皇。

賀楊蓁理事長八秩雙慶

吾族推源肇姓姬，龍文驥子仰威儀。傳經雀館嚴三省，振鐸鱣堂尚四知。學貫百家憑隻眼，籌添八秩慶齊眉。半生兼擅詩書畫，裕後光前一代師。

蔡鼎公轉贈《茹香樓存稿》(註)賦此誌謝

白雪翻新世仰咸，奇高骨氣鬱巉巖。小山響嗣耋殊俗，漱玉光爭自不凡。彩筆生花心幾折，逢人說項口寧緘。即今閨秀誰能匹？聲韻精研格調嚴。

註：潘思敏女史著。

成矩詞丈厚貺詩書畫集

抒述心聲神韻含，菁華南派北宗探。騷壇藝苑時無兩，伯虎公麟鼎峙三。眞善美宜權貴重，詩書畫賜惠恩覃。多公一管生花筆，氣勢雄渾造化參。

九日遣興

重陽清景到瀛洲，酒榼攜來獨倚樓。麗藻忽從雲外得，明蟾長在水中浮。乾杯紫蟹持盈手，紀節黃花插滿頭。嶺上登高籬下醉，俱難相比此風流。

孫紹公餽贈《明四家傳》

隋珠趙璧許差同，厚貺奇書感靡窮。罔殆不思憐似我，晨昏反側若酬公。去來今倩人誰匹？美善眞誇藻繪豐。唐沈文仇明四傑，千秋藝苑並稱雄。

次韻大馬怡保山城詩社壬辰中秋雅集

風度牙琴海外音，開懷把盞酒瀕斟。陽春白雪翻新調，鳳律鸞歌憶舊吟。垂老不渝攀桂志，抗懷猶抱釣鼇心，中秋未克參高會，一點靈犀藉作臨。

韓民安將軍獎飾《讀書絕句三百首》次韻誌謝

李白識荊心已足，鯫生附驥興悠揚。恫瘝民瘼心懷赤，捍衛家邦志鬱蒼。文埒攀龍才穎異，武繩擒虎德輝光。漫言咫尺天涯遠，河廣猶堪一葦航。

侯秉政律師奬飾《讀書絕句三百首》次韻誌謝

德音忽爾降柴荊，惶汗虞人悅拜旌。流水高山彈古調，陽春白雪度新聲。君房志遠諸經究，方域心雄萬里行。欲伴鵷鴻持弱羽，隔江遙望不勝情。

深山何處鐘

噌吰一杵破朝暉，似吼蒲牢薄四圍。寺蔽雲嵒看隱約，鐘敲霧窟聽依稀。禪參慧遠知今是，夢醒樊川覺昨非。忘卻營營銷俗慮，靜修梵理願無違。

雪魂(註)詞長《南山軒詩詞集》題後

偶露文章世盡驚，鸞歌鳳律譽蓬瀛。騷壇排奡欽攀桂，鯤海翻騰擅掣鯨。白也孤標君繼武，微之三昧獨能賡。渾涵一卷南山集，聯語詩詞並俊清。

註：趙文懷先生，號雪魂。

次韻甯佑公〈八秩述懷〉四首

星輝極婺耀山川，祝嘏欣逢釣渭年。育李栽桃量玉尺，棄繻投筆著金鞭，公繩祖武應無憾，我嫉天心似有偏。紀壽詩成如鳳律，珠璣錯落絢巴箋。

其二

懸弧吉慶頌南山，百福齊臻喜欲潸。裕後光前憑白手，持盈保泰駐朱顏。輒聞一舸采風去，爭見三都擷俗還。辭賦清新追庾信，縈迴盤礴動江關。

其三

松山小隱靜無譁，梁孟相莊不自誇。飭誡兒孫須節儉，恪遵祖禰杜豪奢。岡陵比壽人人頌，海屋添籌歲歲加。善學子由詩易骨，別開境界藉煎茶。

其四

濯濯詩如出水蓮，懸知逸興薄諸天。鏗鏘直比甘泉賦，璀璨差同寶劍篇。鷗鷺爭謳椿不老，桂蘭競秀長圓。聲華公已蜚殊俗，晚節梅松竹並堅。

早梅

不知昨夜一枝開，疑是梢頭雪落來。樓上美人莫吹笛，園中名士正銜杯。暗香浮動吟懷爽，疎影橫斜逸興催。絕好花魁初破蕚，卻憐賦乏廣平才。

賀李家辰先生八秩雙慶

公世淵源隴西郡，吾民長沐伯陽風。桂蘭挺秀綿宗澤，極婺騰輝粲海空。藉甚聲華同李白，宏開壽域獻桃紅。籌添八秩岡陵頌，鷗鷺稱觴不老翁。

賀馥苑詞丈八秩晉五暨金婚雙慶

花燭重開百歲圖，雲臺華冑慶嵩呼。桂蘭競秀昌門第，極婺騰輝耀海隅。詩頌九如天錫瑕，琴調四紀日相娛。文章道德人爭仰，用舍行藏作楷模。

次韻蔡鼎公嘉勉得登瀛詩獎

繡被長懷越鄂君，鳳凰肯與鸕鶿羣。清新詩逼庾開府，精妙書追王右軍。幼及宜膺仁者壽，物齊坐忘世情紛。卌年趨步儒夫立，愉悅勝沾茝蕙芬。

賀朱遐昌詞丈榮獲臺南市書法獎

書道淵源嬗履貞，眞行草隸冠東瀛。南宗北派揣摩熱，鐵畫銀鉤莫與京。歲月消閒人不老，琴詩調適自怡情。一從鉅獎榮膺後，百代高名泐府城。

迎春曲

條風應律轉鴻鈞，萬象昭蘇斗建寅。屯嶺鵝黃垂裊裊，淡江鴨綠起粼粼，鞭牛綵仗風依舊，爆竹辛盤歲迓新。春滿乾坤人益壽，東來紫氣聽歌豳。

壬辰金秋遊士林官邸作

天予人歸家第一，風流雲散事飄零。元貞猿鳥畏書簡，百世王侯樹典型。裙屐聯翩遊菊圃，碑銘斑駁讀蘭亭。鼎湖憑弔情何限，至性精誠仰踐形。

賀唐譔公鯤瀛全國詩會獲雋

鯤瀛盛會媲南皮，騷客三千壯鼓旗。詩學蘇黃工折桂，才空元白技探驪。懸知綵筆生花日，猶是青衿染柳時，一自高名題雁塔，長垂百代耀門楣。

迎張英傑詞長歸國次韻

南來三影有新詩，典麗渾成似退之。簪盍鷺鷗紛振翮，陽生橘柚正垂枝。高賢吐屬輝珠玉，雅會宏開壯鼓旗。四海遨遊塵不染，翛然欲學卻嫌遲。

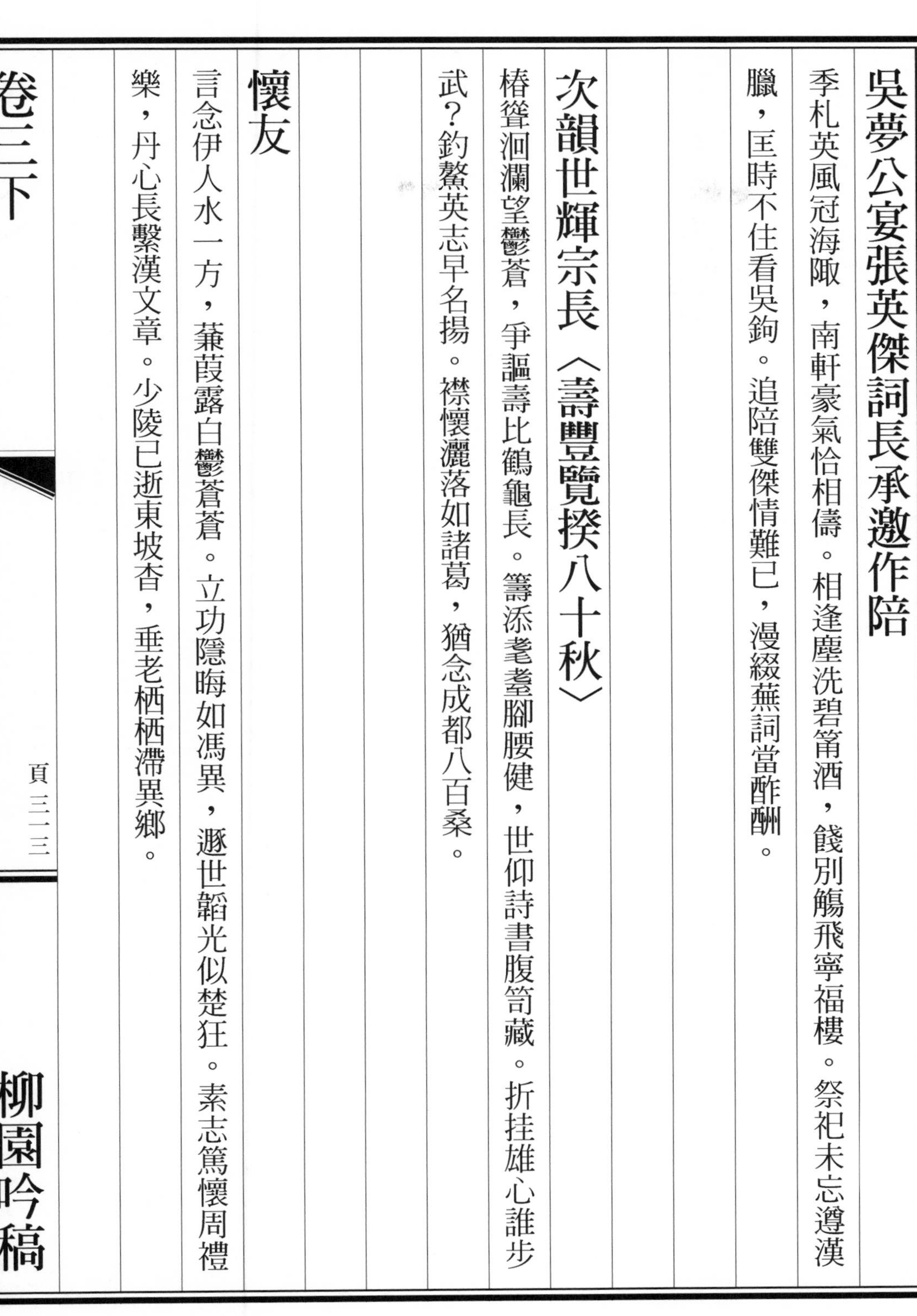

吳夢公宴張英傑詞長承邀作陪

季札英風冠海陬，南軒豪氣恰相儔。相逢塵洗碧筩酒，餞別觴飛寧福樓。祭祀未忘遵漢臘，匡時不仕看吳鉤。追陪雙傑情難已，漫綴蕪詞當酢酬。

次韻世輝宗長〈壽豐覽揆八十秋〉

椿聳泂瀾望鬱蒼，爭謳壽比鶴龜長。籌添耄耋腳腰健，世仰詩書腹笥藏。折挂雄心誰步武？釣鰲英志早名揚。襟懷灑落如諸葛，猶念成都八百桑。

懷友

言念伊人水一方，蒹葭露白鬱蒼蒼。立功隱晦如馮異，遯世韜光似楚狂。素志篤懷周禮樂，丹心長繫漢文章。少陵已逝東坡杳，垂老栖栖滯異鄉。

次韻曾焜詞丈獎飾〈風櫃斗賞梅〉

蟠腹瑤章數萬篇，公詩早歷草堂前。琢成荊玉原無價，探得驪珠出九淵。瞠目絕塵神似驥，奇姿異萼秀如蓮。何當共把愁銷盡，遮莫新豐斗十千。

不速客

枉駕無勞雞黍約，進門竟是芝蘭交。騷壇道義揚風雅，車笠書盟似漆膠。蓬蓽生輝來雅士，盤飧慚愧乏佳肴。傾談契闊情難已，不覺銀蟾掛樹梢。

勁柏詞丈枉過

忽報高軒陋巷過，聞跫倒屣笑聲和。櫥藏雲液難留客，筆落鯤瀛競換鵝。健步原知人未老，清談不覺日斜俄。忘年結契情彌篤，攜手江干唱踏莎。

龍飛詞丈《雲山樵子詩文集》題後

雲山沆瀣漱瓊漿，詞義高騫感興長。功耀中華精武略，輪扶大雅煥文章。才雄學究天人際，德劭譽蜚翰墨場。省識厥成來有自，誕初靈氣攝衡湘。

慶賀耿培生唐謨國辜瑞蘭三英北京釣魚臺杯全國詩詞畫大賽並列一等獎

並蒂花開筆有靈，中華大漢振天聲。探驪吐鳳原無敵，折桂登科第一名。響嗣風騷謳鷺侶，才追麟虎（註）譽鯤瀛。三英妙絕詩書畫，夐鑠千秋擅俊清。

註：麟虎：李公麟唐伯虎。

九老會春宴

迎春盤薦椒花頌，獻歲詩題柏葉銘。進酒摛辭追李白，遏雲振木邁秦青。筵開賢主欣投轄，會啓嘉賓樂忘形。九老籌添身益健，陶然觴詠繼蘭亭。

孫紹公《興致隨筆》第六集題後

濟南名士最翩翩，倚馬文章眾口傳。俊逸清新追庾鮑，雄渾騰踔壯山川。懸知筆正緣心正，省識節堅原志堅。材大年年裒一集，絕倫詞意兩高騫。

劉緯世詞丈《湘賢楹聯集》題後藏頭格

劉勰而還第一人，緯文經武冠羣倫。世豪獨法曾文正，湘哲齊思彭玉麟。賢達推崇十二輩，楹詞敻鑠萬千春。聯綿筆氣干牛斗，集腋成裘德潤身。

清源詞丈《禪語詩契》題後藏頭格

清俊文章串璧珠，源推格致佛兼儒。詞皆玉律抒情異，丈六金身與世殊。禪渡劫波登十地，語醒含類脫三途。詩宏聖教探幽賾，契道凝玄美善俱。

賀吳夢公伉儷獲金孫

充閭佳氣碧氤氳，天予金孫繞慶雲。嶽降晉陵繩祖武，星占太史證龍文。蘭階挺秀枝希世，麟趾呈祥貌出羣。穀旦昱廚叨盛饌，座驚英物試啼聞。

賀孫紹公八秩晉六雙慶

極婺騰輝八六年，藝壇蝦祝慶弧懸。桂蘭競秀家風振，梁孟相莊福壽縣。賦繼興公聲擲地，志追國父力迴天。眞行草嫥孫虔禮，瞠目駸駸古聖賢。

詠紙鳶

圖南準擬效摶鵬，逸出青雲第幾層。上下藍天輕似燕，翻騰碧落疾於鷹。漫言削木公輸巧，休說乘風列子能。我欲扶搖攀桂去，奈何牽制有長繩！

癸巳春讌

聊備藜羹宴孟春，白衣契合送芳醇。賓筵寵錫詩書畫，風義堪稱美善眞。翰墨交遊憐雨舊，辭章酬唱迓年新。諸公純嘏膺天眷，祇頌金剛不壞身。

詠假髮

假髻嬌嬈彈及眉，娉容婀娜鬥西施。金釵寶鈿眞驚艷，蟬鬢螺鬟僞飾奇。面目已無黃耇感，年華未有素絲悲。糟糠鶴髮彌韶美，不用喬妝逞麗姿。

癸巳上巳雅集二首

巳年修禊海之東，曲水流觴少長同。誰謂文章惟晉代？我憐詞賦有唐風。稻江日暖千梨白，蓬島春回萬杏紅。酩酊擘箋揮禿筆，吟成絕倒眾詩翁。

其二

羣賢修禊振瀛東，儒雅爭如晉士同。壽比彭鏗憐舊雨，序追逸少仰高風。浴沂春暮懷曾點，度曲聲低唱小紅。願效袁宏才倚馬，絕勝老作採芝翁。

漢英詩書畫集題後

風裁鳴世久神馳，一卷千秋作鑑龜。仕宦顯身高考後，序庠振鐸濟艱時。才華攜手黃遵憲，氣節齊肩康有爲。比歲追陪眞慶幸，卻憐多難識荊遲。

歡迎湖北長坂坡吟社詩友蒞訪

有朋喜自遠方來，塵洗觴飛亦快哉。彩筆千秋追李杜，瑤章百首邁鄒枚。元音不振詩心壯，國粹宏揚道義恢。文化交流傳韻事，奎星朗朗照蓬萊。

銀河夢泛

一簾幽夢泛星河，通海靈源景象多。漢使曾經凌碧浪，天孫隱約渡銀波。塡橋萬鵲憐毛落，探賾孤舟橫槊歌。安得淋漓洗兵甲，修文偃武世熙和。

甦公教授獎飾〈洗硯〉次韻誌謝(註)

王通振鐸李唐年，甦惠儒林累萬千。詩俊昔曾驚日角，才高甯許採芝田。輝奎永比長庚亮，耀極恒如明月圓。中歲追陪猶恨晚，華軒簑笠締文緣。

註：原唱以「君潛洗硯輝耀中華」為冠頂，次唱以「王甦詩才輝耀中華」奉酬。

錄甦工教授元唱　讀君潛詞長洗硯感賦

君臨藝苑不知年，潛德幽光映大千。洗盡浮辭歸本色，硯磨歲月異犁田。輝鋒書法銀鉤曲，耀墨揮毫體勢圓。中道和平神韻潤，華英吐秀結詩緣。

亂蟬嘶徹柳陰陰五首 轆轤體

亂蟬嘶徹柳陰陰，齊女伸冤孰可任。擊筑乍疑來豫讓，鼓宮幾呀出劉歆。五更疏斷餘潸淚，一樹無情空費心。太息嶮巇都不覺，螳螂在後欲生擒。

其二

郭外秋光曳杖尋，亂蟬嘶徹柳陰陰。餐風獨抱夷齊志，鳴世空懷屈宋心。紘斷枝頭誰顧曲，調彈葉底孰知音？清高難飽煩相警，古驛荒村酒酌斟。

其三

飄蕭逸響出疎林，裊裊餘聲薄翠嶔，遊子何之鴻杳杳，亂蟬嘶徹柳陰陰。垂緌渴飲露如玉，振翅飢餐風似金。莫便高枝鳴得意，須防痀僂丈人臨。

其四

嘒藉秋風渡碧濤，衣單乍覺袖涼侵。寫心似聽夔彈瑟，悅耳如聞舜鼓琴。一鳥不鳴山寂寂，亂蟬嘶徹柳陰陰。日行西陸歲云暮，猶嘯斜陽託意深。

其五

世無知己契苔岑，日日淒涼倚樹吟。雨後鳴榆張睫眼，風前噪竹豁胸襟。引商刻羽誰能識？嘆鳳傷麟陸已沉。顛沛何因不歸去，亂蟬嘶徹柳陰陰。

蔡鼎公撰贈三聯獎飾《柳園聯語》賦此誌謝

聲華殊足繼韓歐，提挈鯫生歲月悠。德望聖朝誰與匹？詩書瀛海孰能儔？長青不老如松柏，澹泊忘機契鷺鷗。恰似鄂君庇寒士，涓埃未答卌春秋。

四樂軒主人詩書展專輯題後

千載風標四樂軒，詩書聖道見根源。斐然地北謳雙絕，習矣天南壯七鯤。篆隸草眞有奇趣，鍾王顏柳並高騫。遐齡格律驚彌細，矻矻躋登李杜門。

秋晴晚眺

秋山瞭望夕陽銜，碧靄頳霞絢翠巖。鴉陣迷離看繞樹，鯨波瀲灩泛歸帆。襟懷灑落詩殊俗，情景交融句不凡。佇月樓頭無限好，卻憐袖冷海風嚴。

參觀硯都珍藏端硯展

端溪極品價連城，聚墨微凹雕鑿精。魏瓦秦甎同磊落，龍鱗鴝眼並崢嶸。濡毫萬斛詞源涌，韞櫝千秋歲月更。肇慶珍藏臺展出，摩肩競覽萃群英。

蔡鼎公獎飾拙作〈大漢詩詞研究社講義合訂本序〉次韻誌謝

卌年提挈到而今，懦立頑廉賴砭鍼。路免泣歧銘在骨，恩同再造感於心。淵渟嶽峙侔干木，曠達襟懷儗道林。趨步瞻前驚忽後，法言長記作規箴。

把酒問青天

古今萬類費評章，把酒虔誠問彼蒼。底事籍能眼青白？果眞龍戰血玄黃？是誰得道論夷跖？曾否亡羊究穀臧？各國太空爭設站，寧無荒爾拂池潢？

詠塑膠花

塑膠摺疊一枝枝，五色繽紛挺艷姿。梅嫉可堪兼柳妬，蝶迷已甚更蜂痴。製成靡畏風雲變，裁就奚求雨露滋。春去秋來渾不管，漂零疾苦總無知。

賀楊蓁耿培生雙傑榮獲登瀛詩獎

巋然家學源楊烱，籍甚聲華紹耿湋。滄海驪珠探便得，高名雁塔泐無違。勁遒筆氣人爭誦，長鑠文光日掩輝。大漢雙雄才不忝，風騷千載嗣音徽。

次韻雪魂詩家獎飾《大漢詩選》

鴻雁書來帶紫煙，詩如鳳律仰高賢。清風兩袖琴兼鶴，長笛一聲人似仙。小隱山林經邃究，中和精舍史鑽研。海東鄒魯遺徽在，士塞於塗學震川。

賀中藩吟丈開百雙慶二首

德望騷壇一大家，譽蜚兩岸筆生花。桂蘭挺秀春如海，梁孟相莊福靡涯。獻瑞雲廚蓄蓮莆，揮毫雪案走龍蛇。靈椿且待籌添十，百歲呼嵩薄邇遐。

其二

文嫡敦頤武亞夫，光前裕後羨羣儒。銀鉤鐵畫聲華著，鳳舞龍翔氣勢殊。開百鷺鷗欣祝嘏，輝雙極婺慶懸弧。桂蘭競秀家風振，梁孟相莊福壽俱。

次韻沛公〈米壽書感〉

籌添八八福中過，庭舞萊衣把酒哦。拔劍江郎戡地笑，稱觴王老倚天歌。從軍報國膽肝赤，後樂先憂髮鬢皤。仁德宜膺無量壽，著書堆滿養生窩。

詠賀年片

臘鼓頻催歲又更，信箱片片賀新正。綠衣擲下如瓌寶，白屋收存似玖瓊。冬盡憐渠猶念舊，年來顧我已埋名。豪門不獨慵干謁，春到長慳一紙情。

次韻鄧璧公〈九十回顧〉八首

英風磅礴海峰桐城派劉大櫆別號。岑，心蔑塵埃半點侵，文繼桐城振珂里，名揚鯤嶠重儒林。騷章兩岸聲華著，燕頷元戎恩遇深。開百謙沖不言壽，三臺祝嘏那能禁。

其二

始信英雄自有眞，文韜武略更無倫。謳歌合與椿齊壽，爾汝惟思鷺最親。蓬島棲遲腰腳健，雲臺繼述志眉伸。方苞姚鼐遺徽在，踵事增華又一人。

其三

詩書邃究卸戎裝，麗藻揚芬翰墨場。惡紫奪朱憑隻眼，崇儒宏道熱中腸。挑燈且把魚蟲注，撫事偏於麟鳳傷。晚叟吟笻頻遠望，白雲深處是家鄉。

其四

穿梭日月似跳丸，未老廉頗心尚丹。破敵計售淝水易，封泥誰謂谷關難。柳營疇曩尊中壘，虎旅曾經擁下官。九秩騷人齊獻頌，掀髯萊綵酒杯寬。

其五

從征襟袖五雲飄，澎湃心情甚浙潮。鯤海梯航仙島近，燕山銘勒日程遙。偶同桓子吹長笛，罔效韓郎奏玉簫。雙慶懸弧開壽域，欣聽雛鳳韻清嬌。

其六

騰輝極婺耀瀛空，詩頌南山兩岸同。頷點菁莪郁門下，舌香蓮莆茁廚中。揭櫫大憨甯喑啞，振鐸元音啓聵聾。富不驕奢貧不諂，先生此處是豪雄。

其七

雕龍俐落刃優遊，漫詡庖丁善解牛。遍讀典墳同倚相，未曾魂夢到封侯。姓名遐邇蜚雙絕，富貴從來視一漚。蘭桂騰芳天錫嘏，呼嵩響徹海東頭。

其八

江漢悠悠漫蕩滔，濟憑一葦足挑撓。前修爭勝才閎肆，後輩提攜德峻高。瀝膽披肝甘盡力，揚清激濁不辭勞。袖山詩賦千迴讀，秀句心驚迫雅騷。

詠低頭族

閑偷分秒即頭低，手握靈機心入迷。倚伏安危渾不覺，存亡頃刻昧端倪。道旁注目如翁仲，車上凝神似木雞。百病侵尋由此起，巽言莫謾笑無稽。

蔡鼎公獎飾《讀書絕句三百首》次韻誌謝

巽語諄諄賴化馴，卻憐鄙儒老風塵。放心況復思惟舊，儉腹焉能發興新。自分只宜濫樵客，此生敢望作詩人？帳前親炙知多少，青史韓歐合等倫。

甯佑公獎飾《讀書絕句三百首》次韻誌謝

飛來麗藻獨鮮妍，雒誦猶疑出惠連。信是有才繩祖武，卓然無忝繼湘賢。多公折桂憑誰敵？顧我如瓠空自堅。一曲陽春最難和，推敲寒夜聳詩肩。

雪魂詩家獎飾《讀書絕句三百首》次韻誌謝

卓然逸出鷺鷗羣，翕習紅霞作近鄰。下酒千杯醉人日，忘餐一曲和陽春。澗阿心事付瑤瑟，渭滸人誰識釣綸？璀璨珠璣輝紙上，迴環雒誦振精神。

厚文吟丈獎飾《讀書絕句三百首》次韻誌謝

氣吞胡虜功彪炳，比讀詩書更一流。李杜韓蘇文泛覽，楷眞隸草筆彌遒。立身著眼邦家計，抗志無心粱稻謀。後樂先憂仰風範，千秋小范恰相儔。

璧公獎飾《讀書絕句三百首》次韻誌謝

斐然筆落雨風驚，驤首騷壇遹駿聲。卅載瀛壖培後秀，千秋古典（古典詩社。）屬先生。冰心獨秉春秋筆，風骨眞堪月旦評。白雪從知無限好，卻慚蛾術總難成。

沛公獎飾《讀書絕句三百首》次韻誌謝

千秋長颺逸樓沛公齋名。風，異代江郎著述豐。狎鷺忘機心尚古，揚騷抆雅志彌隆。中華道統辛勤護，幼婦詞吟熨貼工。海嶠棲遲勞振鐸，坡仙胸次兩相同。

延齡詞丈嘉勉大漢詩詞研究社敬步原玉

追隨杖履興悠然，謙讓溫良仰大賢。字與世南相競秀，句同甌北共爭妍。延伸劉勰〈明詩〉說，接武荀卿〈勸學〉篇。益健吟躬天有意，要看瀛嶠道清綿。

恭祝胡鎮雅詞長九秩華誕

詩書邃究並嫻能，嶽降傳言信有徵。蠆尾蠅頭誰抗手？頌椒詠絮獨榮膺。咸推異代李清照，無忝當今管道昇。桂馥蘭馨慶開百，稱觴戲綵婺輝騰。

詠廢宅

權門豪宅嘆衰微，屋主伊誰久不歸。四面榱題紛剝落，滿庭花草歇芳菲。華堂白晝狐升坐，荒徑黃昏鴉亂飛。悵觸興亡家國恨，可堪脈脈弔斜暉。

江曦詞丈獎飾《讀書絕句三百首》次韻誌謝

汩羅英傑世無倫，白雪重翻一曲新。鷗鷺推譽才遹駿，江山得助筆如神。望塵顧我嗟難及，戀闕知公多苦辛。鬱鬱靈椿天錫嘏，柯枝長聳萬年春。

張定公獎飾《讀書絕句三百首》次韻誌謝

青熒金薤耀詩篇，寵眷提攜過廿年。名利蒙莊同比淡，聲華黃憲並稱賢。步趨鄙懦香難瓣，用捨行藏道自詮，天地立心民立命，橫渠一脈是家傳。

公引（註）詩家獎飾《讀書絕句三百首》次韻誌謝

璀璨文章極雅馴，懸知胸次絕纖塵。虛心發奮詞翻舊，刮目驚看句嶄新。隴郡詩風振鯤島，李家世代出騷人。芝蘭玉樹庭盈秀，爲問伊誰可比倫？

註：公引，李能學詞長別號。

詠藕絲

節節玲瓏美似璆，幾疑龍女手纔留。採來元是同心縷，剝去眞成繞指柔。曾護鷗盟牽一水，重奄鴛夢隔三秋。無端供作盤中錯，爲問吟腸斷也不？

延齡吟丈《湘賢楹聯集粹》題後

楚材騰踔冠前修，武略文韜世靡儔。曾（曾國藩）左（左宗棠）治平執牛耳，彭（彭玉麟）胡（胡林翼）獻替占鼇頭。古今聯粹斯爲美，十二名家一卷收。公與諸賢同不朽，人生到此復何求？

謨國吟丈獎飾《讀書絕句三百首》次韻誌謝

達夫才氣更無倫，垂老學詩勝古人。手握隋珠寧是假，質同荊璞豈非眞。披縑作畫世爲寶，退筆如山自足珍。開百而還身益健，蟾宮折桂若通神。

龍飛吟丈獎飾《讀書絕句三百首》次韻誌謝

雲山樵子（仇龍飛詩家別號）能高詠，度曲如聞流水聲。擊節寧知銀漢落，捲簾乍覺玉繩橫。詩無好句空顰效，筆不開花暗自驚。毫腐腸枯才力退，漫將俚語報恩榮。

盛夏長空駐火輪（入句）

盛夏長空駐火輪，祛炎葵扇自搖頻。可堪酷暑催紅槿，賴有涼風送碧筠，鑠石鎔金難渡日，浮瓜沉李最宜人。莎雞振羽秋聲近，折桂蟾宮逸興新。

綠水詞丈《嘉言新詮》題後

巽語嘉言信起予，自茲儉腹賴充虛。修身足踵赤松子，處世肩差朱柏廬。悟是覺非蘄願了，得書旆枕遂衷初。臞肥交戰肥終勝，滌盡閒愁樂只且。

罵風

洵非信口漫雌黃，久蘊於衷詎肯藏。慝怨友人譏孔子，不恭侵邑怒文王。面臨大憝誅纔快，心反中華詈正當。誰謂孟軻長好辯，由來鄉愿德彝妨。

濤山書家惠書楹聯並賜臨摹西嶽華山碑誌謝

同好同庚合有緣，精湛書藝冠羣賢。蔡邕韋誕才無忝，鐵畫銀鉤字勁妍。笑我沽名詩覆瓿，羨君鳴世筆如椽。佇看墨寶梓成後，照耀千秋樂事全。

坤慶詞長《飄香集》題後並謝惠畫百壽圖

書兼篆籀隸行眞，筆氣崚嶒擅俊新。獨善皴功追伯虎，尤嫻鉤勒媲公麟。江都齋譽香飄遠，鯤島芬揚世益珍。一幅高懸草堂上，騰輝雙璧品推神。

奉題胡故理事長傳安紀念集

髫齡即慕藺相如，欲上青天攬望舒。躡躅孫文蕲願始，克繩祖武遂衷初。珠璣璀璨詩千首，腹笥輪囷書五車，一卷風行梓成後，光昭星斗壯坤輿。

問月

南樓把酒樂相於，我欲停杯問望舒。底事廣寒仍有樹？何因三蝕不曾虛？果眞女狄（註一）精生禹？是否嫦娥（註二）魄變蜍？華夏神舟初著陸，未應驚悸掉釵梳。

註一：《奇門遁甲》：「女狄暮汲紐山下，水中得月精如雞子，愛而吞之，遂有娠，十四月生夏禹。」

註二：張衡《靈憲篇》：「羿請無死之藥於西王母，嫦娥竊之以奔月，遂托身於月，是為蟾蜍。」

二題《江曦詩文選集》

響嗣離騷紹屈平，詩文選集氣崢嶸。縱橫開闔才攀桂，排奡騰拏力掣鯨。定卜千秋傳秀句，譽蜚兩岸仰英名。檠前徹夜百迴讀，逋駿難追是俊清。

品茶

採擷新茶活火烹，壺翻蟹眼最怡情。龍團雀舌頻斟酌，羅漢觀音細品評。七碗盧仝風起腋，三篇陸羽史留名。吟安一字毫將腐，沁罷詩脾句忽成。

蔡鼎公獎飾拙作折疊扇次韻誌謝

草隸眞行皆入化，老莊儒釋盡通融。玄珠已自有熊得，彩筆猶如乃祖工。折疊扇吟誰步武？等閒點綴自玲瓏。漫勞啓發詩隅舉，一曲陽春薄紫穹。

賴宗煙將軍荷笠翰墨展誌盛

儒將殊勳舉世崇，指揮若定國昌隆。半生黨政軍忠盡，餘事詩書畫絕工。盛展賁臨新舊雨，宏才振起漢唐風。眞行草隸皆神品，千幅琳琅耀海東。

賀德藩理事長令長郎鴻志君吉席

洞房新闢九秋天，樂奏關雎亦夙緣。紅葉詩題連理句，黃花酒泛合歡筵。鴛鴦牒上心相印，翡翠幃中夢共圓。願了而翁應色喜，芬芳五桂看爭妍。

黃成彥詞丈厚貺書畫合璧賦此誌謝二首

碧雞金馬國藩屏，誕掜剛風筆有靈，猊驥奔騰書極妙，龍蛇飛舞墨猶馨。三臺此日推宗匠，八法千秋作典型。茅舍高懸輝燭夜，神光直射斗牛星。

其二

繭紙梅花動詩興，不殊何遜在揚州。讀圖恍置孤山下，覽畫如臨五嶺遊。託意徐熙無二致，傳神李鱓共千秋。高懸一幅草堂上，索笑毋庸簷外求。

慶祝黃埔軍校九十周年

黃埔軍興仰逸仙，功高湯武許齊肩。會開珠履三千客，校建星霜九十年。北伐東征血鋪地，覆清抗日力回天，相期添寫中華史，一統河山國運綿。

德侯詞長獎飾《讀書絕句三百首》次韻誌謝

彈雨槍林懷往日，瀛洲山水詠斯人。揮毫落紙驚流輩，寫景言情妙入神。聖主蒲輪聞發軔，頹綱漏網待彌綸。棲遲扈尾風光麗，萬頃波濤勝富春。

次韻學聖詞丈〈九秩自壽〉

九秩籌添萬福臨，鷺鷗祝嘏意殊深。半生已遂匡時志，一劍能知許國心。新店霧濃安豹隱，碧潭雲窅聽龍吟。期頤再獻岡陵頌，屢聘蒲輪陸未沉。

揚州徐坤慶詞長八秩華誕疊前韻賦賀

聖代文豪善葆眞，揮毫日月共爭新。書於兩岸如毛鳳，畫在千秋似角麟。積善詩家仁是寶，充閭英物世稀珍。無疆福壽方開九，三絕咸欽筆有神。

孫紹公大字報聞將封筆期期以爲不可

勝會多公發正音，詩書執禮感人深。世傳露布追袁虎，天予風裁似展禽。封筆盍簪誰戛玉？綺筵盛典孰敲金？匡扶道義期持續，荀易初衷翕衆心。

重逢

乍見翻疑夢裡逢，浮雲一別倏三冬。生花妙筆開新面，似鶴臞身憶舊容。此日旗亭甯不醉？明朝江海渺芳蹤。相期魚雁頻來往，莫效書緘叔夜慵。

賓勁公《書藝煙雲》題後

快意頻傾老瓦盆，迴觀不覺上朝暾。未窮書藝心先折，比見煙雲氣已呑。摛藻宏開詩世界，揮毫深闢道根源。衡山才子揚昭代，雙絕憑誰閒一言。

賀唐謨國詩家榮膺鯤瀛全國詩人大會榜眼

聖朝才子出三湘，榜眼榮膺記姓唐。一驥馳驅空冀北，千秋聲譽滿臺陽。生花筆比江淹艷，摛藻詩賡杜甫長。折桂蟾宮超眾士，論功只讓狀元郎。

錄唐謨國詩家之作南鯤鯓代天府甲午科護國慶成祈安羅天大醮全國詩人大會誌盛

鯤廟祈安甲午年，慶成建醮小春天。千秋俎豆馨香盛，四境黎民德澤綿。地勝虎山留虎穴，神靈龍井起龍泉。蚵寮藉作南皮會，鉢韻鐘聲聖道傳。

春風送暖更催花 入句

斗杓東轉柳抽芽，馬齒憑添一歲加。去日煩憂空對酒，春風送暖更催花。了無家產千株橘，漫有笙歌兩部蛙。濩落虞卿書著述，樂天知命度年華。

歡迎雲南麗江市玉泉詩社詩友蒞訪

西迎旌旆倚雲開，玉社詩人萬里來。握瑾懷瑜輝八表，文星奎宿照三臺。風騷鼓吹元音振，孔孟輪扶聖道恢。倚馬探驪誰與匹？輿中端賴掞天才。

代熾詞丈《德至吟草》第三集題後

浩氣遒鍾誕岳陽，年猶總丱擅文章。才高德至無餘子，彩筆生花耀四方。彪炳功勳昭黨國，貲財關愛饋家鄉。等身著作留天地，積善仁人百世昌。

輓　蔡公鼎新老先生

杖履追隨四十春，麈揮謦欬記猶新。三臺光霽無雙士，絕妙詩書第一人。文曲星沉雲變色，廣陵散寂孰傳薪？可堪此別成千古，問字空期夢裡親。

江都徐坤慶先生再惠百壽圖賦此誌謝

郁郁江都大雅人，才兼三絕世譽頻。鄭虔千載一知己，蘇軾平生空復親。望斷參商星野闊，暌違風範海濤鄰。相期雞噪高軒過，灑掃蓬門迓石麟。

鶯梭

花間柳底趨來忙，睍睆交交衣著黃。只自細穿長命縷，賴他勤織大文章。繅絲不暇春三月，弄杼無遑日七襄。巧奪天機人罔識，但欣柑酒聽笙簧。

胡鎮雅大姊邀春宴

律回大地迓東皇，鷗鷺聯歡逸興長。揮麈依稀蘇玉局，騎驢彷彿孟襄陽。筵開諦聽椒花頌，杯泛時飄竹葉香。爲謝主人投轄意，不辭酩酊樂形忘。

賀孫晉卿大師百忍百駿特展

毫端天馬蹴雲齊，牝牡追風響月題。玉勒奔雷騰冀北，金羈逐電震胡西。賁臨珠履三千客，馳騁山川四百蹄。百駿傳神生縞素，依稀汗血耳邊嘶。

次韻甯佑公獎飾《柳園文賦》

愛君才調似班揚，身出旌門大第坊。愚智行藏遵乃祖（註），溫衾扇枕紹黃香。詞翻古調追姜柳，詩擅新聲法孟王。麗藻拜嘉不虞譽，磚拋玉引有輝光。

註：《論語．公冶長》：「子曰：『甯武子，邦有道則智，邦無道則愚，其智可及也，其愚不可及也。』」第三句本此。

午睡初醒

迷離邁入黑甜鄉，晝寢南軒興正長。遮莫荒雞啼日午，最憐春草茁池塘。覆蕉栩栩鹿遺鄭，欹枕蘧蘧蝶夢莊。怪底錢郎有奇句，諦聽瑤瑟鼓靈湘。

沛公惠贈《吳梅村詩集箋注》

此是好書難購得，拜嘉沒齒記心田。明清兩代眞君子，今古無朋蓋世賢。屈著衣冠當祭酒，不隨雞犬列天仙。嗟余庸拙如駘駑，蹶起趨行謝策鞭。

乙未新春甯佑公招飲既叨盛饌又貺瑤章次韻誌謝

新春穀旦會高樓，談笑飛觴萃勝流。鳥語花香風淡蕩，雲開日暖雨初收。歲流似水耆方覺，事大如山醉轉悠。我欲乘槎攀桂去，肯教蠅利掛心頭。

楊蓁宗長青光眼手術痊癒有詩八章見眎賦此慰之

萬象重光經手術，瞭然出院炯雙瞳。金篦刮目驚神技，青眼開刀奪化工。矇瞽立言勞左氏，昌明科學羨涪翁。天心欲振詩書畫，未許先生暫息躬。

復蒙孫晉卿大師惠畫雙駿圖見贈

龍顱鳳頸葆天全，妙筆通神世界傳。四目炯昭千里月，八蹄捲起萬重煙。毫端盡得曹韓勢，腕底爭看牝牡騫。自是孫侯工畫骨，驥騏雄立柳園前。

午夜蛙驚夢

星輝雨霽響瓜棚，閣閣傳來入耳驚。莫辨官私蛙兩部，如聞鼙鼓月三更。夢迴春草醒靈運，魂斷鸚洲泣正平。韻協宮商有餘趣，枕欹未減稚珪情。

甦公教授《聯術》、《嵌字聯存》題後

對仗精工意博淵，藏頭冠頂出天然。人名嵌字三千副，日月爭光億萬年。楚望嘉謨應斂衽，稼青章鉅合齊肩。即論辭藻無倫比，槐市坊間已廣傳。

賀尤啓慶周捷何榮華書法聯展

法書聯展動瀛洲，五體精研氣勢遒。鐵畫銀鉤揚蠆尾，三雄並駕占鰲頭。聲華超軼孫虔禮，工力直追黃道周。日月爭光芒萬丈，盱衡當代孰能侔。

聞颱

浮瓜沈李興方高，颱警傳來起鬱陶。屋倒人亡憐往日，濤狂浪駭憶摧艘。眼中最怕麒麟颶（註），夢裡如聞虎豹號。安得萬間興廣廈，免教老杜首空搔。

註：麒麟颶，空中狂風夾火也。作者幼時在蘇澳海邊親見之。孫元衡〈颶風歌〉：「又有麒麟

之颶火妖，脈脈爚爚如焚燒。」

賀張雪琴女史榮膺第四屆十大傑出女青年協會理事長

十大女青仗主持，中華朝野仰坤儀。才能媲美黃崇嘏，文藝爭勝管仲姬。鯤島齊謳聲譽滿，鴻圖丕展姓名馳。運籌帷幄昭天下，會務蒸蒸沛澤垂。

秋蝶

一夜西風樂事殘，南園無處可尋歡。香鬚粉翅飄零盡，荒徑疎籬瘦影單。莊叟空嗟魂夢化，滕王已牘畫圖看。關山萬里家何在？月夜翩翩舞袖寒。

吳夢雄先生逝世二周年紀念九首

金蘭玉樹慟凋零，午夜鵑啼不忍聽。天予斯人同霽月，地留耆舊等晨星。魂歸牘見關山黑，魄化空餘宿草青。賦罷大招腸欲斷，劇憐無計起英靈。

其二

展墳怕聽笛聲悲，大雅云亡歲又朞。駕鶴兩年公去遠，生芻一束我來遲。神歆聊備碧筩酒，紙貴爭抄白雪詩。死別不渝情乃見，此情只有寸心知。

其三

飭勵廉隅望儼然，何爲一病即登仙？臨風有似王恭柳，映日無殊庾杲蓮。系出仲雍和季子，書耽醉素與張顛。切磋詩藝成追憶，永隔幽明此恨緜。

其四

秩高勳碩氣颯颯，戰勝桃基氣勢雄。安富尊榮心愈淡，溫良謙讓德彌崇。魯陽克遂回天業，黨國爭謳蓋世功。雛鳳聲清於老鳳，九原應可慰吟衷。

其五

冰壺秋月耀蓬萊，嶽降嵩生有自來。匡濟聖朝廊廟器，昌隆國運掞天才。臨危受命猶容與，捭闔縱橫即展開。逝世兩年聊致祭，迴思覆醢一悲哀！

其六

二年生死兩茫茫，往事追思欲斷腸。天上有知定嗚咽，人間無處話淒涼。歧嶷崛鬱如孫臏，倜儻權奇類子房。何日一麾江海去，廣寒樹下共飛觴。

其七

拉朽摧枯樹偉勳，謳歌萬古薄霄雲。包荒始信仁無敵，推解咸欽德出羣。好士眞宜留韻事，知人尤善別蕕薰。奚堪羽化成仙去，懷舊悲吟到夜分。

其八

博聞強志媲揚班，武略文韜異等閒。榮長欣嘉安社稷，主持政戰壯臺灣(註)。一身自度死生外，千載誰堪伯仲間？虛擲寸陰最慳吝，追思風範淚猶潸！

註：「榮長欣嘉」以下二句，先生歷任高雄市、南投縣、臺北市團管區政戰主任。臺灣北部地區警備司令部政戰主任、臺灣後備司令部政訓處處長、國民黨基隆市黨部及桃園縣黨部主任委員、公營事業欣嘉天然氣公司董事長等要職。

其九

位望崇隆不自多，詩文格致日蹉磨，術鑽孔孟因歎鳳，書法鍾王詎爲鵝？物我齊觀本忠恕，光塵等視尚同和。前年一別人琴渺，時誦遺篇哭當歌！

鎭江顏景農詞長獎飾《讀書絕句三百首》次韻誌謝

句埒曹劉意軼羣，騷壇濟濟揖清芬。丹徒地勝饒麟鳳，白雪詩工出典墳。虛實有無難忖度，懸殊一十愧知聞。高名早已揚天下，兩岸人稀不識君。

乙未上巳雅集二首

上巳題襟一笑譁，盍簪儷宴萃方家。暮春淑氣來屯嶺，淡水風光勝若耶。顧我才疏詩覆瓿，羨他學富句籠紗。迴諷〈齊物〉莊子篇名。心開朗，賢劣同醺興靡涯。

其二

鷺侶相逢笑語譁，旗亭卜夜不還家。書鄉探索無窮已，天爵勤修何陋耶？放浪歌賡〈醉翁操〉，新聲曲度〈浣溪紗〉。禊修上巳身逾健，叉手詩成思靡涯。

安徽劉建輝詞長獎飾《讀書絕句三百首》次韻誌謝

天爵修成樂且湛，行藏用捨義仁含。昌詩直可追甌北，愛國眞堪逼劍南。棫樸栽培功德著，菁莪化育澤恩覃。爲文雄健今稀有，髣髴操觚司馬談。

項達公《警世智慧語錄》(註)題後

中外箴言治一爐，裒成付梓作楷模。嘉言壽世篇篇寶，巽語規人字字珠。鳳沕麟藏淄泛澠，道微聖隱紫凌朱。多公天予生花筆，後樂先憂小范俱。

註：作者項毓烈先生，字雅達。晚號百歲老人。

獨上夕陽樓

晼晚高樓一眺臨，瀛東秋色鬱森森。玉山王氣來天地，寶島風雲變古今。大漢中華終不改，蝦夷倭寇莫相侵。少陵諸葛人俱渺，日暮誰爲梁父吟？

次韻雪魂詩家〈秋聲〉

月籟松濤入耳濃，與霞爭錦醉山楓。廬陵作賦誰能武，開府登樓我亦同。五夜霜鐘敲遠寺，一行雁字寫虛空。仲秋好景君須記，樹玉籬金柿乍紅。

窗前

窗含屯嶺日悠悠，嘯傲簾櫳幾十秋。悟得爲樗眞幸福，但教有酒不公侯。消閒我自欣盟鷺，叔世伊誰歌飯牛？當牖晨昏詩細翦，學蘇恨未出人頭。

夜市

車轔轔又馬蕭蕭，列肆華燈迤邐招。攘往熙來人達旦，狼吞虎嚥客通宵。時時巷內喧歌舞，處處樓中奏笛簫，我自心恬不聞問，神遊梅市隔塵囂。

冠甫教授歐洲七國采風錄題辭

七國成詩二百篇，才華橫溢冠羣賢。采風擷俗詞庸峭，繡虎探驪思湧泉。多瑙河吟人斂衽，羅浮宮詠筆如椽。淵源家世孔璋後，三樂優優福澤綿。

次韻江沛公〈九十自壽〉

腹笥藏經紹老邊（指邊韶。），悠悠歲月九旬遷。豚魚漸善中孚化，心志甯隨外物牽。啓發無厭教後學，步趨有幸是前緣。仁人天自錫純嘏，彭祖壺公史可詮。

焜公招飲

久別相逢一笑譁，旗亭把酒興尤加。聲華海表推前輩，壇坫風流仰大家。顧我句難出窠臼，多公詩雅嗣騷葩。盛筵飽德歸來後，長日餘香夾齒牙。

恭祝曾焜詞丈九秩晉六華誕

龍馬精神海鶴姿，再添四載頌期頤。當年雁塔題名日（焜公早歲高等考試及格），此夕騷壇祝嘏時。宗聖遺徽昭禹甸，滌生後裔振瀛湄。星輝南極光如斗，鷗鷺聯翩晉壽巵。

賓勁公厚貺《逸趣瑤章拾翠》賦此誌謝

逸趣瑤章一卷收，功成殊足傲前修。推崇斂衽等持閣，抗禮分庭楚望樓。瀛海遺珠非易得，吉光片羽仗冥搜。笑余疏懶不耕穫，浪得盈倉稔歲秋。

張英傑張韻山昆仲詩書畫集題後

伯仲勞謙萬卷該，權奇倜儻志宏恢。聲華三絕詩書畫，點綴無雙松竹梅。讓棗推梨媲王孔（王泰、孔融），握瑜懷瑾失鄒枚（鄒陽、枚乘）。潤身潤屋猶卑牧，德厚流光命世才。

題劉緯世先生著《雲石軒詩聯集》

乃祖遺徽孰與儔，建安風力至今遒。從知書道無雙士，更訝詞章第一流。競爽聖賢淡名利，洞明善惡識薰蕕。駢臻福壽承天貺，灑落襟懷狎鷺鷗。

賀臧貴義將軍書法特展

將軍德望世無儔，八法咸推第一流。韜略智謀承武仲（註），草行隸楷法鍾繇。六書格致原餘事，千幅琳琅耀五洲。馬放華山心益曠，換鵝狎鷺兩悠悠。

註：武仲，春秋魯大夫臧孫紇字。《論語．憲問》：「子曰：『若臧武仲之智……亦可以為成

人矣。』」

市聲

嗷嘈入耳夢難成，角枕頻欹百感生。列肆行商蠅利奪，通宵逵旦蟻羶爭。我愁窮巷呼庚癸，人倚高樓奏管笙。一事寒儒偏有味，隔鄰朗朗讀書聲。

春陰

東風颯颯渺赬霞，漠漠長堤翠柳斜。花謝園林無戲蝶，草迷雲霧有藏鴉。蘇公賦罷情何限，杜老吟成興倍加。解識陰晴本天理，霾消可待漫咨嗟。

次韻張英傑詩家丙申新春感賦四首

回頭乙未一酸辛，木腐蟲生自有因。唐室傾頹易周幟，聖朝板蕩起胡塵。日遭霧蔽成何日？春到園遊不當春。此後已如遼海鶴，夢中空作葛天民。

其二

靈猴喜見躡羊來，運轉鴻鈞掃盡埃。一統河山心有數，其如斑白髮偏催。侵疆孰遏單于亂，復土誰追樂毅才？安得珠還親眼覿，酒醺千日笑懷開。

其三

華夏無端被兩分，可憐東海雜妖氛。作霖應有蕭曹起，復漢寧無寇鄧勳。千里故人饒逸氣，四篇麗藻揖清芬。洞遊霹靂歸來後，渭北江東翳樹雲。

其四

律回四海慶昇平，龍虎期看息鬥爭。松竹鬱蒼同勁節，鷺鷗浩蕩續前盟。三陽開泰千家樂，一月懸空兩岸明。新歲盍簪何限意，與君高唱短歌行。

恭賀章臺華先生百歲華誕

懸弧綵舞慶期頤，跨竈爭謳有好兒。氣挹廬陵生穎異，靈鍾吉水少岐嶷。探驪傳世詩千首，倚馬驚人筆一枝。仁德宜膺天錫嘏，鷺鷗介壽晉瑤巵。

賓勁公賜賀八秩賤辰次韻誌謝

蟫書飽食才空乏，馬齒徒增德靡崇。白雪迴諷懷郢客，青雲瞭望愧〈晨風〉（註）。寧殊魯漆闕憂北，卻羨斯庵社振東。八秩邦恩猶罔答，閒愁片片未消融。

註：「晨風」，《詩・秦風》篇名。思君子不見而作，其詩云：「未見君子，憂心欽欽。」又《古詩十九首》其十二：「晨風懷苦心，蟋蟀傷局促。」

八十述懷四首

詩書罔殆老何成，愚昧如蟫過半生。繼述兩空違孝道，纏綿五蘊昚虛名。耀楣跨竈無佳胤，宜室治家有拙荊。蔬食菜羹心足樂，從知鐘鼎鴻毛輕。

其二

韶光八十付蹉跎，垂老無知感慨多。玩世濫竽似南郭，立身式玉是東坡。畫成斑虎人嗤犬，字似秋蛇孰換鵝。漫注蟲魚娛晚境，猶欣能飯肖廉頗。

其三

弱齡求學北瀛來，書讀無功猥菲才。瑣屑詩詞宜覆瓿，消閒歲月合傾杯。師恩庭訓心孤負，人一吾千志未灰。八十年間成底事？杜韓門外獨低回。

其四

浪擲光陰八十年，迴觀往事等雲煙。生來駑鈍無裨世，老去龍鍾嘆逝川。悔把雞蟲爭得失，欣同鷗鷺共流連。丹鉛點勘忘將耄，坐擁青箱不辱先。

甯佑公賜賀八秩賤辰次韻誌謝

素仰剛吞不茹柔，元龍百尺枕高樓。虛心勁節竹松少，霽月光風鷗鷺稠。彩筆干霄輝案上，異鄉有夢是刀頭。陽春一首眞難和，比倒三江韻更悠。

歐豪年大師惠贈《挹翠山堂吟草》

書畫咸推張、溥同，詞章復振漢唐風。熙朝三絕崇難老，聲譽無雙頌若翁。四海謳歌眞善美，千秋奠立德言功。嶺南高士人爭仰，儒道宏揚貫恕忠。

隴上看農忙

篝機笠影賞農功，浪捲黃雲興靡窮。三熟風調千頃實，一犁雨足萬倉豐。賦詩勸稼陶元亮，望歲歌豳陸放翁。橐筆人來何限意，西疇野望醉郫筒。

南投藍田書院第四屆文昌獎全國徵詩比賽評審感言二首

巍巍書院仰藍田，聳立南投二百年。獎設文昌連四屆，網收詩粹數千篇。嗟余藻鑒珠遺海，惻彼蟾輝玉泣天。嚮嗣風騷功不朽，唐音宋韻永流傳。

其二

聖朝棫樸出藍田，裕國匡時八紀年。扢雅騷騷三百首，存詩郁郁萬千篇。奪胎蘇軾黃山谷，換骨微之白樂天。集繼福臺垂宇宙，鯤瀛藝苑口碑傳。

冠甫教授枉過別後有詩見貺次韻誌謝

卜居陋巷異槐街，差喜屯山送翠佳。紫氣自東來上客，赤心枉駕喻中懷。相忘已得江湖樂，莫逆眞同金石諧。倚馬文章君不忝，國家博士是招牌。

敬悼朱公萬里先生

式金式玉是吾師，趨步騷壇四紀隨。歲厄龍蛇驚噩耗，淚零鷗鷺有餘悲。譽追居易揚韓日，詩似誠齋作鑑龜。太息修文如律令，千秋雲漢與相期。

丙申上巳雅集二首

丙申修禊漫高歌，老少題襟唱踏莎。屯嶺巍峨雲靉靆，淡江瀲灩海婆娑。物華倍蓰唐天寶，人傑無殊晉永和。四美二難喜齊集，詩如珠玉不消磨。

其二

臨江修禊且酣歌，鷗鷺聯歡藉綠莎。紫燕黃鶯聲婉轉，流觴曲水影婆娑。一詩一酒陶元亮，無宅無家張志和。富貴從來有時盡，文章自古未消磨。

辱承吳大和理事長、朱台功顧問暨黃玉玲總務長聯袂枉顧賦此誌謝

巷隘高軒雀噪頻，聞跫倒屐奉清塵。德星朗照臨寒舍，貧士幽居莅雅人。問訊不辭勞玉趾，過存從未惜金身。樗材何幸叨榮寵，蓬蓽生輝四座春。

荷塘漫興

嬝娜紅雲香氣清，飄颻翠蓋曲池呈。憐渠不合陶公趣，顧我眞同茂叔情。倚檻疑看羅襪影，凌波似聽珮環聲。魚沉月閉鴻驚豔，撲面靈芬藻思生。

《平水詩韻簡編及杜詩鏡銓》(註)題後

梓成鴻著譽遐宣，類纂無遑讓昔賢。杜甫詞章今再校，楊倫銓注盡重編。德功言立昭三傑，美善眞恆耀萬年。輸入通行平水韻，作詩利器口碑傳。

註：編著者，許清雲、徐世澤、薛雅文三傑。

雪魂詩家用拙作〈丙申上巳雅集〉韻賀余病痊出院疊韻誌謝

疾痊出院喜高歌，嗟免羸軀委綠莎。天上玉蟾光皎潔，宅前金柳影婆娑。幸叨福蔭腳腰健，拜讀瑤章心氣和。寄語故人詩一句：「壯懷不怕病來磨。」

辱承世澤詞丈賜賀八秩賤辰次韻誌謝

虛度光陰八十秋，自憐詩賦未臻優。追陪顧我昏庸甚，端賴明公啓迪稠。家學家風徐穉後，仁心仁術華佗流。等身著作存天地，嘉惠烝民耄未休。

次韻冠甫教授獎飾〈柳園辭章總敘〉

敢望千秋自一家，窮經贏得鬢雙華。君詩舉目無能比，我紉於心不復加。文墨雌黃徒爾汝，詞章餖飣漫矜誇。稿成請益電傳後，寵錫鴻篇喜拜嘉。

次韻无藉詞丈惠題《讀書絕句三百首》

文光綺歲射星辰，老更彌謙友采薪。摛藻才高欽後輩，探驪技絕冠今人。枕流漱石殊知味，鳳闕龍門懶問津。扢雅多公彈古調，消閒猶欲鷺鷗親。

東籬舉酒對黃花 入句

東籬舉酒對黃花，醁颭秋風逸興賒。三徑蟻浮元亮宅，重陽牛飲牧之家。玉山將倒人孤傲，險韻吟成手八叉。遮莫白衣猶未至，瞢騰直到日西斜。

鄉訊

逆旅淹留愁更愁，朝朝馬角與烏頭。秋風初起悲張翰，客舍稽遲老馬周。蛩語雞聲相競爽，年華歲月共爭遒。故鄉親友催歸去，都說躬耕勝利謀。

次韻雪魂詩家獎飾《柳園聯語》

君詩最喜讀樽前，撫髀賡歌逸興綿。句似餘霞散成綺，筆同萬壑瀉飛泉。恕忠一貫謳今哲，儒道兼通埒昔賢。十載論交淡如水，相逢相值但依然。

次韻甯佑公獎飾《柳園聯語》

句法駸駸躐宋前，從知三次絕韋編。已精武藝兼文藝，更羨今賢啓後賢。北海鯤鵬身待化，南山松柏節彌妍。咸推聯聖公無忝，卑牧眞如謝惠連。

次韻英傑詩家〈霹靂洞開山九十週年感賦〉

洞啓天南第一山，蠶叢闢蜀未如艱。終朝遊覽恣吟眺，八景流連欲忘還。禮佛心寬人縱鄙，參禪頭點石雖頑。開山九十年週慶，白鹿千秋伯仲間。

歲末回首

回顧駒光似擲梭，但餘華髮影婆娑。誰知姜老投竿意，孰會王郎斫地歌。此日空迎新歲月，幾時一統舊山河。劇憐漫有凌雲志，願與心違蟻旋磨。

踏青歸去滿囊詩 入句

輕衫短帽步遲遲，廿四番風乍拂時。燕舞鶯吟迎馥苑，桃紅李白綴芳枝。愛攜柑酒聽絃管，懶向騷壇鬥色絲。我自扶笻足遊興，踏青歸去滿囊詩。

秋聲

涼飈驟起自西南，草木蕭條殺氣含。恰似銜枚兵疾走，更如破敵馬驂驔。餘音切切隨流水，絕調淒淒薄遠嵐。明月在天星皎潔，悚然而聽夜更三。

次韻德侯詩家賜賀八十賤辰

自審了無過人處，惟將守拙靜靈臺。固知後學原樗櫟，爭及先生是楚材。舊作篇篇皆錦繡，新詩句句出瓊瑰。行藏眾仰最高蹈，載酒多人杖履陪。

次韻安徽宛明和詩家賜賀八十賤辰

歲月蹉跎八十春，詎知光景似奔輪。驪探君作饒英氣，貂續余慚劇愴神。筆倒三江詩俊逸，文精兩漢句清新。願教爾後多匡誨，遮莫睽違參與辰。

安徽宛明和詩家賜和〈踏青歸去滿囊詩〉疊韻誌謝

雙溪臺灣新北市行政區域名水暖日遲遲，絕好清遊季節時。十里芳原留屐齒，四圍春樹茁花枝。遙瞻鯤海婆娑態，近賞貂山巧笑姿。旖旎韶光風淡蕩，踏青歸去滿囊詩。

夜樓聽雨

小樓一夜聽春雨借句，驀地三農擊壤聲。柳絮池塘心滴碎，梨花院落耳頻傾。蘇公作記亭題喜，陶令吟詩事勸耕。綺歲壯懷猶未減，爲霖繫念不勝情。

待重陽

屈指登高夙願償，備攜美酒醉重陽。插萸未減王維感，簪菊應過杜牧狂。準擬詩敲屯嶺上，安排句覓淡江旁。催租敗興我何有，預綴題糕意氣昂。

拜輓藍田詩學研究社歐公禮足社長

騷壇盟主佇常延，翰墨論交合有緣。册載三臺昌聖道，千秋二酉蘊詩篇。修文悲逝功言立，振鐸哀無六一（歐陽修自號六一居士）賢。鶴駕將升天不憖，拜瞻眉宇益凄然。

伯勳會長餽黑毛魚、赤鯮魚賦謝

年高白髮丹心在，饋我黑毛頳尾魚。銀鱠烹前若瑤柱，霜鱗去後似璠璵。無端食指忽然動，不盡饞涎取次舒。二物鯤瀛最珍貴，飽餐足慰病相如。

出院簡諸親友

一事無成剩病身，居諸日月最愁人。幾番存問勞親友，不信文章忌鬼神。瘜肉切除消後患，硯牀幸未起微塵。吹葭已過春將近，禿筆猶堪點綴新。

雞同鴨講

風雨猶鳴朝復朝，鴨鳧戲水樂逍遙。膠膠唱曙玄膺振，呷呷隨波綠首翹。助孟此誇脫秦帝（註一），襄朱彼詡抗清朝（註二）。高談闊論無交集，浪擲韶光付白聊。

註一：孟嘗君入秦。秦昭王囚而欲殺之。孟嘗君有客能為狗盜者，乃夜為狗入秦宮，盜孟嘗君所獻昭王之白狐裘，以獻昭王幸姬。姬為言於昭王，孟嘗君乃得脫。即馳去。夜半至函谷關，關法，雞鳴而出客，孟嘗君恐追至，客有能為雞鳴者，一鳴而羣雞盡鳴，遂發傳出。見《史記．孟嘗君傳》。

註二：朱一貴，或言鄭成功部將。明亡後，居羅漢內門，飼鴨為生。康熙六十年（西元一七二一）五月從岡山起事，以抗清朝。見連雅堂《臺灣通史．朱一貴列傳》。

哭孫公紹誠先生二首

噩耗傳來不忍聽，可堪摯友遽凋零。詩壇襄助心偏赤，文字交遊眼獨青。天予明公同霽月，地留宿老等晨星。療腸（時余正在台北榮總住院）未及靈前拜，孤負相知十載經。

其二

節義高標德望隆，騷壇十載忝隨公。哲人其萎悲今日，愛國昌言拜下風。太息奎星隳碧海，不堪魂魄返青楓。九原此去應無憾，雛鳳聲清慰素衷。

次韻甯佑公獎飾《柳園聯語》

楹帖輯成呈席前，珠遺滄海愧粗編，抄謄疏誤嗤今哲，庸碌無能負昔賢。聯聖（註）君膺原不忝，句神人羨獨鮮妍。漫將狗尾思貂續，爭及瑤章似錦連。

註：甯佑民先生參加兩岸徵聯比賽，多次榮獲第一名，故有「聯聖」之稱。

安徽宛明和詩家疊韻賜賀八十賤辰二疊誌謝

虛渡韶光八十春，昧知日月若奔輪。百年將到空希聖，一事無成但愴神。我學卑微才薄弱，君詩卓犖句翻新。漫勞千里餽雙鯉，萬斛珠璣賀賤辰。

次韻黃清源詞丈〈九十初度漫興〉

詩詞峭拔震瀛東，彌見思惟俗不同。十闋浣溪追永叔，百篇漫興肖涪翁。待人處世兼仁義，律己修身本恕忠。道履步趨幸青睞，卻憐弱羽伴鵷鴻。

春雷

東皇駘蕩到蓬萊，御輦輷輘震九垓。乍見由山從海去，忽驚驟雨挾風來。昭蘇萬物龍蛇醒，振奮三農禾黍栽。天外陰霾猶密佈，何當一掃豁然開。

安徽宛明和詩家疊韻獎飾〈夜樓聽雨〉二疊誌謝

忽聞淅瀝入深更，斷續傳來灑竹聲。芳草池塘心滴碎，落花庭院耳頻傾。催詩今夜欣敲句，珥筆明朝聽叱耕。雨霽東方初破曙，賣花深巷不勝情。

賀陳領寶先生八秩晉二暨金婚雙慶

琴瑟和鳴五十春，相莊梁孟久彌親。鷺鷗親獻詩書畫，蘭桂騰芳美善眞。仲舉雍容謳令主，太丘壽宴醉嘉賓。懸弧綵舞岡陵頌，極婺雙輝燦吉辰。

花約

青帝司權御輦來，百花羞怯未全開。先期公子攜金榼，後約佳人備玉罍。蝶使蜂臣應作伴，鶯吟燕舞擬追陪。綠章夜奏司香尉，莫待遊人羯鼓催。

敬輓曾焜老先生

訃告修文上玉京，楓林魂返醒心驚。青蠅弔客死無憾，雛鳳朝陽聲已清。辭賦千篇傳後代，親朋兩岸哭先生。儼然獨秉春秋筆，留與人間月旦評。

丙申春燕

簪盍新春盡故知，籌添福壽仰芝眉。聞跫笑我忘穿屣，醉酒嗤公倒接䍦。今日苔岑同結契，他年車笠許相期。盤飧藜藿無兼味，承辱光臨樂不支。

籠中鸚鵡

一入雕籠計已非，凌雲壯志與心違。翠衿紅嘴多招累，隴坂關河空欲歸。幽閣棲遲人戲弄，香秔供奉體痴肥。少陵相顧憐靈智，開鎖何時遂奮飛。

代熾詞丈《德至吟草》第四集題後

鯤島爭傳工繡虎，騷壇騰踔擅雕龍。修身淡利陶元亮，憂國微詞阮嗣宗。絕律鐘妍誰與匹，德言功立自雍容。菁華一卷燈前讀，俊逸清新屢盪胸。

二題劉緯世先生著《雲石軒詩聯集》

雲石詩聯孰與倫，草楷篆隸筆如神。才兼雙絕騰昭代，名鑠千秋足潤身。不老餐霞松鶴友，忘機齊物鷺鷗親。追隨杖履饒三益，一卷風行百世珍。

詠義齒

菜餚齧食老來差，緩慢呥呥空復嗟。憶自去年搖一顆，旋於今歲落雙牙。安裝義齒齴齵好，鞏固齗根咀嚼嘉。我比昌黎饒幸運，暮年酬酢樂無涯。

次韻甯佑公獎飾《柳園攀桂集》

髫髻心歡學咏哦，登山臨水一高歌。漫嗟儉腹儲書少，且喜良師益友多。月旦公詩揚大雅，風人壽國致中和。晚年振藻詞尤警，曲度新聲似竹坡宋周紫芝字。

次韻自力校長獎飾《柳園攀桂集》

引玉拋磚意外奇，冰心未許笠車移。詩書顧我終難悟，詞曲欽君獨擅爲。家學淵源承仲晦，天生才力繼陳思。願教雅誼如元白，文酒流連無已時。

次韻雪魂詩家獎飾《柳園攀桂集》

雁書收到樂無邊，萬斛珠璣耀錦篇。琴鶴清風承乃祖（註一），蒹葭秀句續今賢（註二）。等身著作揚鯤島，千頃陂汪接楚天。李杜騷壇齊邁進，欽君卓犖著先鞭。

註一：趙抃，宋西安人，字閱道，第進士，景祐初，累官殿中侍御史，剛正立朝，不避權貴，聲譽凜然，時稱鐵面御史，出知成都，以一琴一鶴自隨，卒謚「清勵」。

註二：葛立方《韻語陽秋》：「趙嘏〈長安月夜與友人話歸故山詩〉：『揚柳風多潮未落，蒹葭霜在雁初飛。』亦不減倚樓之句。」

饒漢濱詞長《松竹居詩集》題後

堯封禹甸爪留鴻，筆倒三江氣吐虹。天下優游盟鷺侶，海陬嘯詠振騷風。梓成傳誦千年後，詩教宏揚一卷中。松竹棲遲饒逸興，珠璣萬斛藻辭雄。

化龍詞長《楚客留香詩集》題後

卌年扢雅振瀛東，詞意雙騫孰與同。欲爲楚騷延一脈，肯披肝膽秉孤忠。詩饒宋韻開新境，句嗣唐音尚古風。禹甸名區蹄信馬，千秋並立德言功。

古樹陰中好納涼五首 轆轤體

古樹陰中好納涼，行行稽阮喜相將。葵開梅綻盈園內，燕舞鶯吟夾道旁。節近端陽宵漸短，時過首夏日初長。盍簪把酒襟懷爽，一舉無辭累十觴。

其二

日中火傘正高張，古樹陰中好納涼。稍坐心情何泄泄，憩來神色自揚揚。薰風淡蕩詩情逸，梅雨連綿暑氣藏。橐筆清和時節裡，畢收佳景入奚囊。

其三

赤帝司權熱異常，白雲深處獨徜徉。烈陽曝下不知暑，古樹陰中好納涼。楊柳輸青枝一一，芭蕉送綠葉張張。揭來消受清茶味，箕踞科頭讀老莊。

其四

炎炎無計避驕陽，葵扇頻揮臥草堂。青氣迴看搖薜荔，碧苔彌望翳桄榔。虛窗枕畔欣消暑，古樹陰中好納涼。解慍詩題師杜老，閒居賦寫紹潘郎。

其五

逭暑園林興致昂，鷺鷗雅集到山莊。蟬吟嘹喨如琴笛，鶯囀淒清似管簧。灑落襟懷風四面，消閒歲月酒千觴。彌天遮莫炎氛熾，古樹陰中好納涼。

溪畔獨坐

溪風嫋嫋颺輕衫，兀坐漁磯望遠帆。書劍兩疏愧師友，涓埃罔答負慈嚴。千篇濫作亦何有，一句流傳也不凡。尺璧寸陰空浪擲，天機膚淺卻貪饞。

賀武麗芳女史榮膺古典詩社理事長

女中豪傑世無雙，濟濟鬚眉寧不降。手握玄珠詩繼杜，胸藏綵筆句凌江。鸞歌響處頹波沓，鳳律鳴時正氣龐。才捷騷人齊斂衽，每將白雪變新腔。

月下吟

空庭散策步銀蟾，碧海青天放眼瞻。聖代熙和無豹隱，漢家隆盛起龍潛。伊誰長笛高樓倚？底處短簫幽興添。北斗闌干猶躑躅，衣單不覺露寒霑。

謝吳大和理事長餽黃果

吮蜜含漿氣味鮮，由來黃果冠瀛堧。養生最洽嵇中散，博物偏遺張茂先。浮李沈瓜心有歉，黃金青玉口流涎。半留醃製蓬萊醬，不老長爲地上仙。

註一：清高拱乾《臺灣府志》：「黃果曰樣。」注：「此果之佳，令人可羨，故以樣名，內地鮮有之者。」

註二：嵇康《養生篇》第三句云然；張華（茂先）《博物志》獨漏黃果，第四句云然。

開到黃花酒更香五首 轆轤體

開到黃花酒更香，憐渠容淡傲風霜。疏籬九日樽相狎，曲檻三秋蕊吐芳。我自賞心傾蟻醁，伊誰插鬢勝梅妝。屈原醒與陶潛醉，韻事流傳翰墨場。

其二

楓霞爭錦近重陽，開到黃花酒更香。擊鉢催詩情跌宕，題糕紀節興悠揚。鹿鳴和樂鼓琴瑟，桑落(註)欣賒典鸘鷞。遮莫滿城風雨急，東籬橐筆剪秋光。

註：唐佳釀名。見宋張表臣著《珊瑚鉤詩話》卷三。

其三

獨抱冰心淡淡妝，幾叢馥郁舞柴桑。賡吟白雪詩偏逸，開到黃花酒更香。曲徑浮金迎曉日，疏籬綴玉傲秋霜。餐英我有淵明癖，一舉何妨累十觴。

其四

涉園日日不辭忙，蕊綻寒英喜欲狂。瘦戰風霜容尚淡，飽經雨雪首猶昂。沾餘白露歲云暮，開到黃花酒更香。不待投壺人酩酊，玉山已倒在籬旁。

其五

三徑巡迴樂未央，娉婷千朵有餘芳。口餐彭澤聲華著，鬢插樊川韻事揚。矯矯根鍾天地氣，亭亭葉傲古今霜。小園準擬朋簪盍，開到黃花酒更香。

次韻甯佑公賜賀擔任春人社長

響嗣風騷社有聲，春人六五歲華更。詩詞共勉追三李（李白、李後主、李清照），墳典窮探繼二程。自審迂疏虞隕越，相期不吝力扶傾。千鈞重擔嗟承乏，被酒高歌蜀道行。

高山賞雪

雪墜蓬萊第一峰，披來鶴氅賞玉恭。飄然晃朗馳銀象，鬥罷之而舞玉龍。梅苑尋詩花萬朵，茅廬訪友酒雙鍾。開成六出豐年兆，千里江山白帝封。

次韻江曦詞丈賜賀擔任春人社長

詩律欽公自一家，若虛其實譽交加。鑽研萬卷偏耽杜，格致羣經最善葩。心似浩然甘淡泊，性如回也不矜誇。半生已遂得三樂，昕夕豪吟傍牖紗。

次韻雪魂詩家賜賀擔任春人社長

承擔重任本非才，大老提攜笑始開。稿件至佳最宜學，天衣無縫不須裁。但教社譽邇遐播，定使詩人陸續來。嚮嗣風騷齊努力，相期文苑列崇陔。

懷雲峰詞兄曼谷疊前韻

分飛勞燕各東西，詩詠蒹葭葉又萋。萍水有緣驚異稟，獅城百景記同題。才兼三絕譽如鄭鄭虔，學愧無方懶似嵇嵇康。遮莫桑田滄海變，陳蕃榻在不能迷。

錄廿年前舊作

伯勞東逝燕飛西，暑往寒來草又萋。嶺上花葩遺爪跡，園遊虎豹記詩題。十年唱和同元白，何日相將似阮嵇。千里關山勞遠夢，暮雲春樹望難迷。

尋梅

索笑寧辭氣冷嚴，斗緣風櫃陟巉巖（註）。沁脾雪嚼思涎滴，染指羹成忍口饞。隱約暗香聞縞袂，依稀疏影隔青衫。襄陽韻事逋仙興，異代風流兩不凡。

註：風櫃斗在南投縣信義鄉，有梅花海景一千五百公頃，屬臺灣大學所有。

喜讀國吟丈病痊

天眷殷隆厥疾瘳，翛然出院散千愁。楚王仁厚吞青蛭，海客機忘狎白鷗。福壽無疆身益健，詩書雙絕筆彌遒。松山寧靜宜棲隱，聳翠靈椿八百秋。

盧元駿教授逝世四十周年紀念次冠甫韻

嶽降端因爲濟時，鬅鬅白石姜夔號眾人知。藏書未遜揅經室清阮元齋名，著述應過一柳簃（註一）。雛鳳聲清承內訓，乘龍（註二）謙牧仰英奇。光爭日月誰能比？異代相望雋不疑。

註一：春人詩社第二任社長張相（鏡微）齋名。

註二：指其快婿致理技術學院校長朱自力先生。

歡迎大馬張英傑詩家蒞臺

鷺鷗簪盍迓嘉賓，投轄聯歡為洗塵。風接大賢詩俊逸，酒酣中聖句清新。苔岑結契今生果，翰墨交游夙世因。夜雨對牀談往事，何妨促膝及凌晨。

冬日書懷

朔風凜冽夜輝蟾，暖閣安排獸炭添。烏鵲紛飛爭遶樹，玉山見說已堆鹽。利名有分尋恬淡，世事多乖懶附炎。欲賦新詩呵凍筆，獨憐枵腹愧江淹。

守夜犬

韓盧黃耳姓名馳，忠藎終身志不移。徹夜隨人同玉兔，分明是犬異金絲。小偷入室魂飛日，大盜踰牆膽裂時。震主功高須記取，遭烹畢竟最堪悲。

題《勤習齋行書集》(註)

獨擅行書勤習齋，二王以外此爲佳。梓成矩矱人爭仰，世競臨摹孰與偕。同好迴看盡心折，半生簡練把頭埋。琳琅一卷存天地，立達多君遂壯懷。

註：作者，尤啟慶先生

烏來觀瀑

烏來瀑布掛雲梢，觸石鳴雷下碧坳。閃日流金照虹霓，穿林瀉玉起龍蛟。清遊把酒紅塵遠，坐賞吟詩俗慮拋。勝景蓬萊推第一，肯令雁宕擅前茅。

敬輓春人前社長林恭祖老先生

奎星一夕墜瀛堧，執紼愆期感萬千。躡蹻追陪懷往日，書紳請益仰高賢。隻雞斗酒終違願，雛鳳佳兒慰永眠。小謫人間不遺憾，文章黼黻世流傳。

敬輓春人前輩胡鎮雅女史

寶婺韜光墜海湄，劇憐霜月亦含悲。詩詞抗手李清照，書畫差肩管仲姬。雛鳳聲清光祖德，千秋名立仰坤儀。春人耆宿傷凋謝，憑弔低徊慟靡涯。

天馬世界書畫會會員聯展誌盛

毫端天馬競追風，逐電奔雷氣勢雄。神駿三千飛腕底，甲兵十萬出胸中。霜蹄蹴月山河動，驤首凌雲點綴工。百戰沙場留畫本，合懸麟閣記豐功。

題畊硯書屋（註一）

水抱山襟汐止居，輞川雖美不相如。曉窗日麗禽聲碎，午榻風清蝶夢蘧。弄笛彈琴詩作後，賭書（註二）品茗畫成餘。騁懷游目千層翠，星斗臨門月上初。

註一：屋主周忻恩女史。

註二：李清照《金石錄後序》：「余性偶強記，每飯罷，坐歸來堂烹茶，指堆積書史，言某事在某書某卷第幾頁第幾行，以中否角勝負，為飲茶先後。中，即舉杯大笑，至茶傾覆杯中，反不得飲而起。」

看海

孟云觀海難言水，孔曰樂山斯近仁。接武伊誰吟七發，爲文我獨感無垠。射潮安可得神弩，蹈浪翻憐不帝秦。何日晏平邦啓泰，謳歌長作葛天民。

風前綠颶柳絲絲五首（轆轤體）

風前綠颶柳絲絲，潑翠塗黃裊裊垂。霧鎖長堤鶯睍睆，煙籠夾岸燕差池。急看韶景爭開眼，乍解春情競畫眉。閨婦思夫凝睇後，封侯唆使悔何遲。

其二

搖蕩春光故弄姿，風前綠颶柳絲絲。王恭（註一）瀟灑應如是，張緒（註二）風流亦若斯。未可藏鴉因嫩葉，不堪繫馬尚纖枝。記曾初植靈和殿，人物衣冠異昔時。

註一：《世說新語．企羨》：「孟昶未達時，家在京口。嘗見王恭高輿，披鶴氅裘，於時微雪，昶於籬間窺之，歎曰：『此真神仙中人。』」事並見《晉書．王恭傳》。

註二：梁武帝於靈和殿前植柳，嘗賞玩咨嗟。曰：「此柳風流可愛，似張緒當年時。」詳《南史．張緒傳》。陸游詩：「樓臺到處靈和柳。」

其三

永豐（註一）徙植稻江湄，罨畫樓臺縱目時。雨後紅飄花片片，風前綠颶柳絲絲。攀條（註二）有客面流涕，染汁（註三）何人門耀楣。金縷纖纖初舞罷，含情疑似欲陳詞。

註一：洛陽坊名。白居易詩：「永豐西南荒園裡，盡日無人屬阿誰？」張先〈千秋歲〉詞：

「永豐柳，無人盡日花飛雪。」

註二：《晉書・桓溫傳》：「溫自江陵北伐，行經金城，見少為琅邪時，所種柳皆已十圍，慨然曰：『木猶如此，人何以堪。』攀枝執條，泫然流涕。」

註三：乃考試及格前兆。《三峰集》：「李固言，行經柳下，聞彈指聲，問之，曰：『吾柳神九烈君也。用柳汁染子衣矣。果得藍袍，當以棗糕祀我。』未久及第。」

其四

百媚千嬌不自持，銷魂最是展眉時。蘇堤晴翠成追憶，吳苑芳華有所思。冬盡春來人洩洩，風前綠颺柳絲絲。伊誰莫漫吹羌笛(註)，堠館長留綰別離。

註：王之渙〈出塞〉：「羌笛何須怨楊柳，春風不度玉門關。」按：羌笛有〈折楊柳曲〉。

其五

柔條搖曳迓晨曦，帶雨含煙拂曲池。黃鳥堤邊調舌日，碧雞坊(註一)內舞肢時。眉長應是繪張尹(註二)，腰細(註三)寧無愧楚姬。芳草夕陽春晼晚，風前綠颺柳絲絲。

註一：地名，在今四川省成都。古時成都有一百二十坊，第四為碧雞坊，薛濤曾居於此。陸游詩：「碧雞坊裡海棠時，彌月兼旬醉不知。」

註二：西漢張敞官京兆尹，嘗為婦畫眉。

註三：《後漢書・馬廖傳》：「楚王好細腰，宮中多餓死。」

戊戌春宴鄧璧公有詩見貺次韻誌謝

相逢把盞笑懷開，捧讀瓊章藻思催。酉影依稀剛過去，戌聲隱約乍傳來。追陪有幸歡無極，難得良辰醉一杯。此日豐城龍劍現（註），多公遠矚勝於雷。

註：《晉書・張華傳》：「初，吳之未滅也，斗牛之間，常有紫氣。及吳平之後，紫氣愈明。華聞豫章人雷煥妙達緯象，乃要煥宿。因登樓仰觀。煥曰：『僕察之久矣，惟斗牛之間，頗有異氣。』華曰：『是何祥也？』煥曰：『寶劍之精，上徹於天耳。』華曰：『在何耶？』煥曰：『在豫章豐城。』即補煥為豫章令。煥到縣，掘獄屋基入地四丈餘，得一石函，光氣非常。中有雙劍，並劇題：一曰龍泉，一曰太阿。其夕牛年間氣不復見焉。」

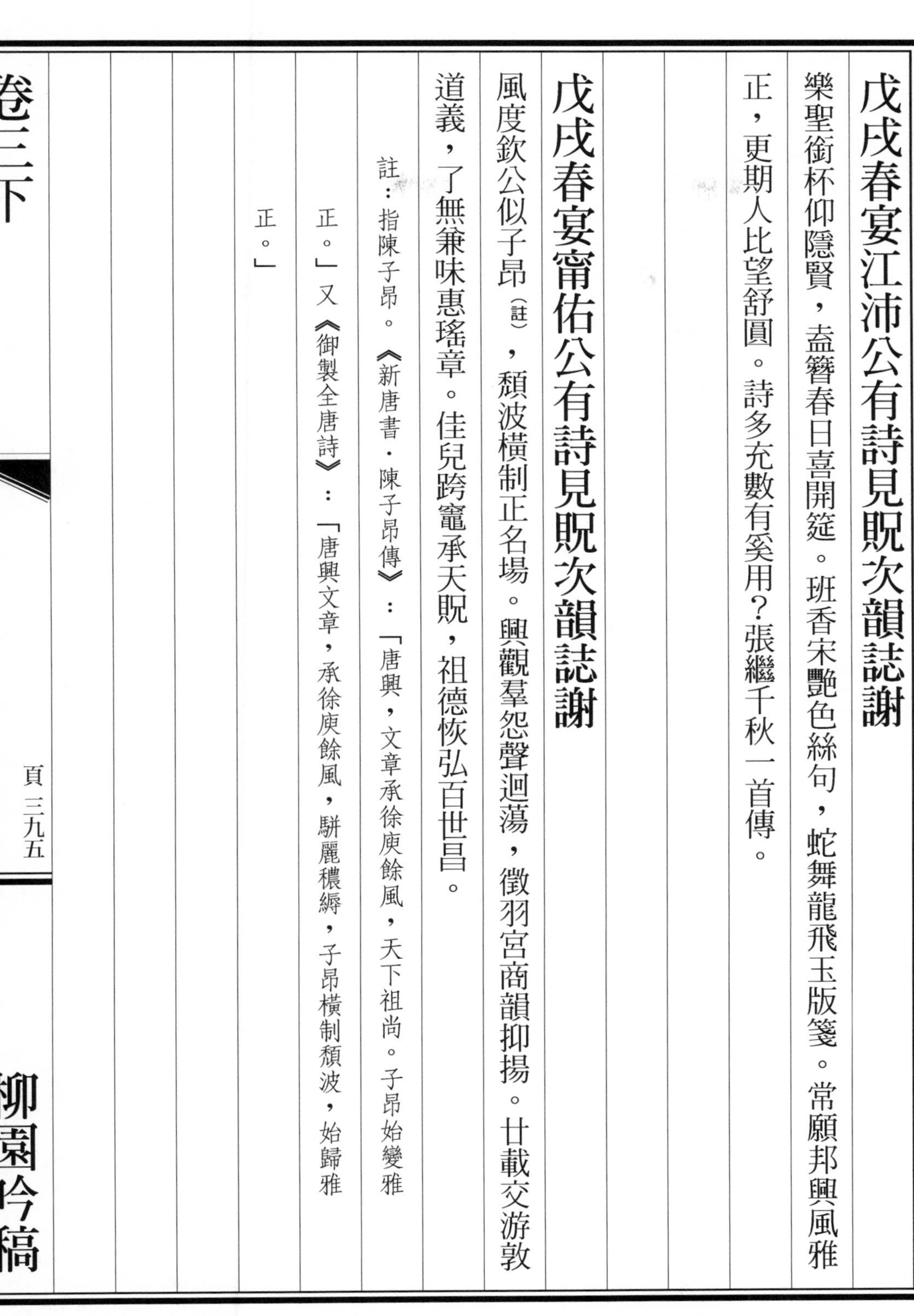

戊戌春宴江沛公有詩見貺次韻誌謝

樂聖銜杯仰隱賢，盍簪春日喜開筵。班香宋艷色絲句，蛇舞龍飛玉版箋。常願邦興風雅正，更期人比望舒圓。詩多充數有奚用？張繼千秋一首傳。

戊戌春宴甯佑公有詩見貺次韻誌謝

風度欽公似子昂（註），頹波橫制正名場。興觀羣怨聲迴蕩，徵羽宮商韻抑揚。廿載交游敦道義，了無兼味惠瑤章。佳兒跨竈承天貺，祖德恢弘百世昌。

註：指陳子昂。《新唐書・陳子昂傳》：「唐興，文章承徐庾餘風，天下祖尚。子昂始變雅正。」又《御製全唐詩》：「唐興文章，承徐庾餘風，駢麗穠縟，子昂橫制頹波，始歸雅正。」

戊戌春宴雪魂詩家有詩見貺次韻誌謝

心花開並筆花開，小集叨君伉儷來。翕習鷺鷗聯翰墨，相將嵇阮契岑苔。用行藏舍欽高蹈，愛顧扶持到不才。鳥語花香好時節，未妨酩酊盡餘杯。

新荷

乍向池塘展綺羅，便隨風起學凌波。莫嫌翠蓋時猶少，且喜青錢日漸多。茂叔難禁愛蓮說，陳王忍俊洛神歌。田田秀質饒清氣，爲問凡花孰勝過？

龍舟競渡又端陽入句

龍舟競渡又端陽，破浪乘風弔國殤。鼓振靈鼉聲起落，旗翻彩鷁影低昂。孤忠獨效彭咸死，異代同悲賈誼傷。蒲酒酹江循楚俗，無情只有是瀟湘。

圓通寺參禪

鐘聲響徹稻江郊，寺謁圓通詩細敲。一味禪參空色相，三摩地淨傍山坳。金經迴誦靈臺靜，玉磬頻催名利拋。險韻吟成滋味永，楞嚴眞諦句中包。

黃鶴樓懷古

費禕憩駕跡痕陳，樓在鶴空嗟喟頻。鬥句謫仙毫欲腐，題詩崔老筆如神。漢陽樹外晴川舊，鸚鵡洲邊芳草新。天地悠悠懷往事，星移物換已千春。

熱浪

火雲十里欲焚梢，逭署人來太古巢（註一）。紈扇生風迴斗室，芥舟覆水戲堂坳。霏霏雨潤千竿竹，隱隱濤翻百尺蛟。居士騎驢（註二）應最樂，清涼詩句細推敲。

註一：陳維英（一八一一～一八六九）書齋名。在今台北市劍潭邊圓山兒童樂園內。

註二：宋韓世忠罷職後自號清涼居士，騎驢優遊西湖，不問政事。

選場如戰場

戌歲鏖兵關國運，子民嵩目俟河清。多行不義定將斃，久自施仁必再生。放眼廢興憑此戰，悲心焚溺系輸贏。相期鯤島出英主，一掃妖氛致太平。

賓勁公《吟作鴻爪續集》題後

今古千家一爐冶，新詩渾似瀉江河。卷中恍惚陽春集，篇內依稀白雪多。顧我空懷扢風雅，多公無忝薄陰何。得書不厭百迴讀，老瓦盆傾醉後歌。

夏日春社雅集

扢雅揚騷聖道崇，稻江江畔駐吟驄。不辭霎霎夏時雨，來振昂昂春社風。愛國共追屈平志，恤民未減杜陵衷。資昏學後原無憾，人百吾千一體同。

秋郊縱目

千山楓葉醉初勻，簾捲西風感喟頻。雨霽虹垂屯嶺外，秋高雁落淡江濵。思蓴張翰情彌切，採菊陶潛句得新。太息金甌猶待補，天涯仍有未歸人。

賦呈揚州徐坤慶庚兄二首

鞠躬盡瘁力昌詩，吟輯油鄉賴主持。網罟珠璣千萬斛，親操鉛槧七三期。班香宋艷相輝後，韓海蘇潮媲美時。喚醒黃魂昭聖代，千秋蕭統共名垂。

其二

高標一幟捲長空，詩教弘揚立偉功。異采千篇珠玉串，靈光萬丈斗牛沖。忠於黨國心聲壯，義秉春秋筆陣雄。振鐸油鄉天有意，匡扶大雅策興中。

賀翰友書會聯展(註)

臨摹翰友溯鍾繇，耿耿神光射斗牛。猊驥奔騰毫墨動，龍蛇飛舞紙煙稠。三臺僉謂無雙譽，八法咸推第一流。盛展雲屯新舊雨，開來繼往耀千秋。

註：會長南投鹿谷名書道家詹德鴻先生。

曼倩偷桃祝壽

歷盡艱辛志弗撓，潛登瑤島摘蟠桃。但求父母無疆壽，豈爲春秋一字褒。穎叔獻羹休比擬，安期饜棗但求饕。孝思不匱仁奚讓，方朔千秋孰比高。

初雪

初飛柳絮夕陽斜，樹綴瓊琚一望賒。乍覺玉樓寒起粟，忽驚銀海眩生花（註）。伊誰叉手氅披鶴，我自凝眸空舞蛇。避世袁安眠閉戶，狎姬陶穀掬烹茶。

註：「玉樓」、「銀海」：道家以兩肩為玉樓，以目為銀海。見《侯鯖錄》。蘇軾〈雪後書北臺壁〉詩：「凍合玉樓寒起粟，光搖銀海眩生花。」

又是一年

春王正月喜詩題，歲逝如梭未肯稽。去日追懷吟子美，今朝可惜詠昌黎。中孚客羨漁忘筍，未濟余憐兔得蹄（註）。夕惕干支亦陳謝，罔售餘勇志寧齎。

註：〈中孚〉、〈未濟〉皆易卦名。「蹄」，兔網。見《莊子．外物》。

賀中華邑盧書法學會書法聯展

興來彩筆盡情揮，滿壁琳琅墨瀋霏。顏柳不殊輝錦繡，鍾王逼肖燦珠璣。龍拏雲海毫端出，鳥逸林巒紙上飛（註）。豔說邑盧諸碩彥，剡藤書罷換鵝歸。

註：《書評》：「王右軍書如龍跳天河，張旭書如驚蛇入草，飛鳥出林。」蘇軾〈題王右軍帖〉：「天門蕩蕩驚跳龍，出林飛鳥一掃空。」

賀杜成植（公馬來西亞人，移硯臺灣）書畫展

篆刻畫書才靡倫，顯揚臺、馬一畸人。藝游天縱原無敵，筆落山搖自有神。世比元龍和郭麐，名齊伯虎與公麟。蕙風（藝廊名）展出功圓滿，四壁琳琅美善眞。

臺北橋晚眺

薄暮悠遊臺北橋，襟懷灑落挹涼飈。人於選戰三山（高雄市之鳳山、旗山、岡山）外，詩在相思一水遙。碧

渚依稀垂雁齒，斜暉隱約映虹腰。記曾冊載前經此，題柱逡巡歎腹枵。

敬輓鄧公傳叔老先生

噩耗傳來涕淚紛，可堪鷗鷺悵離羣。縱橫才氣無人匹，黨國忠勤百世勳。復漢丹心繩祖武，興華赤志繼孫文。恩蒙主召應無憾，鄒鳳聲清遠近聞。

留春

過盡東風廿四番，紅稀冉冉遍西園。攀轅送別詩千首，叩馬傷離酒百樽。蜂蝶差池悲灑淚，鷺鷗翔集欲銷魂。劇憐青帝留難住，簾外瀟瀟深閉門。

己亥春讌鄧璧公有詩見貽次韻誌謝

鳶飛魚躍舞鈞天，師友翩臨坐四筵。攬勝追陪懷往日，傾觴酩酊樂忘年。江山毓秀韶光麗，梅柳爭春霽景鮮。創社揚風培後進，千秋六一歐陽修自號六一居士並稱賢。

午夜地震

棟樑搖擺海興波，板蕩乾坤起頃俄。惝怳形神聞窸窣，悚惶人影失婆娑。南投半夜平安少（註一），中埔（註二）三更慟哭多。消息茫茫歸劫數，無方縮地奈天何？

註一：一九一七年一月五日零時五十五分，埔里六點二級大地震，死五十四人，傷八十五人，房屋毀損七百五十五家。

註二：一九四一年十二月十七日凌晨三時十九分，嘉義中埔七點一級大地震，死三百五十八人，傷七百三十三人，房屋毀損一萬五千六百零六家。

老將

妙算神機白馬將（註一），運籌帷幄黃鬚兒（註二）。稀齡氣懾八千里，一劍光寒百萬師。韜略共懷當日事，謀謨未減少年時。天心定卜興華夏，擋道爭看臥老羆。

註一：三國魏將龐德好騎白馬，人稱白馬將軍。

註二：王維〈老將行〉：「射殺山中白額虎，肯數鄴下黃鬚兒。」黃鬚兒，曹彰也。

次韻甯佑公獎飾《柳園紀遊吟稿》

遙天雁帶翕雲來，拜讀瑤章笑口開。始信筆酣搖五嶽，久知句好誦三臺。多聞直諒公無忝，常獲包容我不才。相處藹如忘少長，耽耽詩酒共追陪。

次韻雪魂詩家獎飾《柳園紀遊吟稿》

珠璣瓓璨筆如神，庾鮑精研擅俊新。自出杼機不須假，偶論人事最為眞。朋儔艷說詩偏好，壇坫咸推席上珍。拙著漫勞多獎飾，卻憐難和是陽春。

次韻江曦詞丈獎飾《柳園紀遊吟稿》

雒誦瑤章騁目遊，雞林價重媲琳球。論齡多我十餘歲，鬥句輸公一百籌。太息美、非未嘗到，猶嗟港、澳不登周。雪泥鴻爪資回顧，聊綴蕪詞亦興悠。

螢火

月暗霜凝冷畫屏，佳人團扇撲秋螢。縱飛煬帝娛巖谷，映讀車生仰典型。著樹輝光如綻卉，橫空疾逝若流星。劇憐囊絹人安在，朗朗書聲杳檻櫺。

次韻馬芳耀詞長獎飾《柳園紀遊吟稿》二首

治學君登百尺臺，步趨我僅上初垓。蜩鳩一樣渾無識，樗櫟差同幸不才。澤畔行吟詞藻秀，乾坤揮灑筆花開。巨川欲濟爲舟楫，聖代咸推是梓材。

其二

天迴吾道慶東行，蹶起斯文翕眾情。胤嗣應教融老（東漢經學家馬融）畏，嫡傳贏得惕翁（其恩師成惕軒教授）驚。高山流水孰能會？楚奏越吟誰識聲？猥以蕪詞勞獎飾，勉爲貂續表微誠。

次韻張大使鴻藻獎飾《柳園紀遊吟稿》

聲華況是騫、綱後，勳業長垂天地間。才調欽崎宜鴞舉，文章卓犖舞蛟潛。惠頒秀句如瓌寶，猥以蕪詞似瑣孱。燈下迴諷千百遍，微言殊足警庸頑。

賀（硯翰）友書法會書法聯展

八法傳承孰可如，換鵝聲價邇遐譽。龍拏鳳翥驚心後，驥怒猊奔決眥初。美盡東南人拔萃，會聯硯翰道宏書。高懸千幅輝珠玉，耿耿文光射斗墟。

柳陰獨酌

勸飲流鶯逸興酣，一壺獨酌柳毿毿。韶華依舊年華逝，酒味雖酣詩味甘。阮老（阮籍）顛狂神自在，山公（山簡）傞舞醉何慚。最憐徐邈頻中聖（註），韻事千秋作美談。

註：《三國志．魏志．徐邈傳》：「徐邈字景山，為尚書郎。時科禁酒，而邈私飲至於沈醉。校事趙達問以曹事，邈曰：『中聖人。』達白之於太祖，太祖甚怒。度遼將軍鮮于輔進曰：『平日醉客詢酒清者為聖人，濁者為賢人。邈性修慎，偶醉言耳。』文帝踐阼，問曰：『頗復中聖人不？』邈對曰：『臣嗜不能自懲。』帝大笑。顧左右曰：『名不虛立。』」李白〈贈孟浩然〉詩：「醉月頻中聖，迷花不事君。」本此。

劉延公轉贈《晚香樓集宋詞楹聯百首》(註)

宋詞集句晚香樓，絕後空前締壯猷。百副綴成工且麗，每聯製就勁而遒。追陪廿載叨青眼，趨步無方忽白頭。一卷迴諷有餘味，未能領悟不勝愁。

註：作者，湘賢黃雪邨先生。

讀《花延年室詩》次冠甫韻

華國文章耀聖門，瀛洲劫後見朝暾。千篇意氣迴腸轉，萬斛珠璣信手翻(註)。遽返道山懷鐸振，可堪瓦釜尚雷諠。千秋藝苑典型在，私淑難忘德化根。

註：李漁叔（花延年室主人）〈春夜〉：「盤胸意氣迴腸盡，遮眼文書信手翻。」頷聯本此。

次韻蘆馨女史獎飾《柳園紀遊吟稿》

學途困苦力孜修，偶爾偷閒汗漫遊。白髮頻添難捨是，丹鉛點勘未能休。比來已息蟻槐夢，老去全無蕉鹿愁。解識謝鯤有奇趣，一邱一壑也風流。

楓紅似火

萬樹飛丹望欲迷，與霞爭錦板橋西。蕭蕭浥露連烏桕，片片凝霜襯白梨。駐輦黑皇看隱約，凌波青女見端倪。漫山一抹紅如燒，似向詩人索句題。

三題《江曦詩文選集》(註)

汨羅間氣挹吟身，一卷長存千歲人。俄頃詩成才繡虎，興酣句落筆如神。議論世事無偏倚，嘯詠江山擅俊新。不老靈椿天有意，待看國運轉洪鈞。

註：作者，汨羅湛國屏先生。

前題辱承江曦詞丈賜和疊韻誌謝

積善推恩德潤身，期頤益健若天人。縱橫才氣詩無敵，撼動江關筆有神。換骨奪胎不依舊，陽春白雪擅翻新。蘇門一嘯狂瀾挽，氣力猶堪斡萬鈞。

六柏居詩稿第三輯題後

無爲(註)靈氣挹公身，一卷咸謳千歲人。鶼鰈遊蹤遍華夏，風騷嗣響繼蘇辛。他鄉雖美心懷土，戛玉敲金筆有神。合是嗜痂有同癖，挑燈下酒讀頻頻。

註：無為，安徽省地名，為作者柯逸梅先生之珂鄉。

雲海

迷離不見眼前杉，倚檻鴻濛宇宙函。指顧浮沈龍隱現，耳傾斷續燕呢喃。氤氳一氣藏千岫，波浪兼天沓百帆。悵觸太空猶幻境，途艱況復是塵凡。

看劍

倚天三尺雪霜封，瞥眼光芒屢蕩胸。推論莊周曾說劍，爲詩李嶠細云鋒。白虹鞘出驚凌日，紫電匣鳴瞿化龍。我欲一麾西域去，樓蘭斬首借醇醲。

詠橋

烏鵲塡成路始通，黃公書授杳芳蹤。指天題柱懷司馬，觀日揮鞭憶祖龍。雁齒參差晴裡見，虹腰斷續雨中逢。揭來幾度三冬候，驢背尋詩逸興濃。

賀松筠畫會(註)會員國畫聯展

千幅琳琅百世珍，清奇國畫展松筠。魚蟲花卉工揮筆，丘壑林泉迥出塵。媲美沈周寧過譽，相形荊浩竟如眞。南宗北派一爐冶，點綴丹青自有神。

註：松筠畫會理事長辜瑠蘭女史。

英傑詩家招飲

大馬詩家舉世欽，嚶鳴喬木眾賁臨。別來歲月驚彈指，老去情懷喜盍簪。賢主嘉賓聯翰墨，良辰美景契苔岑。巴人下里不知鄙，同氣相求表寸心。

次韻張英傑詩家〈己亥初冬旅臺感賦〉二首

勝日鴻漸瀛海來，問存鷗侶稻江隈。迎門倒屣愁眉展，對榻傾樽笑口開。瀟灑襟懷清地望，汪洋詩學掞天才。際逢己亥初冬候，丕振元音薄九陔。

其二

風騷嗣響壯壝壇，激濁揚清瀝膽肝。惡紫奪朱恢正氣，興衰起敝挽狂瀾。殲除青犢懷光武，濟溺蒼生仰謝安。地轉天旋應可待，萬民心志炳如丹。

山意衝寒欲放梅入句

落葉辭枝覆嶺隈，朔風烈烈嘯樓臺。橙黃橘綠詩情逸，蘆白楓丹酒興催。凍日沒崖霜雪下，擁爐話舊鷺鷗來。吹葭六管灰飛動，山意衝寒欲放梅。

賀王慶海先生詩書畫個展

洛陽才子慶重生，奚止詩篇享盛名。伯虎公麟賡美譽，右軍太傅嗣徽聲。銀鉤鐵畫風華著，沒骨傳神氣勢宏。百幅琳琅揚藝苑，咸謳三絕冠鯤瀛。

希望

倘教片語永流傳，糲食蔬羹快若仙。蕉鹿是非付流水，雞蟲得失似雲煙。不偏不倚言裨世，無怨無尤命在天。我願子年開泰運，清夷皇路佑瀛堧。

古硯

片石微凹聚墨多，文房久鎮輒摩挲。秦磚魏瓦連城價，鴝眼龍鱗百代過。琢就曾經磨逸少，珍藏幾度染東坡，馬肝（註）一例傳家寶，霧化雲煙致太和。

註：馬肝，即馬肝石，可以作硯。蘇軾〈孫華老寄墨詩〉：「溪石琢馬肝，剡藤開玉版。」

賀竹山詹成章詹德源詹德祥喬梓書畫聯展

竹山書畫數詹家，譽滿鯤瀛德望嘉。爲國爭光紅露布，權門貴戚碧籠紗。草行篆籀兼楷隸，山水魚蟲及鳥花。聯展堪稱眞善美，名揚百代振中華。

拜輓黃公清源老先生

望塋憑弔若爲情，兩岸千秋一代英。化育菁莪培後秀，廢餐鷗鷺哭先生。青蠅弔客死何恨，雛鳳佳兒聲更清。著作等身三不朽，逃名叵奈自成名。

恭祝賓勁公百歲華誕

嵩呼祝嘏萃方家，雙絕詩書眾口誇。長日雲廚生蓮莆，經年雪案走龍蛇。洞明世事蕉藏鹿，練達人情圃種瓜。戩穀期頤身益健，盟鷗狎鷺樂無涯。

次韻甯佑公庚子春讌

未嫌魯酒喜乾甌，嵇阮新春醉月樓。自出杼機窠臼棄，詩成筆氣漭泱浮。聯翩裙屐皆髦士，兼味杯盤乏庶饈。長願年年腰腳健，題襟簪盍樂相酬。

詠錢

勸君莫漫臭嗤銅，誓不曾言夷甫同(註)。役鬼使神能命達，營蠅苟狗自財豐。罕聞廉潔如劉寵，多見榮枯類鄧通。少小藐看阿堵物，只因頭腦太冬烘。

註：夷甫，王衍字。《晉書．王衍傳》：「衍口未嘗言錢，婦令婢以錢繞牀下，衍晨起，不得

出，呼婢曰：『舉卻阿堵物。』

古典詩刊發刊三十周年紀念疊韻四首

一幟高標樹海東，班香宋豔振騷風。狂瀾倒挽千鈞力，正氣宏揚卅載功。點勘丹鉛勞歲月，排除紫鄭費心衷。興觀羣怨精華萃，筆陣堂堂國運隆。

其二

詩教遐宣道徙東，元音重振漢唐風。羣賢筆落江關動，卅載詩收翰墨功。大雅扶輪聯氣力，中興鼓吹竭腸衷。依稀韓老今猶在，文起衰微社運隆。

其三

社名古典鎮瀛東，丕振中華大漢風。一卷雁傳收碩果，卅年艾蓄慶成功。豪吟白雪含微意，喚醒黃魂表寸衷。但願諸賢長健在，蒸蒸社運日昌隆。

其四

響嗣莊騷震海東，英才濟濟振吟風。憑將大雅扶輪力，合作中興抵柱功。愛國咸追放翁志，憂民未滅少陵衷。千秋一卷斯文繫，六義恢張聖道隆。

次韻鴻公大使賜和先考〈七十自述〉

瑤章接奉興悠哉，披展東軒誦百回。槎泛銀河繩祖武，芬揚玉樹繞庭栽。考槃清澗鳧鷖狎，簪笏丹墀鵷鷺陪。不道年過知命後，廣陵猶有和詩來。

次韻雪魂詩家獎飾先考《楊巨源先生遺稿》

一從先考遽遊仙，遺下諸孤耕硯田。德薄楹書任荒廢，才疏甕牖輟歌弦。尼山拾級同攜手，韓海揚帆仗仔肩。遙想先生應最樂，南山詩集萬年傳。

註：趙文懷先生，號雪魂，著有《南山軒詩詞集》。

詠塵

京華十丈軟殷紅，徙倚樓頭一望中。散佈梅花落隨雨，附從柳絮起因風。路旁野馬(註一)言莊子，甑養(註二)醯雞記范公。漫說五洲人億兆，問誰貞潔不曾蒙。

註一：《莊子・逍遙遊》：「野馬也，塵埃也。」注：「野馬者，遊氣也。」成玄英疏：「青春之時，陽氣發動，遙望藪澤之中，猶如奔馬，故謂之野馬也。」

註二：東漢范丹，字史雲。窮居常絕粒，閭里歌之曰：「甑中生塵范史雲。」

敬輓馬芳耀先生

中華才士遽遊仙，亡並人琴淚欲漣。豈料律回庚子歲，忽驚命厄巳辰年。奎沈鯤海悲耆宿，薤唱騷壇失俊賢。嘯傲煙霞留絕響，辭章黼黻永流傳。

行道樹

兩行碧樹與天齊，路上行人闢作蹊。淺淡彌連雞塞遠，濃陰密布驛亭低。婆娑白日迎車轍，嬝娜黃昏送馬蹄。午夜蚓琴蛙鼓鬧，蝎來岑寂月斜西。

鎮江顏景農詩家《酒仙李太白新評》題後

謫仙才調更無倫，並世知音賀一人。得與齊肩詩聖甫，獨憑隻眼永王璘。韻傳樂府長飄逸，響嗣風騷尚俊新。書著顏公嚴斧鉞，是褒是貶筆如神。

次韻黃冠人詩家獎飾先考《楊巨源先生遺稿》

雒誦清詩氣吐虹，菁莪化育振騷風。自從元白鮮如是，除卻蘇黃無此工。承乏爲師慚不已，叨蒙過譽愧何窮。菲才覥腆謳鄉曲，爭及先生冠世雄。

吳理事長大和先生卸任紀念

詩教遐宣德望隆，元音重振漢唐風。名山奠定千秋業，華國端憑六載功。理監攀轅臨祖道，會員借寇表心衷。甘棠一例長蒙蔭，餞別依依感靡窮。

青山紅樹白雲浮五首 轆轤體

青山紅樹白雲浮，簾捲西風好個秋。松菊牽縈元亮夢，蓴鱸陡起季鷹愁。飛揚天宇人如鵠，搶止榆枌我似鳩。一枕新涼三伏杳，題襟準擬會良儔。

其二

四面商聲景色幽，青山紅樹白雲浮。秋回樓閣誰家笛？詩在蒹葭何處洲？離思懷人隨日湧，閒愁似水接天流。願教俗事都忘卻，嵇阮相將物外遊。

其三

西來爽氣報新秋，九點齊煙豁遠眸。暑退涼生清夜永，青山紅樹白雲浮。飲招舊雨連新雨，忘卻新愁與舊愁。人世幾曾開口笑，相逢拼醉莫休休。

其四

雲物淒涼溽暑收，疏籬菊燦渚蓮愁。落霞孤鶩斜陽外，碧水長天一色秋。玉露金風清氣降，青山紅樹白雲浮。杵敲百八山林晚，禹甸沈沈萬象幽。

其五

涼生枕簟起颼飀，騷客開懷狎鷺鷗。無死無生眞曠達，一邱一壑足風流。魚龍寂寂長江冷，蘆荻蕭蕭滿院秋。叉手詩敲楓徑外，青山紅樹白雲浮。

庚子上巳雅集二首

丕振元音社繼東，稻江雅集爪留鴻。苔岑結契觴飛共，翰墨因緣氣味同。愛國憂民追杜老，昌詩扢雅效陶公。攘除紫鄭艱難日，鼓吹惟憑筆力雄。

其二

吟幟高標振海東，年年欣慰見漸鴻。中華詩會千秋業，大雅輪扶一體同。珍重人倫敦道義，勤修天爵勝侯公。相逢相値惺惺惜，且喜題襟藻思雄。

次韻甯佑公〈參加春人雅集書感〉

建言讀罷鬱愁新，吾社奚堪自此淪。起敝菲才慚不已，振興乏力苦難申。恢弘風雅寧無日，接武錢張（註）定有人。翰墨交游情誼重，雪泥鴻爪久彌珍。

註：錢張，指春人詩社第一任社長錢逸塵，第二任社長張相。

錄甯佑公元作參加春人雅集書感

當年盛況憶猶新，今晤騷朋景潰淪。眼瞶耳聾行乏力，心焦手劃意難申。席間溫暖談三徑，冊內老殘存八人。建議尾牙團聚後，會終燈熄誼長珍。

錄鄧璧公和作

世多厭舊喜翻新，古道隨之向下淪。羣怨興觀功待立，溫柔敦厚意何申。承先慚對先行者，啓後難招復繼人。倘至尾牙眞解散，如泥一醉也堪珍。

次韻冠甫教授〈七十初度喜賦〉二首

上庠振鐸志傳薪，梁孟相莊過四旬，斲句精微才冠世，讀書萬卷筆通神。潤身不屑陶朱富，樂道偏安原憲貧。福壽康寧天錫嘏，騰輝極婺慶長春。

其二

白眉異稟貌清奇，兩字之無七月知。敘事工吟玄妙句，傳神擅寫性靈詩。桂蘭挺秀懸弧日，鷗鷺聯翩祝嘏時。爾乃自強恆不息，朝朝三省九回思。

東望

東望望春春可憐蘇頲，稻江晴日柳含煙。高枝百舌太欺鳥杜牧，甫過三冬未茁荃。抗滿復明人不見，諂倭媚美事頻傳。飛花故落觴前舞，貂續瓊樓醉綺筵。

卷四上　五言絕句二十七首

雲海

一九六一年盧山旅次晨望作

氤氳滿陵谷，白浪與天齊。不見龍飛起，惟聞鳥雀啼。

晨雞

喚醒劉琨夢，清晨劍舞庭。哲人今已杳，喔喔爲誰聽。

流水

流水渺然去，滔滔感興生。英雄淘汰盡，江石自崢嶸。

尋梅

暗香浮水滸，疏影隱雲坳。踏遍孤山路，瑤姬在底梢。

詩味

世上唯詞藻，清芬勝蕙茳。辨明濃與淡，咀嚼坐寒窗。

漫興

地流江水去，天捲海風來。心與形俱釋，空山花自開。

懷遠

河梁從別後，地上又凝霜。颯颯西風起，伊人水一方。

往事知多少四首 轆轤體

往事知多少，長教詩夢擾。相思夜不眠，起視空階曉。

其二

又逢秋月皎，往事知多少？千里訴離情，但憑秦吉了。

其三

機心久已忘，形跡息名場。往事知多少，伊人水一方。

其四

登岱齊州小，文章何窈窕。良朋事遠遊，往事知多少？

次韻蔡鼎公見懷

謦欬動星文，渾如越鄂君。卌年隨杖履，趨步躡清芬。

題楊綦辜瑞蘭合畫山水平遠圖

咫尺涵千里，秋光入眼中。風流人已渺，山水鬱葱葱。

題辜瑞蘭芭蕉夜兩雨圖

二〇一二年花蓮途次

淅瀝芭蕉雨，西窗夜語時。伊人隔秋水，一幅寄相思。

題耿培生畫瓜園啐啄圖二〇一二年

一喔東方白，花冠異等閒。勿飛天外去，司職在人間。

題楊蓁畫歸舟圖二〇一五年

棖觸東坡句，時艱道不行。「小舟從此逝，滄海寄餘生。」

贈筆

回贈毛錐子，眞才賴顯揚。憑君一揮灑，千載煥文章。

次韻无藉詞丈見懷

泰山蚊蚋負，盡瘁不勝捐。端賴諸詩老，扶持社運綿。

次韻安徽宛明和見懷

人生成底事，不朽是爲眞。能立功言德，勝於骨肉親。

次韻宜民父執〈千年檜〉

古檜獨擎天，悠悠不計年。莊椿難比擬，翠幹庇無邊。

贈君潛老弟二首　嘯庵李有泉

乾坤留古道，禮義見心期。入室無餘輩，傳燈獨以詩。

其二

心宮含巧句，腦府展奇才。兩意憑君取，新詩任筆裁。

次韻二首

傳燈生豈敢，道義慰相期。格致傾心力，孜孜盡痒詩。

其二

屬詞無異稟，琢句乏長才。小子原狂簡，逾閑仗化裁。

醉花朝二首　宜民林義德

爲壽花生日，攜樽小徑間。綠章含醉寫，但乞駐紅顏。

其二

又值花朝日，芳園帶醉攀。共憐春色好，盡見酒痕斑。

次韻二首

百花開壽域，攜榼小園間。酩酊酬佳節，願教長駐顏。

其二

歲歲花生日，稱觴芳徑攀。今年最情切，酒漬袖斑斑。

卷四中　七言絕句一百九十五首

仰安父執枉過喜賦 一九六九年

聞跫倒屣迓籬旁，路遠翩臨喜欲狂。話到詩文眞賞處，夜深疲倦盡攸忘。

嘯庵恩師惠書楹聯 一九七一年

訓勉諄諄意義全，琳琅一副壁高懸。從知蹞步致千里，不遂襟期不息肩。

造訪心育父執別後有詩見示次韻卻寄 一九七一年

忘年結契十霜星，共愛敲詩醉綠醽。促膝談心纔小別，瑤章捧讀最溫馨。

秋日心育父執招飲 一九七二年

清秋共對甕頭春，形跡俱忘笑語親。難得交情似膠漆，敦行道義見精神。

次韻鑑塘父執新綠

新柳千絲粉似雲，鶯吟燕舞迓東君。江山萬里風吹綠，寫出堂堂錦繡文。

次韻鑑塘父執見懷

忘年石友播清音，流水高山聽鼓琴。手足不知隨舞蹈，一回擊節一賡吟。

醫院探視鑑塘父執三首

生平風義兼師友，廿載追陪亦夙緣。聞道吟躬有微恙，長宵忉怛未成眠。

其二

忘年結契過從頻，拾翠滄洲笑語親。定卜吟躬占勿藥，西窗剪燭句題新。

其三

浮生偶爾采薪憂，冬盡春來厥疾瘳。擔簦執鞭如往日，青山綠水伴清遊。

醫院探視仰安父執承示口占一首即席效顰

叔世憑誰醒國魂，衷情傾訴到黃昏。平生風誼兼師誼，對榻相談淚暗吞。

文訪前輩爲書楹聯（註）賦謝

耄耋騷壇望益尊，鍾、張以外見雄渾。神光燭夜茅堂上，同好相過與細論。

註：公之聯語云：「劍影歌喉千嶂月，潭光吟鬢一笳秋。」

鴻泉教授見貺書畫合璧

雙璧收藏寶草堂，展來燭夜發神光。多情懇懇師生誼，爭仰芝蘭馥北商。

朱芾亭先生遺著《雨聲草堂吟草》題後二首

餘事詩書畫絕三，立身無忝是奇男。菁華一卷燈前讀，不廢江河意義覃。

其二

仁術仁心世仰咸，活人無數德巉巉。詩詞本是公餘事，信手探驪自不凡。

次韻白翎詞長〈癸丑七夕感賦〉

雙星七夕銀河會，故事流傳不計年。艷說天孫能授巧，自家好夢尚難圓。

踏青

綠蕪興踏趁晨晴，柑酒酣聽百囀鶯。細剪春光歸緩緩，怡然得句不勝情。

雲海機上作

靉靆煙雲薄四圍，兼天雪浪映斜暉。九霄一樣崎嶇甚，莫怨人間道路非。

盆松二首

託根瓦缶屈虬枝，材大偏遭俗世欺。辜負昂藏身百尺；雄心只有鶴相知。

其二

大夫淪落到天涯，冷眼人情只自知。偃蹇已無梁棟夢，任人擺佈伴雕瓷。

李陵思漢

力盡投降絕後援，伺機報漢竟蒙冤。劇憐家破親遭戮，忠藎翻成負國恩。

贈金龍少棒球隊

鬥志高昂紀律嚴，金龍少棒技非凡。美洲鏖戰揮強棒，贏得全球霸主銜。

漁村破曉

陣陣腥羶度曉風，歸舟曬網日昇紅。寧知溪畔垂綸處，不有高人隱此中？

題畫

山水清奇照眼新，扁舟一棹五湖春。乾坤無地埋憂處，小隱滄洲寄此身。

秋籟 仰山吟社

肅殺商聲月在天，賦成歐子不能眠。無邊樹葉蕭蕭下，搖落江山感萬千。

楓霞爭錦

楓霞爭錦絢山隈，麗景天成畫不來，一例平章梅與雪，難分軒輊久低徊。

對月

一九六七年九月十五日東北六縣市聯吟

銀弓隱隱掛雲霾，漸露微光興轉佳。悟得盈虧本天理，團圓有日爽吟懷。

菊花展

一九六二年臺北市大會

羅列黃英蔚大觀，品題甲乙萃衣冠。花開此日原天意，合作元戎介壽看。

梅花圖

點綴花魁筆有神，一枝獨占滿堂春。琴樽相狎黃昏後，姤煞巡檐索笑人。

春秋筆

貶褒一字樹嚴威，人物憑渠定是非。董子已亡尼父杳，茫茫人孰嗣遺徽。

杖國年 祝瀛社同仁七秩

交梨火棗啖經常，七十星霜福壽長。益健吟躬天有意，瀛堧山水要佳章。

寒夜 一九六六年高山文社

皸膚沁骨苦難伸，爐火加添榾柮頻。爲問有誰憐范叔，綈袍一贈凍寒身。

春聯 一九六七年高山文社

桃符換舊貼門楣，字寫宜春鬥色絲。獨有幽人最高蹈，諱言富貴只言詩。

賞花

春風駘蕩百花開，花市晴晨鑑賞來。買得牡丹歸去後，飄飄如抱美人回。

浪花 一九六九年瀛社

瓊葩萬朵綻汪洋，脈脈含情蘸夕陽。風信乍疑過廿四，梨花滿地送東皇。

秋山 一九六七年

金風吹拂雪霜加，落葉繽紛日照斜。秋到山靈頭盡白，忍教宋玉不悲嗟！

詩報 一九六七年彰化全國大會

風行一卷振斯文，戛玉敲金大雅羣。鼓吹中興宏聖道，千秋麟閣紀殊勳。

荷風 一九六七年中壢大會

穠豔荷開翠蓋張，鳴條習習拂衣裳。清宵度入西窗裡，詩賦吟成句亦香。

新荷 一九六七年宜蘭大會

青錢貼水颭春風，白羽紅妝瞥眼空。絕似洛妃初出浴，姍姍微步碧池中。

其二

採蓮歌漫唱池東，片片青錢熨貼工。初出淤泥渾不俗，濂溪櫜筆構思中。

道心　一九六七年宜蘭大會

淨澈靈臺不染塵，蒼生爲念本於仁。民胞物與皆關注，鳥獸魚蟲總是親。

詩教　一九六七年彰化大會

六義伸張四始明，溫柔敦厚出精誠。少陵詩與東坡筆，響嗣風騷發正聲。

劍鳴　一九六七年淬礪吟社

天時地利未兼齊，匣裡龍泉莫漫啼，頭斬樓蘭應有日，光芒出鞘拯羣黎。

花霧

花開霧靄草山封，擒藻人來興轉濃。撲朔迷離得奇趣，徘徊芳徑盪心胸。

歸耕

不如歸去趁秋帆，畎畝西疇待整芟。三徑未荒松菊翠，耕餘把酒且杯銜。

繪梅

一幅梅花妙入微，丹青點綴發光輝。何當掛在茅堂上，眞假誰能辨是非？

折獄

明鏡高懸判不冤，人情法理合公論。治平我尚期無訟，垂拱鳴琴勝片言。

郊遊

漫步郊原宿雨收，白雲碧水兩悠悠。一枝紅杏牆頭露，百囀黃鸝象外幽。

松濤

松社五十週年大會

凌雲古幹化龍時，風雨雷鳴震兩儀。萬頃波翻風乍起，聲音悲壯出虬枝。

瑞雪

玉龍對舞戲山巔，鱗片紛飛夕照妍。頃刻鋪成銀世界，更欣六出兆豐年。

聽經

法華娓娓說分明，入耳心猿貼伏平。省識富榮皆是幻，眞人無死亦無生。

梅胎

梅妻有孕漸豐肌，怪底逋仙日展眉。自是詩家天寵眷，年年破萼慶螽斯。

簪菊 宜蘭全國大會

菊花插得滿頭香，紀節休嗤杜牧狂。千載齊山傳韻事，由來黃種有餘芳。

筆花

五彩繽紛自不羣，一枝千載挹清芬。江淹筆與青蓮夢，寫出千秋錦繡文。

野梅

暗香疏影月黃昏，索笑人來傍水源。自是仙株高格調，絕勝搖曳五侯門。

秋砧

千家玉杵韻淒清，萬里金風一月明。露冷寒衣猶未寄，停敲苦憶漢家營。

菊觴

杯映酡顏花釀黃，醇醪一飲壽延長。忘憂日泛淵明醉，養晦翻成姓益彰。

籬菊

一從陶令手親栽，歲歲重陽爛漫開。為問黃英千載後，籬傍把酒幾人來？

冬暖南投全國大會

頻敲臘鼓震瀛壖，萬戶烘爐盡棄捐。多少負暄諸父老，汗流裘脫拭連連。

雛鶯

轂中初放一聲嬌，便欲喬遷到柳條。寄語凌雲應有日，暫時安分莫輕佻。

原子筆 一九六七年鳳岡吟社

含珠不吐寵文房，一管玲瓏擅勝場。信是便宜兼實用，憑他寫出好文章。

初夏即事 一九六七年

衣纔試曷喜猶仍，扇已裁蒲興勃升。欲淨塵心思逭暑，竹林深處會鷗朋。

採蓮歌 詩文之友社

歌聲婉轉出羣姝，人面荷花相映朱。棖觸摽梅心底事，並頭折罷賦歸途。

餐英

黃花咀嚼味無雙，齒頰留香久不降。爲愛凌霜標勁節，非關口感勝荃茳。

示兒

壯志能酬豈偶然，立身切學古今賢。石穿水滴須牢記，學海毋忘早著鞭。

醉元宵 一九八一年貂山吟會

律回三五對芳樽，月滿今宵火樹繁。酩酊不知塵世事，漢家一鼓奪崑崙。

星期日 一九六六年十二月余加入瀛社例會作

七日輪休廿四時，嶄新制度合時宜。濫觴君漫推歐美，十一唐朝早實施。

註：韋應物〈休假訪王侍御不過詩〉：「九日馳驅一日閒。」《資治通鑑》胡省三注：「一月三旬，遇旬則下直而沐休，謂之旬休。」

漁笛 一九六七年瀛社

橫吹一曲韻高低，罷釣歸來月滿溪。如此良宵如此景，梅花落盡太清淒。

註：笛曲有〈梅花落〉。

聽蟬 一九六七年高山文社

碧樹憑依噪夕陽，餐風飲露極淒涼。悲秋未減少陵志，世乏知音欲斷腸。

磨墨 一九六七年高山文社

龍劑磨來發異緋，砉生靈感觸樞機。爭妍幼婦憑君選，璀璨珠璣待筆揮。

聽琴 一九六七年高山文社

瑤琴彈奏韻泠泠，曲調清高入杳冥。太息子期今已渺，高山流水有誰聽？

計程車 一九六七年淡北吟社

計表收錢便捷誇，疾如掣電速於騧。工商社會時間貴，的士風行未侈奢。

筆戰 一九六七年臺北市大會

敲金戛玉擅龍雕，拔幟騷壇勝不驕。獨占鼇頭臚唱後，千秋雁塔姓名標。

儒林

忠恕恭行一貫之，異端罷黜肅威儀。仲舒心與朱熹志，道統傳承萬世垂。

十日菊 瀛社例會

十日何輸九日妍，終朝無客到籬邊。昨爭頭插今遭棄，冷暖人情感萬千。

國花 宜蘭縣大會

眾芳搖落獨開遲，玉骨冰肌挺異姿。自是花魁標國色，凌霜傲雪表威儀。

次韻鑑塘父執見懷

忘年石友播清音，流水高山聽鼓琴。手足不知隨蹈舞，欣欣一唱一賡吟。

於新莊訪君潛留飲賦此 仰安張火金

餚滿銀盤酒滿觴，相思再度訪新莊。自慚作客非徐穉，又累陳蕃下榻忙。

次韻

藜藿盈盤漫舉觴，專程啓發到新莊。生平風誼兼師誼，北斗闌干解惑忙。

心育父執招飲賦此誌謝

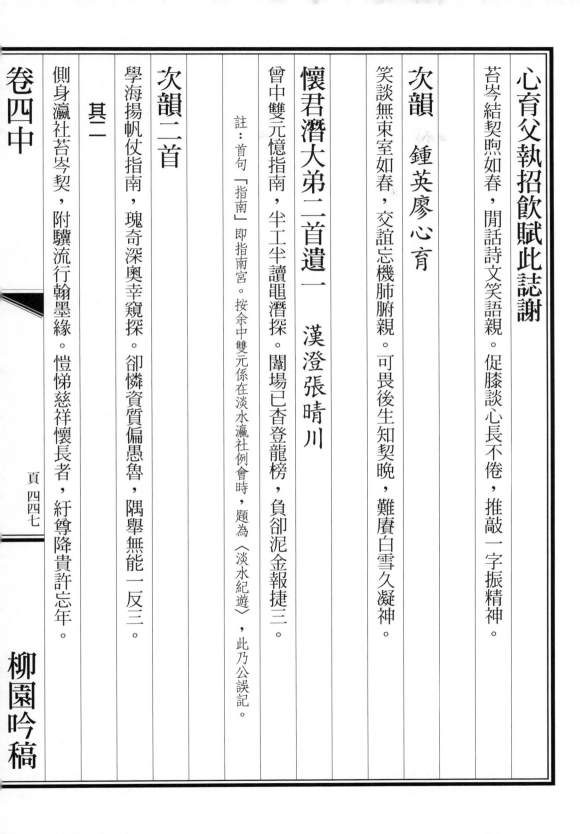

苔岑結契喣如春，閒話詩文笑語親。促膝談心長不倦，推敲一字振精神。

次韻　鍾英廖心育

笑談無束室如春，交誼忘機肺腑親。可畏後生知契晚，難賡白雪久凝神。

懷君潛大弟二首遺一　漢澄張晴川

曾中雙元憶指南，半工半讀黽潛探。闈場已杳登龍榜，負卻泥金報捷三。

註：首句「指南」即指南宮。按余中雙元係在淡水瀛社例會時，題為〈淡水紀遊〉，此乃公誤記。

次韻二首

學海揚帆仗指南，瑰奇深奧幸窺探。卻憐資質偏愚魯，隅舉無能一反三。

其二

側身瀛社苔岑契，附驥流行翰墨緣。愷悌慈祥懷長者，紆尊降貴許忘年。

甘澍 祝陳進東先生當選宜蘭縣縣長　宜民林義德

微雨東來挾好風，回蘇萬物一宵中。也如善政孚民望，佈澤應同造化功。

次韻

潤蘇萬物媲春風，黎庶騰歡淅瀝中。且看陳公施德政，千秋龔遂讓膚功。

涼味　宜民林義德

賣冰聲裡卻炎氛，雪藕浮瓜避火雲。好是槐陰尋夢去，荷風十里送芳芬。

次韻

雪藕調冰滌暑氛，浮瓜泛棹避烘雲。尋詩好向池邊去，荷芰風來句亦芬。

撲滿　宜民林義德

收貯零錢是本圖，多君管理未糊塗。只因腹大身遭棄，秋扇藏弓一例吁。

次韻

輔主儲金遂壯圖，不曾貪墨未糊塗。劇憐功大身遭戮，千載淮陰一例吁。

喚渡　宜民林義德

短檣帆影去無方，日又將晡客斷腸。欲覓船夫何處去？聲高響徹水雲鄉。

次韻

桅檣望斷在何方？徙倚灘頭欲斷腸。力竭聲嘶天色暝，可憐遊子滯他鄉。

初夏即事　文訪林熊祥

多變雲峰自轉奇，片時陣雨市成池。閉門欲領閑滋味，收看收聽耳目疲。

次韻

東雨西晴景象奇，靜觀自得傍荷池。薰風解慍披襟好，武韻吟成樂不疲。

感興三首　嘯庵李有泉

自從綺歲慕儒冠，每弄毫端到夜闌。詩未成家書未老，可知雙絕本來難。

其二

閉門三月誦君詩，夜對寒燈坐不移。如飲雲間仙掌露，十分清到讀書脾。

其三

離城數里有江村，想趁身閒走一番。去帶斜陽歸帶月，好將人影印寒溫。

次韻三首

少懷逸興笑彈冠，蓆枕詩書志不闌。今日二毛生兩鬢，寸心猶未畏艱難。

其二

十年絳帳習爲詩，默默潛修志不移。最愛江天樓（公齋名）上坐，茶香禪味沁心脾。

其三

恩師德望媲梅村，化雨春風廿四番。瞻望儼然威不猛，即之煦煦有餘溫。

詩幟　嘯庵李有泉

一竿飄影壯詩軍，領導三千鷗鷺羣。好是騷壇相對壘，指揮筆陣起風雲。

次韻

一旌統領漢家軍，合力撐持李杜羣。起敝興衰宏聖道，三千騷客會風雲。

漫興四首　嘯庵李有泉

一片襟懷徹底清，抄山步履若雲輕。不愁日落乾坤暗，自有心燈照路明。

其二

無情九月風驚樹，有意三春雨護花。物理人心都一樣，莫教看得眼頭差。

其三

江中鴨子翻波碎，花底鶯兒啄草香。絕妙眼前逢畫景，抽毫急寫入詩章。

其四

氣候初冬易變遷，衣裳加減費周旋。昨朝霞映成紅海，今日霧遮作白天。

次韻四首

蠲除滯慮洗孤清，高臥松雲名利輕。天下不愁人不識，知行合一悟陽明。

其二

蘆荻乍疑爲白雪，槭楓錯認是紅花。寒圖九九將開始，春信三三應不差。

其三

鳳凰枝上棲梧老，鸚鵡籠中啄稻香。怪底唐賢詩斐亹，眼前俯拾即文章。

其四

滄海桑田屢變遷，五千歷史幾翻旋。從知虐政民憔悴，悖禮違仁譴自天。

登山偶興　嘯庵李有泉

高山不畏聳雲中，我有精神欲貫通。把定腳跟扶定杖，登臨絕頂看天風。

次韻

欲把匡廬入腕中，愧無彩筆繼文通。問余底事科頭坐，短髮難禁落帽風。

燈謎　嘯庵李有泉

謎言絕妙出靈臺，一句常令萬客猜。此是逢場文墨戲，何妨雅俗作題材。

次韻

元宵文虎射全臺，似解曹碑客亂猜。振奮人心揚國粹，亦諧亦雅蘊題材。

郊遊　嘯庵李有泉

得閒還訪去年村，彳亍湖堧晝漸昏。底事欲歸行不得，鳥聲留客太溫存。

次韻

行過前村又一村，歸來不覺日黃昏。奚囊飽貯新詩句，工拙無妨敝帚存。

養生　嘯庵李有泉

欲防身體病魔生，入手先教識五行。滋腎夜吞明月氣，補心朝吸太陽精。

次韻

泛覽莊周論養生，以經緣督即知行。自然順遂依天理，神氣調和是葆精。

螢火　嘯庵李有泉

化從腐草影光微，彷彿如星貼地飛。寄語香閨休便撲，有人珍重照書幃。

次韻

爲愛螢光不厭微，佳人追撲亂飛飛。可憐芳草生前夢，隋苑西風照殿幃。

夏日即事　嘯庵李有泉

鶯歌陌上柳凝煙，瑞日遲遲映大千。昨夜醾醿香夢卻，揀風吹就綺羅天。

次韻

綠肥紅瘦柳含煙，解慍薰風起大千。準擬浮瓜登水閣，披襟消受晚涼天。

春暖　嘯庵李有泉

紅杏樓中人坐雨，綠楊堤外鳥吟煙。江山盡在和風裡，一片寒威已失權。

次韻

日暖滄江鳧戲水，風過綠岸柳浮煙。龍蛇驚蟄春雷作，萬象回春造化權。

君潛社弟詩境大進爲之驚異走句以贈　嘯庵李有泉

筆洗長江不染塵，翻空意態獨標新。詩成欲奪黃金價，好贈英雄與美人。

次韻

筆下難袪是俗塵，空期俊逸與清新。生來資質原如此，敢望絲毫及古人。

贈君潛同學弟　嘯庵李有泉

詩有別裁方領異，文能彈性自標新。憑君推進能源筆，莫向先賢步後塵。

次韻

白雪只能詞襲舊，陽春無力曲翻新。十年辛苦勞培植，長恨仍難迴出塵。

蓮花　嘯庵李有泉

最宜避暑住蓮鄉，夜向池邊坐竹牀。雲破月來花弄影借句，風生水動葉飄香。

次韻

田田酣睡黑甜鄉，雲作羅帷水作牀。生出淤泥而不染，飄搖翠蓋發清香。

酒痕　嘯庵李有泉

襟前酒滴興高飛，燈照痕仍認細微。讌飲幾人留韻事，杭州曾染白公衣。

次韻

鹿鳴宴罷興遄飛，雲液留襟褪已微。今日又沾香酒澤，新痕重染舊時衣。

西施　嘯庵李有泉

當年卑賤浣紗津，一入吳宮作美人。粉黛偏能亡敵國，論功也算越忠臣。

次韻

晨從拔選苧蘿津，晚作吳宮絕代人。艷色由來天下重，沼吳功蓋越諸臣。

幽谷蘭　怡陶黃春亮

深林獨茂情偏逸，幽谷孤高格出羣。王者之香聖人賞，援琴操罷振斯文。

次韻

寄跡環谿山石侶，托根空谷竹松羣。離騷經與猗蘭操，千載平分絕世文。

秋訊三首　怡陶黃春亮

班姬棄扇憐今日，張老思鄉正此時。一葉庭梧初報信，秋聲賦就客心悲。

其二

鴻雁傳音喜自知，淒涼野色入新詩。雙溪此日逢高會，不讓風流杜牧之。

其三

井梧一葉下庭時，歸思油然賦小詩。蓴美鱸肥鄉味好，動搖食指樂難支。

次韻三首

杵韻初傳清潤日，霜痕乍入碧梧時。魚龍寂寞秋江冷，一氣曾教宋玉悲。

其二

司權白帝雁先知，倚樹蟬琴韻似詩。獨有幽人最高蹈，西來爽氣說徽之。

其三

四面商聲乍聽時，牆蛩徹夜奏新詩。掛冠張翰歸來後，酒對蓴鱸樂不支。

秋訊　南湖陳進來

風清露白月明時，秋到人間各自知。雁叫一聲催我起，閒揮禿筆動吟思。

次韻

井梧一葉下庭時，杵韻砧聲空外知。蓴美鱸肥一杯酒，怎禁不動李鷹思。

甘澍 祝陳進東先生當選宜蘭縣縣長　蘊藍葉田

應時雨與醴泉同，潤物霏霏下碧穹。一例明官施德政，宛如濟旱慰民衷。

次韻

企盼雲霓處處同，應時霢霂降蒼穹。陳公當選孚民望，萬物回蘇翕眾衷。

新蒲　蘊藍葉田

嫩芽初長賴栽培，勁葉如鞭拂綠苔。他日劍懸端午後，驅邪應許艾人來。

次韻

初舒劍葉賴栽培，半畝園中覆綠苔。待到端陽製佳釀，醉餘憑弔屈原來。

花鬚　蘊藍葉田

海棠春睡怕風姨，縉綣香心吐色絲。絕似秋毫沾粉頰，幾莖原不礙芳姿。

次韻

天生嬌弱怯風姨，絕艷花容護嫩絲。宛若徐妃遮半面，玉顏斜露更丰姿。

荷錢　竹村簡阿淵

隨風聚散半池輕，出水田田鴨共爭。空帶富人新面孔，獨慚無力濟蒼生。

次韻

萬選青錦出水輕，鴛鴦葉底漫相爭。即今百業蕭條甚，欲濟難憑感慨生。

松濤　獻三蕭文賢

後凋千載歲寒枝，化作龍吟夜半時。疑是子胥魂魄在，聲傳空谷有餘悲。

次韻

頻翻鱗甲振虬枝，深谷蒼龍欲化時。聲震千巖天地動，爲霖濟世發慈悲。

涼味　獻三蕭文賢

玉壺冰貯絕塵氛，那管燒空罩火雲。參透禪心詩意處，蓴鱸秋扇合平分。

次韻

夜雨瀟瀟滌暑氛，西風乍起佈霓雲。庭梧一葉看初落，三伏祛除喜十分。

待春二首　紹唐李建興

一年容易又殘冬，暖氣頻催十二峰。直候陽明花似錦，無邊煙景賞從容。

其二

花將破蕚柳將濃，夢繞雲煙第幾重。準擬雙柑和斗酒，東郊一角迓芳蹤。

次韻二首

九九寒消入晚冬，青螺隱約見巔峰。東皇將至心彌奮，載酒迎郊一展容。

其二

槖籥風回春意濃，閭閻擉臘一重重。卻看蓂莢隨年盡，踏雪尋梅露客蹤。

藝菊　紹唐李建興

老圃秋英手自培，枝枝冷豔已含胎。荷鋤欲問陶彭澤，曾向東籬種幾回？

次韻

籬畔黃英手自培，涼風西起孕珠胎。關心笑我痴情甚，日日荷鋤採幾回。

籠中鳥　紹唐李建興

朱嘴啄餘芳稻粒，長棲瑤架可曾安？縱然比得衛公鶴，萬里沖霄展翅難。

次韻

久困雕籠顏不展，朝朝歛翅夢難安。世無公冶鳴何用(註)？海闊天空振翮難。

註：公冶，指公冶長，孔子學生，公冶氏，名長，齊國人，一說魯國人。孔子的女婿，傳說懂得鳥語。

蛙鼓　紹唐李建興

寄跡清泉白石邊，徹宵閣閣擾人眠。笑他不解三撾法，鼓腹高歌叶管絃。

次韻

閣閣三撾水草邊，聲騰聒耳警愁眠。公私帝問傳佳話，一部笙歌叶管絃。

寒月　紹唐李建興

虎溪蟾魄白如霜，萬里清輝照草堂。怪底世情多冷暖，嫦娥秋後亦淒涼。

次韻

初昇桂魄似凝霜，清影遲遲度草堂。省識少陵多感慨，鄜州遙望倍淒涼。

溪聲　紹唐李建興

流水潺潺送好音，兩山排闥石能吟。也知漁文饒清福，夜泊寒灘似聽琴。

次韻

高山流水送清音，咽石淒淒發浩吟。卻羨漁人應最樂，晨昏諦聽伯牙琴。

紙鳶　紹唐李建興

全憑風力始能昇，任意翺翔卻未曾。何似機航舒鐵翼，空中爭霸看飛騰。

次韻

扶搖直上碧空昇，巧奪公輸見未曾。漫詡能摶天外去，無人操縱不飛騰。

禪房聽經　紹唐李建興

玉版頻參不厭煩，耳濡心領度晨昏。怪他頑石頭皆點，悟徹眞如淨六根。

次韻

貝葉頻翻聽不煩，三摩地淨度晨昏。名繮利鎖皆懸解，五蘊俱空悟道根。

春雨　紹唐李建興

盡日霏霏漲一池，煙含芳草更迷離。乍看燕子穿簾去，小院櫻花放幾枝。

次韻

春雨連綿漲水池，濛濛四野認迷離。一犁已足三農願，布穀催耕上碧枝。

展重陽　紹唐李建興

祇因佳節事多繁，十日東籬補一樽。開到黃花憐瘦影，登高遙望總銷魂。

次韻

只因九日事紛繁，再展佳期共一樽。自是詩人有奇趣，滿城風雨振騷魂。

歸燕　紹唐李建興

烏衣八月上征途，作伴呢喃興不孤。太息有人歸未得，夢魂空繞洞庭湖。

次韻

雲羅萬里上歸途，攜侶營巢興不孤。樑上呢喃情繾綣，似言遊已倦江湖。

書香　紹唐李建興

硯田繩武苦耕心，貽厥孫謀未廢吟。孔孟淵源應不絕，斯文繼起仗儒林。

次韻

縹緗馥郁日薰心，隱几翛然昔昔吟。此日文風悲自鄶，願除銅臭振儒林。

曝網　紹唐李建興

披罷腥風起水涯，千縈百結密交加。一竿斜照江天晚，忙煞漁村處處家。

次韻

舟歸網曝水之涯，破處絲綸慎補加。我願恢恢開一面，化龍施雨裕邦家。

基津垂釣　紹唐李建興

今朝雨港靜無瀾，吟罷新詩試釣竿。莫道此間非渭水，卻疑身在子陵灘。

次韻

秋晴礐穴靜波瀾，獨坐磯頭理釣竿。天爲瀛洲留閬苑，此間風景勝嚴灘。

甲午中秋玩月　紹唐李建興

冰輪光照桂花枝，共敘天倫樂此時。我願金甌長不缺，馬關回首復何悲。

次韻

大地飄香馥桂枝，欣逢三五月明時。千秋恥辱關懷馬，獨對西風一嘯悲。

秋色　紹唐李建興

婆娑菊影映疏簾，況復楓林掛玉蟾。地闊天高人意好，招涼飽賞七星尖。

次韻

蘆白楓丹入眼簾，碧天如洗掛明蟾。騷人雅集西風裡，萬里秋光落筆尖。

春痕　紹唐李建興

東皇遺跡未全消，幾點殘紅尚放嬌。恰似鴻泥留雪爪，尋芳我亦過長橋。

次韻

屯山殘雪未全消，幾點梅花放最嬌。玉骨冰肌看指顧，尋詩曳杖過前橋。

春陰　紹唐李建興

香霧空濛晝色昏，海棠無力睡猶溫。驚雷已起龍蛇蟄，喚醒千花夢裡魂。

次韻

四野空濛日色昏，雨餘簷溜夢難溫。養花天氣雖云好，只恐尋芳客斷魂。

古錢　紹唐李建興

貝幣刀錢今尚存，遠稽文化此爲尊。老來雖有收藏癖，莫作財奴一例論。

次韻

五銖錢幣久珍存，楚璧隨珠合並尊。歷盡滄桑猶國寶，欲求估價總難論。

卷四下　七言絕句五百三十二首

論詩絕句十首

紛紛耳食說唐詩，秋水鳴蛙不自知。寄語後生諸小子，少談多讀固根基。

其二

抑制頹波意氣豪，梅、蘇雙傑世爭褒。若非識得青雲士，力竭聲嘶亦漫勞。

其三

馬遲枚速並揚名，彩筆干霄樹典型。省識文章本天授，效顰焉得世垂青。

其四

詩欲求工必待窮，久窮我獨未詩工。始知詩好非關學，稟賦由來各不同。

其五

騷客休誇綺麗辭，要知平淡最難爲。欲求綺麗歸平淡，必讀千家萬卷詩。

其六

琢句雕詞力已殫，雄渾一氣更加難。迴環體味唐三昧，長嘆何人不止觀？

其七

詩欲求清句欲新，史經子集必翻頻。漫言熟讀唐三百，詞藻雖佳意已陳。

其八

休自矜誇擅詠哦，千篇賦就又如何？且看蘇、李皆千古，詩貴精華不貴多。

其九

鍾子論詩似有瑕，漁洋推重不無差。陶公底事爲中品？音實難知輒嘆嗟。

其十

尖酸刻薄莫輕爲，敦厚溫柔是我師。不管吟邊皆餖飣，願銘座右守箴規。

次韻雲峰乘旅車搭渡船過宋卡江集句

天河罔象正縱橫仇遠，積水涵虛上下清張先。悵望千秋一灑淚杜甫，英雄無奈是多情吳偉業。

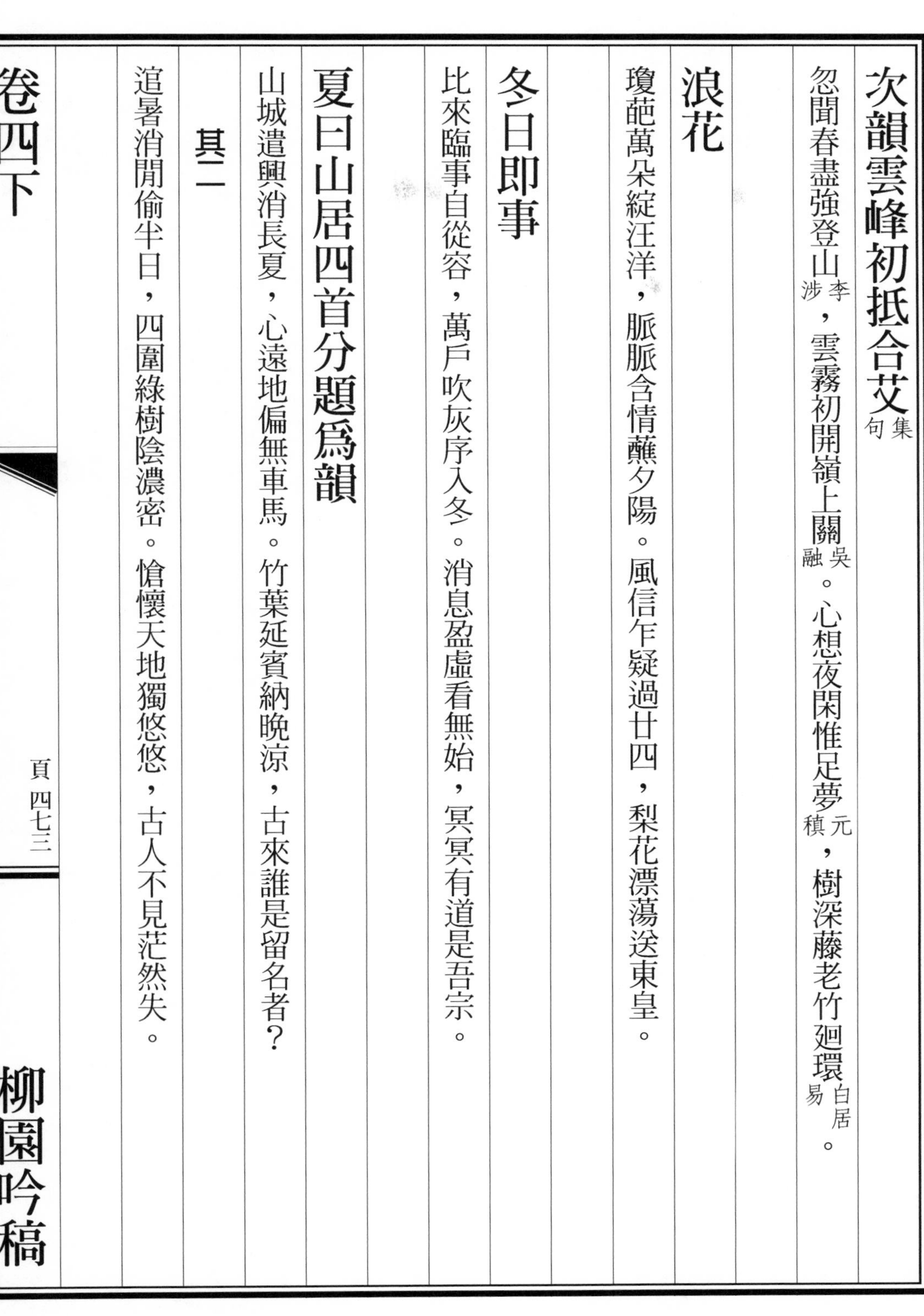

次韻雲峰初抵合艾（集句）

忽聞春盡強登山（李涉），雲霧初開嶺上關（吳融）。心想夜閑惟足夢（元稹），樹深藤老竹迴環（白居易）。

浪花

瓊葩萬朵綻汪洋，脈脈含情蘸夕陽。風信乍疑過廿四，梨花漂蕩送東皇。

冬日即事

比來臨事自從容，萬戶吹灰序入冬。消息盈虛看無始，冥冥有道是吾宗。

夏日山居四首分題爲韻

山城遺興消長夏，心遠地偏無車馬。竹葉延賓納晚涼，古來誰是留名者？

其二

逭暑消閒偷半日，四圍綠樹陰濃密。愴懷天地獨悠悠，古人不見茫然失。

其三

薔薇郁郁滿齋山，蟬噪遲遲碧樹間。談笑偶然值林叟，一樽相對欲忘還。

其四

蓬門甕牖自端居，清淨靈臺好讀書。誰省北窗高臥處，翛然一覺夢華胥。

樵子

負薪踏月賦歸遲，露濕芒鞋下急陂。我與買臣同際遇，他年自有濟艱時。

醜婦

嫫母咸推四德全，孟光舉案史流傳。古今賢婦從頭數、外貌妍媸不在焉。

秋楓

霜葉離披醉碧阿，西風蕭瑟奈愁何？翻思春日繁榮甚，肯信秋來惹恨多。

詠史次星洲張濟川先生瑤韻千首和百

大喬·小喬

絕代佳人數二喬，曹瞞遐想貯來朝。東風偏與周郎便，銅雀春深綺念銷。杜牧詩：「東風不與周郎便，銅雀春深鎖二喬」。

孔子

論詩強調「思無邪」，列國栖栖聖教賒。一部麟經昭大義，道參天地德無涯。論語為政：「子曰：『詩三百，一言以蔽之，曰：思無邪』」。唐玄宗「經魯祭孔子而嘆之：『夫子何為者，栖栖一代中。』」。

文天祥

長留正氣塞蒼冥，來則爲人去則星。報國精忠追武穆，劇憐陽九遘零丁。蘇軾「潮州韓文公廟碑」：「故申、呂自嶽降，而傳說為列星」。文天祥正氣歌：「嗟予遘陽九，隸也實不力」。按天祥於零丁洋被逮，不屈就義。

王士禎

吟成「秋柳」尙丁年，追和元音盡大賢。卅首論詩主神韻，更標三昧世流傳。漁洋詩話：「余少在濟南明湖水面亭，賦『秋柳』四章，一時和者甚眾。南城陳伯璣（允衡）曰：『諸名士和作，皆不能及』」。

王夫之

學究天人仰大賢，船山棲隱不知年。等身著作猶餘事，氣節巍巍耀簡編。夫之志節芳潔，學問廣博，可以和顧炎武、黃宗羲相提並論。思宗殉國，他輔佐桂王，桂王被害，四處逃竄。最後定居石船山。為有明一代碩儒。

王通

栽培將相鱣堂上，學濟隋唐鼎革間。絕代通儒巖穴士，著成《中說》句斕斑。魏徵、房玄齡皆其弟子，王勃是其文孫。

王國維

國學公推第一流，晚年韜晦術彌優。是眞宿老蜚聲遠，底事懷沙不世留？先生晚年傷心世變，自投頤和園昆明池而死。

王維

藍田便是三摩地，紫禁長懷一片心。畫裏有詩詩有畫，並臻化境意玄深。蘇東坡云：「詠摩詰之詩，詩中有畫；觀摩詰之畫，畫中有詩。」見胡仔《苕溪漁隱叢話》。

王羲之

雄渾筆氣讀蘭亭，書聖千秋韻事馨。一自投簪歸隱後，性彌恬退寫黃庭。羲之性愛鵝，山陰有一道士養好鵝，羲之愛而求之。道士云：「為寫道德經，當舉羣相贈耳」，羲之欣然寫畢，籠鵝而歸。見《晉書》。

王徽之

雪中訪戴泛輕舟，興盡歸來話俊游。手足情深傳韻事，人琴悼罷淚雙流。

徽之居山陰，遇雪霽，忽憶戴逵，乃乘小舟詣之。其弟獻之卒，徽之取其弟琴而彈之，久而不調，曰：「嗚呼子敬，人琴俱亡」，其為人如此。

包拯

忠貞剛毅振朝綱，惡吏姦民盡悚惶。宰治開封留偉績，不輕一笑氣軒昂。

歐陽修肯定包拯「晚有直節，著在朝廷」。其詩流傳至今只一首五律〈書端州郡齋壁〉誠所謂吉光片羽。

史可法

霜簡曾飛多爾袞，江都一戰痛捐身，衣冠卜葬梅花嶺，應喜求仁遂得仁。

多爾袞為清太祖十四子，順帝叔父。順帝六歲即帝位，多爾袞自稱皇叔父攝政王，總攬大權。曾致書史可法誘降，史可法回絕之。

司馬遷

腐刑難釋聖君疑，悲自中來發浩辭。五十萬言成《史記》，千秋誰復盛於斯？

司馬遷為營救李陵，向武帝進言：「陵之敗係二師觀望。」按二師將軍李廣利係武帝寵姬李夫人之兄。帝因大恚，腐刑之。

司馬懿

怯望空城因膽小，冀加九錫為心多。陰謀篡逆欺孤寡，史筆昭彰不滅磨。

左丘明

譽並尼山最足榮，修辭雅潔孰能賡？千秋學子尊圭臬，去蕆存菁義理明。左丘明著《左傳》記事詳贍，行文雅麗，不特孔子推重，晉杜預更有左傳癖。宋蘇軾亦愛讀之。

平原君趙勝

折衝樽俎救邯鄲，毛遂才高見識寬。信是禮賢能下士，翩翩公子挽狂瀾。太史公稱其為「翩翩濁世佳公子」。

石崇

漫將一食萬金誇，金谷逍遙尚侈奢。消息盈虛常倚伏，綠珠終似墜樓花。崇有妓曰綠珠，美而艷。孫秀使人求之，崇不許。秀怒，矯詔收崇。綠珠義不受辱，墜樓而死。見《晉書・石崇傳》。

石敬塘

臣遼自貶作「兒皇」，地割燕雲篡後唐。黃帝子孫最無恥，苟延十載亦云亡。敬塘嘗夜奔敵營見耶律德光。及即帝位，割燕雲十六州于契丹。自稱兒皇帝。見《新五代史・晉本紀》。

伍子胥

鞭尸墓掘楚平王，一雪兄仇與父殤。輔弼夫差功破越，受讒賜死恨何長。伍子胥伐楚，楚昭王出奔。子胥乃掘楚平王墓，出其尸鞭之三百。又敗越，越請和，子胥反對，吳王夫差賜屬鏤之劍，子胥自剄死。

列子

妙絕言詮一異人，珠求象罔事求眞。無生無死虛猶實，形在形離道在神。列子曰：「生者何耶？神與形會也。死者何也？神與形離也。形有生死，神無死生。」又曰：「大道玄遠，遙指于太虛之中，道體精微，妙絕于言詮之表」。

向秀

呂、嵇坐罪有餘哀，鄰笛山陽哭俊才。立誓不謀司馬氏，黃門寄迹免疑猜。嵇康善鍛，向秀佐之。相對欣然。又共呂安灌園于山陽。康既被誅，秀寄迹黃門侍郎，立誓不謀司馬氏。見《晉書・向秀傳》。

朱買臣

太守誰知少採薪，春風得意掃邊塵。故妻羞與張湯辱，量狹驕矜禍及身。買臣為會稽太守時，羞辱前妻，使其慚愧自殺。人譏其刻薄。又發宰相張湯陰私，湯自殺。買臣亦被武帝處死。見《漢書・朱買臣傳》。

朱熹

並世推崇有放翁，致知踐實理探窮。考亭學派流芳遠，孔廟名登十哲中。

江淹

六歲能文舉世知，抑諸權幸不虞訾。筆花吐出嗟才盡，欲寫鴻詞暗自悲。淹嘗夢一丈夫自稱郭璞，謂淹曰：「吾有筆在卿處多年，可以見還？」淹乃探懷中得五色筆一以授之，爾後為詩，絕無美句，人謂才盡。

老子

莊讚「眞人」孔讚「龍」，九州萬派盡朝宗。道窮函谷騎牛去，塵世誰知厥後蹤？《莊子天下篇》讚老子為「真人」。《史記老子列傳》：「孔子問禮於老子，去，謂去弟子曰：『老子，其猶龍邪。』」。

老萊子

綵舞娛親善笑啼，孝思不匱節猶奇。未從徵召江南去，耕鑿安家樂自持。孝子傳：「老萊子行年七十著五彩褊襴衣，弄雛鳥於親側」。列女傳：「楚王欲召老萊子為相，妻不許，遂偕隱江南，莫知所終」。

西門豹

破除迷信發嚴威，娶婦馮夷道理違。三老與巫令投水，蕭條鄴邑轉生機。傳曰：「子產治鄭，民不能欺；子賤治單父，民不忍欺；西門豹治鄴，民不敢欺」。太史公曰：「西門豹治鄴，名聞天下，澤流後世」。見《史記》。

西施

天生麗質與人殊，青史留勳記沼吳。也解藏弓烹狗事，伴隨范蠡隱江湖。西施沼吳，《史記》不載。惟《吳越春秋》及《越絕書》則娓娓言之。《莊子天運篇》及《孟子離婁篇》皆提及其美艷，是其為絕代佳人無疑也。

伯夷、叔齊

首陽偕隱慕高風，採蕨求仁樂靡窮。至死未嘗食周粟，千秋氣節有誰同？伯夷、叔齊反對武王以臣弒君，故義不食周粟。採薇而食之，遂餓死於首陽山。孔子謂其求仁得仁。見《史記・伯夷列傳》及《論語・述而篇》。

吳三桂

禍國清兵引入關，封王稱帝日悠閒。詔書夷族公知否？如此興哀哭笑難。吳三桂引清兵入山海關，因功封為平西王。旋議削藩，三桂反，自稱周帝。未幾病死。其孫世璠為清所滅，並夷其族。

吳王夫差

地下無顏見子胥，行成於越悔何如？劇憐北上黃池會，故國歸來盡廢墟。吳王北會諸侯于黃池。越王乘機伐吳，吳師敗，太子戰死。吳王夫差請和。其後四年，越再伐吳，吳又敗。夫差曰：「吾無面目見子胥也。」遂自殺。

吳承恩

寫成雜記號西遊，鬼怪神仙富趣幽。文法奇章與柯吉，諷時醒世耀千秋。承恩自少愛讀唐牛僧孺（奇章）《玄怪錄》及段成式（柯吉）《酉陽雜俎》，又參酌元丘處機真人《西遊記》，於是著成一部神魔小說《西遊記》價重雞林。

吳敬梓

一部奇書眾口傳，九流人物素描全。爭名附勢今尤烈，長使人懷太古年。吳敬梓著《儒林外史》五十六回，乾隆時即甚流行。其生于書香世家，二十歲中秀才，三十三歲在南京即為文壇盟主。

呂不韋

措國高論尚〈去私〉，私通太后綺年時。著書一字千金值，大意秦皇幼可欺。〈去私〉係《呂氏春秋》篇名。呂不韋私通秦始皇毋華陽太后及著成《呂氏春秋》一字千金故事，均見《史記・呂不韋傳》。

宋濂

太祖龍山聘隱賢，敕封元史總修編。明初博學誰倫比？黼黻文章萬世傳。宋濂傳皇太子十餘年，皇太子言必稱師父。太祖曰：「宋景濂事朕十九年，未嘗有一言之偽，誚一人之短，可謂賢矣。」見《明史・宋濂傳》。

李白

名齊杜甫號「詩仙」，秀句恒垂億萬年。筆掃千軍無敵手，光芒萬丈耀詩篇。《唐書藝文傳》：「李白至長安，往見賀知章，知章見其文，歎曰：『子謫仙人也』」李陽冰云：『自三代以來，風騷之後，千載獨步，惟公一人。』」

李德裕

拜相能教靖九州，謫居猶爲黨爭愁。家園竟作傳家寶，千載贏來器小羞。李德裕〈平泉山居記〉：「鬻平泉者，非吾子孫也。以平泉一木一石與人者，非吾佳子弟也」。昔仲尼譏管仲器小，吾於李衛公亦不無譏焉。

李鴻章

克捻平洪績偉哉，新疆經略展英才。馬關條約留遺憾，怒吼臺民似震雷。光緒二十一年（一八九五），中、日所訂馬關條約，其重要條款為：（一）割臺灣；（二）、承認朝鮮為自主國；（三）、賠償二萬萬兩；（四）、開放重慶、杭州等商埠。

杜牧

牛、李相爭志顯遲，詩追老杜矯微之。〈罪言〉讜論推時輩，伯仲蕭、曹帝未知。牧之曾為牛僧孺幕客，而會昌中李德裕為相，因門戶之見，不獲重用。所著〈罪言〉，歐陽修云：「筆力不可及」。

辛棄疾

豪雄悲壯溢於詞，衛國精忠聖主知。千載齊名有蘇軾，一生崇拜是朱熹。

阮籍

放浪形骸性不羈，儒家思想弗相宜。但看醉後窮途哭，故國情懷世豈知。籍父瑀為魏丞相掾，故其心常系魏國。魏替晉興，籍不與世事，酣飲避世。晉文帝欲為武帝求婚於籍，皆宛拒之。常率意獨駕，慟哭而返。見《晉書》。

周亞夫

勞軍按轡式車行，細柳威嚴帝論兵。霸上、棘門兒戲耳，將軍緩急濟蒼生。亞夫為將，軍細柳，文帝勞軍，不得入，詔亞夫，乃入。亞夫不拜，請以軍禮見。帝大悅，曰：「此真將軍矣」。見《史記・絳侯周勃世家》。

周瑜

鏖兵赤壁發英風，擊潰曹瞞氣勢雄。一戰三分天下定，將軍談笑立奇功。

孟子

不重功名重義仁，家邦之貴在於民。開明思想眞難得，儒道精神賴展申。

孟浩然

暮年怡悅隱襄陽，用則施行舍則藏。譽並王維詩淡遠，憑誰騂角舉于鄉。《論語・述而》：「子謂顏淵曰：『用之則行，舍之則藏，唯我與爾有是夫？』」。又雍也：「子謂仲弓曰：『犁牛之子騂且角，雖欲勿用，山川其舍諸？』」。

孟嘗君田文

彈鋏馮驩能市義，三千食客拔其尤。雞鳴狗盜非無用，險脫函關免患憂。鷄鳴脫函谷關，狗盜白狐裘，事見《史記・孟嘗君傳》。

岳飛

精忠報國耀千秋，屢破金兵遂壯猷。一日金牌頒十二，冤沉三字恨悠悠。

林則徐

火燒鴉片道光時，志節長存一卷詩。不是先生施鐵腕，英軍反掌制羣痴。

金聖歎

尊崇騷、馬、西廂記，汎愛蘇、黃、老杜詩。絕意仕途輕貨殖，獨行特立世稱奇。

姚鼐

古文辭類十三分，一部書涵百世文。卌載鍾山勤振鐸，三千桃李受陶薰。

施耐庵

著成水滸貯名山，振俗移風警懦頑。才子奇書推第五，竟無一字可增刪。金聖歎稱《水滸傳》為天下第五才子書。與《莊子》、《離騷》、《史記》、杜詩並列。後世亦有將其與《三國演義》、《西遊記》、《金瓶梅》合稱小說界四大奇書。

柳宗元

苦恨長年謫柳州，爲文韓愈並稱尤。十三下筆驚時輩，弱冠成名意氣遒。韓愈〈柳子厚墓誌銘〉：「使子厚得所願，為將相於一時，其文學辭章必不能自力。以彼易此，孰得孰失，必有明辨之者。」老子曰：「禍福相倚伏。」信夫。

秋瑾

韃虜膺懲藉筆刀，女英氣節邁男豪。全功未竟身先殞，長使秋風捲怒濤。

紅拂

絲蘿喬木託心甘，李靖門敲夜顧探。讀到明儒紅拂記，美人慧眼一褒堪。紅拂者張出塵也。係隋相楊素侍妓。李靖謁素，姬妾羅列，中有執紅拂者，有殊色，獨目靖。夜靖歸逆旅，紅拂奔之。云「絲蘿願托喬木」，乃與俱適太原。

紀昀

四庫編修世所崇，百家評騭不阿從，實翔博洽源探委，一覽難言只盪胸。

胡林翼

太平軍破仕途明，學士居然善用兵。巡撫荊州隆治績，怎禁文正不心傾？胡死，曾國藩撰長聯輓之，有句云：「召我我不赴，哭公公不聞，千古睽違一知己」，「功昭昭在國，心耿耿在民，古今期許此純臣」。一生一死，乃見交情。

范成大

才雄運達世幾稀，威鳳摶風向日飛。詩法香山與彭澤，石湖集裏盡珠璣。

范蠡

沼吳事越計行施，不受侯封便足奇。西子偕遊五湖去，保身留作世箴規。范蠡知越王句踐只可共艱苦，不可同安樂，乃與西子泛五湖（化名陶朱公）而去。其賢于文種亦遠矣。

孫臏

破魏揚名仰大賢，馬陵鏖戰克龐涓。劇憐鬼谷師兄弟，一不違仁一義捐。

徐穉

王侯天子不能賓，耕鑿南昌自樂貧。仲舉、林宗交莫逆，千秋高士屬斯人。

晏幾道

才華獨步宋初時，世道崎嶇不自知。生患「四痴」財蕩盡，仕途偃蹇歎流離。黃庭堅云：「晏幾道患四痴：（一）不依貴人；（二）不作諛語；（三）揮金似土；（四）律己恕人。」

班固

九歲文章盡讀都，秉承父志展雄圖。漢書一部推佳構，褒貶森嚴未息姑。

班超

卅載西陲漢纛擎，國綏五十望風平。殊勳竟出傭書吏，定遠侯封耀姓名。

高適

七古吟來格調高，杜、岑以外孰爭豪。唐賢宦達惟公耳，渤海侯封擁節旄。吳喬〈圍爐詩話〉：「有唐以來，詩人之達者，唯有高適。」。施補華《峴傭說詩》：「高達夫七古，骨整氣道，特雄勁不如岑耳」。

高漸離

矐目誅仇志節昂，鉛藏筑內撲秦皇。寧將一死酬知遇，莫謂螳車不自量。秦皇使高漸離矐目擊筑，高漸離乃以鉛置筑中，復進得近，舉筑扑秦皇，不中，於是遂誅高漸離。見《史記·刺客列傳》。

張良

秦、楚摧除計不疏，功成臨事愈謙虛。早知鳥盡弓無用，況復生平好讀書。漢高最厭讀書人。

莊子

蝶夢蘧蘧臥漆園，南華一卷地天存。神龜曳尾明心迹，老子齊名是定論。唐天寶元年，詔號《莊子》為《南華真經》。楚威王欲請莊子為相，莊子以「神龜曳尾塗中」為喻婉拒。見《莊子·秋水》。

陸羽

世界茶書著始翁，「茶神」雅號未憑空。三篇細說茶經緯，一飲能生兩腋風。

陸游

岑、杜詩文夙所崇，精於七律振騷風。中興代有才人出，第一名家是此翁。劉克莊《後村詩話》：「（放翁）南渡而下，當為一大家」。沈德潛《說詩晬語》：「放翁七律詩，對仗工整，使事熨貼，當時無與比埒。」

陳平

圍解滎陽救白登，奇謀六出智多稱。老猶定計誅諸呂，撥亂安劉責獨承。

陳琳

鷹揚河朔振斯文，鹿逐中原立偉勳。讀檄曹瞞癒頭疾，文奇才縱孰如君？《三國志》陳琳傳註：「琳作諸書及檄，草成呈太祖。太祖先苦頭風，是日疾發，臥讀琳所作，翕然而起曰：『此愈我疾』數加厚賜。」

陶潛

王弘齎酒慕高風，黠吏恣睢懶鞠躬。醉臥東籬君莫笑，無邊風月屬斯翁。潛為彭澤令，郡遣督郵至縣。吏白應束帶見之。潛歎曰：「吾不能為五斗米折腰」遂解印而去。刺史王弘欽遲潛，輒齎酒恭候林澤間。見《晉書·陶潛傳》。

惠施

五車書已盡探窮，友善莊周敬始終。物類方生即方死，更奇攸異亦攸同。《莊子·天下》：「惠施多方，其書五車，其道舛駁。曰：『至大無外，謂之太一；至小無內，謂之小一。天與地卑，山與澤平。日方中方晲，物方生方死。萬物畢同而畢異。』」

曾國藩

清室中興得首功，驅洪平亂表孤忠。博通典籍猶餘事，言行長昭國士風。

程顥、程頤

敦頤授業振斯文，道、釋、儒書汎見聞。叔世功名有時盡，先生學說永流芬。

越王句踐

戰敗求和善暱誠，十年生教計尤精。禮延范蠡和文種，吳、越恩仇一雪清。

董狐

褒貶森嚴不妄阿，弒君趙盾奈公何？自從尼父推崇後，萬世交相讚譽多。晉趙穿攻靈公於桃園，宣子未出山而復。太史書曰：「趙盾弒其君」。孔子曰：「董狐，古之良史也，書法不隱」。見《左傳》宣公二年。

管寧

能讀三墳與九丘，華歆割席不同游。遼東便是埋憂地，皁帽清操德望優。寧與華歆同席讀書，有乘軒冕過門者，歆廢書觀之。寧與割席分坐，曰：「子非吾友也」。黃巾亂作，寧至遼東，講詩書，明禮讓，民化為德。

蒙恬

向來明足察秋毫，矯詔因何禍立遭？反旆斯、高不足死，將兵卅萬起臨洮。蘇軾《東坡志林》：「蒙恬持重兵在外，使二人不即受誅而後請之，則斯、高無遺類矣」。又曰：「李斯之智，蓋足以知扶蘇之必不反也」。析論鞭辟入裏。

趙高

始皇巡狩殂沙丘，矯詔誅蘇不子留。譖殺李斯欺二世，族夷終墜子嬰謀。秦始皇出巡，崩于沙丘。趙高用計矯詔誅始皇長子扶蘇，立少子胡亥。無何，又譖害丞相李斯，欺凌二世。子嬰立，夷其族。見《史記．李斯傳》。

劉伯溫

才侔諸葛略韜精，籌策扶明霸業成。棲息山林輕厚祿，嗤他知縣不知名。基博通經史，尤精象緯，人以為孔明儔也。其後佐太祖定天下，功成不受爵，歸臥山林，隱姓埋名。邑令求謁，基方濯足，令曰：「某知縣也」，基驚起稱民，其養晦如此。見《明史》。

劉宗周

朱明末葉出豪英，利祿從來敝屣輕。瀝膽披肝三進黜，孤臣抗疏仰忠誠。宗周忠心輔政，切諫時弊，崇禎用而復疑，疑而復用，三進三黜。逮京師陷，福王監國，起宗周故官，不受。自稱草莽孤臣，抗疎馬士英，南都亡，絕食死。

劉過

畢生鹿宴知無分，一首羊羹值萬緡。不是稼軒無眼力，漁洋評騭亦違眞。劉過初見辛稼軒，時稼軒方進羊腰臀羹，因命賦之，限「流韻」。過即吟云：「拔毛已付管城子，爛首曾封關內侯。死後不知身外物，也隨樽酒伴風流。」辛大喜，厚饋焉。見元蔣正子《山房隨筆》。

劉瑾

鷹犬歌姬惑帝心，弄權枉法眾瘂瘖。忠臣逐盡窺神器，寸磔難銷罪孽深。武宗即位，瑾日進鷹犬、歌姬、角觝之戲。導帝微行，帝大歡樂。瑾既得志，顓擅威福，斥逐忠良。造偽璽，圖謀不軌，事發，詔磔於市。見《明史‧宦官傳》。

墨子

征戰連年爲世憂，發凡兼愛籲人修。九攻九卻名揚楚，非鬥非奢障逆流。楚欲攻宋，公輸般造攻宋之械，墨子設守宋之備。公輸般九攻之，墨子九卻之，不能入，楚於是不攻宋。見《呂氏春秋》。又《莊子‧天下篇》：墨子氾愛兼利而非鬥，不靡不侈。

樂毅

揮軍一舉破強齊，燕惠昏庸信毀詆。避禍畏誅長隱趙，兵書著否卻成迷。世傳樂毅曾著兵書，惟漢書藝文志並無記載，姑且存疑。

潘岳

花縣流芳事不非，睞青婦女願無違。元知孫秀難銷忿，白首同歸未見機。孫秀初事潘岳，因狡黠，岳數撻辱之。後為中書令，岳謂秀曰：「猶憶昔日周旋不？」答曰：「中心藏之，何日忘之。」岳臨刑，顧謂石崇曰：「可謂白首同歸矣」。見《晉書》。

鄭成功

扶明肯信霸圖空，退守臺灣立偉功。人力三分天意七，清廷褒節世尊崇。同治十三年，清廷核准欽差大臣沈葆楨奏議，追諡鄭成功「忠節」。建祠臺灣府城（今臺南市）。事見連橫《臺灣通史》及臺灣省文獻委員會編《臺灣史》。

鄭康成

一代通儒苦學成，屢徵不仕傲公卿。注經疏傳人爭仰，有史無雙獨善鳴。

諸葛亮

才侔管、樂德尤殊，決策隆中展霸圖。心血嘔成出師表，鐵腸人讀淚流都。

錢謙益

管領風騷坐絳雲，陵班鑠馬獨推君。金陵秋興孤臣淚，海內爭誇錦繡文。謙益為鄭成功老師，當鄭成功北伐

垂成，謙益聞報和少陵秋興八首以張之。已而鄭師敗績，復踵前韻以傷之。其眷懷故國，悲喜之情，溢於言表，洵推佳稱。

霍光

昭、宣擁立攝君權，誡慎言行少愆愆。廿載安危一身繫，禍萌驂乘實堪憐。宣帝始立，謁見高廟。大將軍光

從驂乘。上內嚴憚之，若有芒刺在背。及光死而宗族竟誅。故俗傳之曰：「霍氏之禍，萌於驂乘」。見《漢書．霍光傳》。

駱賓王

日月爭光討武文，蛾眉斂色尚憐君。逃亡欲立椎無地，遁入浮圖避六軍。徐敬業敗，駱賓王遁入杭州靈隱寺以

免。《太平廣記》載：「宋之問於靈隱寺夜吟，詩未就，聞有人云：『何不道「樓觀滄海日，門對浙江潮。」』莫知何人？或曰：『此駱賓王也』」。

鮑照

摛辭贍逸仰才清，大隱中朝淡利名。好爲文章承上意，蕪詞故寫替華菁。宋文帝朝，遷照中書舍人。文帝好為文章，自謂人莫能及，照悟其旨，為文多鄙言累句。咸謂才盡，實不然也。見《南史．鮑照傳》。

檀道濟

伐魏征秦輔宋朝，功高文帝忌難銷。可憐萬里長城毀，國尚殷憂豎即驕。道濟功大被收，南史謂彭城王義康矯詔。實或不然。時文帝稱疾不視朝，道濟見收，帝疾即瘳。嗣又不追究，在在啟人疑竇。或曰：道濟功高震主，文帝忌而而殺之也。」

謝安

弈中忽報破秦兵，一戰功成舉世驚。樽酒風流饒韻事，東山霓望濟蒼生。安高臥東山，放情丘壑，每遊賞必以妓女從。時人語曰：「安石不出，將如蒼生何？」既出拜相，肥水之戰，垂名青史。安雖受朝寄，然東山之志，始末不渝。見《晉書》。

謝朓

詩祖風騷擅俊清，屢教李白憶宣城。才華不忝齊冠冕，千載詞人孰繼聲？黃子雲《野鴻詩的》：「玄暉句多清麗，韻亦悠揚，永元中誠冠冕也。」沈德潛《說詩晬語》：「齊人寥寥，謝玄暉獨有一代。」

謝道韞

不啻才高德更玄，擅吟柳絮雪霜天。解圍小叔傳佳話，四座嘉賓盡翕然。道韞夫弟獻之嘗與賓客談議，詞理將屈，道韞遣婢白獻之曰：「欲為小郎解圍」。乃施青綾步障自蔽，申獻之前議，客不能屈。見《晉書》。

謝鯤

表率百官輸庾亮，一丘稍過未訣阿。言行鯁直留風範，桀驁王敦奈若何？晉明帝在東宮見鯤，甚相親重。問曰：「論者以君方庾亮，自謂何如？」答曰：「端委廟堂，使百僚準則，鯤不如亮。一丘一壑，自謂過之」。見《晉書．謝鯤傳》。

謝靈運

藻繪江山誰步武？咏吟風月孰能儔？貲雄見利猶求伎，累憎於人惹患憂。靈運文章之美，與顏延之為江左第一。惟多愆禮度。自謂才能宜參權要，既不見知，常懷憤惋。貲雄，然熱中名利。非分求田，忤明帝。有司加讒，遂棄市。見《南史》。

鍾嶸

身後高名百代留，歷朝詞賦析論優。漫嗟元亮詩中品，多少遺珠象罔求。鍾嶸《詩品》，將謝靈運列上品，陶潛列中品。許顗《彥周詩話》：「陶彭澤詩，顏、謝、潘、陸皆不及。」嚴羽《滄浪詩話》：「謝所以不及陶者，淵明詩質而自然耳。」

韓世忠

南宋中興列首功，誅苗殲夏仰英雄。金軍膽破黃天蕩，無奈權臣蔽聖聰。

韓非子

光掩商、申辨是非，更從荀子學探微。始皇歎賞終何用？權倖加讒素願違。始皇見〈孤憤〉〈五蠹〉之書，曰：「嗟乎！寡人得見此人，與之游，死不恨矣」。李斯曰：「此韓非之書也」。秦因急攻韓。韓乃遣非使秦，始皇悅之。李斯讒害，死獄中。

韓愈

生前力辯軻、丘是，謫後猶言佛、老非。積健詞章才磅礴，起衰文運德崔巍。

魏收

滿腹經綸舉世知，撰成《魏史》慰襟期。漫言「蛺蝶」情輕薄，象管揮來有逸姿。魏收綽號「蛺蝶」。

魏忠賢

宦豎居然拜上卿，私通客氏客氏係熹宗乳媼滿朝驚。貪贓枉法終何用？族滅如同永某鼪。柳宗元〈永某氏之鼠〉言永州某氏，愛鼠、恣鼠。鼠飽食無禍，奔走相告，遂成大患。某氏徙居他州，後人來居，鼠態如故，盡滅之。

羅貫中

一枝彩筆舞繽紛，狀物言情肖十分。二百冊回說三國，長留天地歎奇文。金聖歎列《三國演義》為天下第一才子書。

邊韶

弟子何知笑孝先，便便腹笥五經眠。師當晝寢休喧聒，娓娓周公語枕邊。

關羽

廟食千秋國史褒，雙全忠義卻曹袍。震威華夏軍吞七，督守荊州膽氣豪。

蘇軾

詩文日月共爭光，韓、杜齊肩勝馬、揚。千載惟公一枝筆，笑嬉怒罵未吟妨。葉燮《原詩》：「蘇軾之詩，其境界皆開古今之所未有。天地萬物，嬉笑怒罵，無不鼓舞於筆端而適如其意之所欲出。此韓愈以後之一大變化，盛極矣。」

詠桃絕句二首

人來幾訝入桃源，爛漫花開馥滿園。最是仙容媲西子，怪他崔護欲銷魂。

其二

葩姿綽約葉離披，昕夕無言似息嫣。占斷春光誇獨秀，爭看騷客賦新詩。

慶文教授《崇德齋詩選》題後

快然展讀故人詩，敦厚溫柔是我師，一卷文光爭日月，千秋論定姓名垂。

逸梅詞長《六柏居詩稿》題後

兔飛鶻落懷高士，鐵畫銀鉤仰大家。詩更俊清追庾、鮑，名馳雙絕冠中華。

奉題《晚學齋類稿》敬次鼎新詞丈瑤韻八首

尊崇齒德享遐年，純孝兒孫繞膝前。南極星輝春不老，騷壇爭獻九如篇。

其二

鏡掩鸞空斷瑟絃，藍田眷戀玉生煙。此情可待難忘卻，親擊雲璈記昔年。

其三

一懸筆跡壁輝生，貴戚權門慕令名。艷說通經才八斗，無人不比鄭康成。

其四

求詩乞字塞於塗，聲譽猶如瑟繼竽。怪底瀛堧傳紙貴，揮毫立就不須臾。

其五

輪扶大雅不干己，鐸振中華早致身。他日國修文苑傳，獨膺雙絕又何人？

其六

鰕生有辛契苔岑，問惑長懷吐握忱。小隱文山塵不染，薜蘿一徑自幽深。

其七

矍鑠精神耄耋年，典、墳猶未替鑽研。斑斕十部如瓌寶，總爲匡時濟世編。

其八

安期海嶠慶長生，食棗餐霞挹晚晴。八五懸弧開壽域，鹿鳴鼓瑟聽嚶鳴。

任翊詞長《道一吟草》題後次其〈誌事〉瑤韻

手足怡然舞蹈之，鄙寬懦立讀公詩。世風瀛嶠江河下，著述潛心爲濟時。

次韻自力教授〈大溪雅集〉

大溪勝日賦清遊，曲水流觴萬象幽。詩爲蘭亭賡韻事，敲金戛玉盡名流。

次韻自力教授〈經慈湖感賦〉

慈湖俯仰憤塡膺，荊棘銅駝感喟憑。虎拜龍飛懷往日，大嵙崁上望鍾陵。

次韻恕忠詞長賀得教育部文藝創作獎

璀璨珠璣耀簡篇，興觀羣怨得其詮。等閒省識詩三昧，英氣殊人錫自天。

次韻馥苑詞丈賀得教育部文藝創作獎

馥浮琪樹長年翠，苑植瑤花百歲榮。世俗不知仙骨在，但看韡韡與晶昌。

次韻蔚鵬詞長獎飾《兩岸詩人交流吟草》

跌宕優於《寶劍篇》(註)，信揮彩筆大如椽。書來不用銀釭照，滿楮明珠白璧連。

註：《唐書》郭震傳：「武后召與語，奇之，索所為文章，上《寶劍篇》，后覽嘉歎。」李商隱〈風雨〉詩：「淒涼寶劍篇，羈泊欲窮年。」

疊韻六首次以仁教授步凌立老甲申來臺

兩岸相思峽海流，雁聲又報漢宮秋。迎賓塵洗「人和」館，把盞同銷萬古愁。

其二

休道浮萍逐水流，長楊(註)不諱壯千秋。團欒暢飲葡萄酒，遮莫張郎賦四愁。

註：宋琬《趙五娘齋中讌集限郎字》詩：「莫向尊前增感慨，漢宮聞已諱長楊。」

其三

瀛堧萬水向西流，務本思源不計秋。太息有人偏忘祖，蒼茫大地漫生愁。

其四

棫樸之間第一流，獨標勁節動高秋，情牽故國關胞與，月滿中天發旅愁。

其五

匡時一足是夔流，遠處江湖春復秋。灑落襟懷無蟻夢，偶澆磈磊散鵑愁。

其六

霜降梧桐葉盡流，凌雲老柏自吟秋。日斜漫向江邊坐，風起波心無那愁。

次韻蔚鵬詞長賀得教育部文藝創作獎

從知杞梓出南荊(註)，歲晚相逢愜此生。飣餖詞章蒙肯定，菲才差可慰無成。

註：《南史》庾域傳：「梁文帝為郢州，辟為主簿，歎美其才曰：『荊南杞梓，其在斯乎？』」

二度參加梅峰桃花緣活動途次奉和柏蔚老詠桃佳什四首

春風伴我訪桃源，有德成鄰自一村。欲賦新詩無好句，追陪大老笑聲溫。

其二

灼灼其華景色新，風光未減去年春。漫攜鉛槧凝思久，賦得「桃源憶故人」。

其三

蕡實纍纍老眼開，欲投無計獨徘徊。怡然醉止蟠桃會，卻恨東方朔未來。

其四

遍野夭桃盡著花，賞心把酒不爲奢。千株綽約如人面，相對無言樂靡涯。

次韻傳安教授獎飾〈桃花賦〉

信手拈來詞絕妙，誠心獎飾意何長。願教道義磐同固，留得詩名苣並芳。

次韻以公副所長〈題張清公書展〉四首

詩書鳴世出羣雄，繼晷焚膏奏厥功。四體分明藏五勢，觀摩恰似卦占〈豐〉。

其二

千秋藝苑才華著，四海文壇德望隆。棲臥松雲棄軒冕，長教士子慕高風(註)。

註：清公有詩云：「為慕機雲常並屋，不貪金紫早辭官。」又：「早辭榮祿還初服，褚墨相親興未闌。」

其三

跳龍飛鳥(註)久尋思，一卷而爲百世師。碑帖久臨成別體，琳琅展出露英姿。

註：《書評》：「王右軍書如龍跳天河；張旭草書如驚蛇入草，飛鳥出林。」

其四

錦衣尚絅德之基，不慕榮華韻事奇。載得中書君隱去，籠鵝繡虎兩相宜。

次韻代熾詞丈〈八五生朝書感〉十二首

南極星輝福壽長，貲雄于橐復于囊。九如篇與三多賦，莞籥齊鳴叶徵商。

其二

勳垂竹帛策興中，麥秀歌殘怨狡童。竊國者侯又何說？江湖滿地一詩翁。

其三

源溯濂溪世羨憐，精深學術究人天。從知積善家餘慶，挺出文孫紹大賢。

其四

小隱瀛壖憶故鄉，愀然恨未覩民康。河山一統知何日？歌詠「鳳兮」學楚狂。

其五

禮義攸關辨萬鍾，青山（新店市路名。）卜宅臥雲松。從心所欲不踰矩，寬、信馴而敏、惠、恭。

其六

末席追陪一笑溫，廉頗未老志猶存。漫言髀裏生閒肉，捫蝨廷前誰復論？

其七

福音傳佈德之純，篤信耶穌表赤心。梵諦岡中饒勝概，參觀底日遂登臨？

其八

稻江遷客讓詩名，用捨行藏善縮贏。顧我無知徒傍鶩，見賢纔省不勝情。

其九

縱橫稷下貴公子，謦欬樽前矍鑠翁。箇裡馨香難瓣處，相承一脈是孤忠。

其十

生朝綵舞喜揚眉，吉慶麻姑晉酒隨。穀旦江山飛麗藻，稱觴騷客賦新詩。

其十一

五經昔日皆精讀，諸子今朝擅品評。怪底揮毫棄窠臼，斐然千載有餘情。

其十二

志酬猶復歎蹉跎，霽月光風仰望多。八五懸弧開壽域，親朋獻頌雜笙歌。

磊庵詞丈惠書楹聯

疑是蘇門子弟藏，雄渾一幅掛茅堂。考槃在陸蜚聲遠，參事（公曾任內政部參事。）文章日月光。

次韻綠水詩家〈迎新祝福〉六首

辭賦猶兵貴正奇，驪珠在握漫嫌遲。龍飛虎拜逢今日，聖代文章黼黻時。

其二

青史悠悠在鑑中，苟無一藝盡成空。御前競病傳佳話，誰識生平淬礪功。

其三

漫言棫樸是良材，作棟仍須仗匠來。一例迴游諸錦鯉，龍門燒尾待風雷。

其四

伊余嗜欲未忘天，虛度韶華六八年。鼹飲鷦棲安我拙，功成名立讓人先。

其五

洪鈞運轉樂融融，梅訊初傳第一風。料得故人應不寐，新詩細翦玉樓中。

其六

煙水雲山憶勝游，建安人物漫風流。相期努力崇明德，橫制頹波樹大猷。

次韻柏蔚鵬詞長〈狗年詠狗〉(註)

乙酉餞歸迎丙戌，洪鈞運轉迓新春。韓盧我願齊勤吠，杜弊防姦郅治臻。

註：《北史・宋游道傳》：「楊遵彥曰：『譬之蓄狗，本取其吠，今以數吠殺之，恐將來無復吠狗。』」蘇軾《上神宗皇帝書》曰：「養貓以待鼠，不可以無鼠而蓄不捕之貓；蓄犬以防姦，不可以無姦而蓄不吠之狗。」

次韻鍾寧詞長七五自壽四首

半生戎馬自匆匆，仰企騷壇矍鑠翁。往事追懷揮彩筆，興觀羣怨在其中。

其二

望塵莫及載駸駸，洛誦新詩敬佩深。最是東齊遭竊後，孤臣氣節竹松心。

其三

名揚藝苑翕公評，僉說先生是達生。雙絕詩書人競仰，尼山陟涉不虛行。

其四

才如湘水北長流，白首攻文樂忘憂。欲把高名留百代，詩書畫外復何求？

次韻刁磊庵詞丈〈丙戌送春〉二首

飛花滿地逐香塵，徙倚南亭獨惜春。送罷東皇懷仲蔚(註)，嘯吟林下又何人？

註：仲蔚，即張仲蔚，後漢扶風人。少時隱居不仕，學問淵博，好作詩賦。杜牧〈殘春獨來南亭因寄張祜〉詩：「仲蔚欲知何處在？苦吟林下避風塵。」

其二

東君祖餞播清塵，綺陌看春不當春。蝶杳花殘鶯亦老，離情繾綣是騷人。

次韻刁磊庵詞丈〈丙戌立夏〉二首

朱旗應律轉天東，曲奏南薰處處同。我願炎皇驅霧散，長教兩岸沐清風。

其二

暑至魚嬉菡萏東，時人戲水卻相同。銷炎我愛依修竹，陡覺薰風勝谷風。

次韻凌立老〈擲筆詞〉三首

黼黻文章擅色絲，少曾七步繼陳思。明公彩筆休輕擲，小子叨陪得述詩。

其二

無嫌菅蒯擁麻絲，霽月光風有所思。長使康寧天有意，瀛洲山水要清詩。

其三

恫抱楊歧與墨絲，省身日日九迴思。魂牽故國心齊物，莊子襟懷杜老詩。

賀甯佑公全國聯吟大會掄元次鍾寧韻

騷壇拔幟戰松山，陣舉荊尸（註一）巽等閒。魚麗（註二）鸛鵝皆破膽，功昭檮杌錦（註三）衣還。

註一：荊尸陣是春秋楚莊王戰法。《左傳・宣公十有二年》：「荊尸而舉……若之何敵之。」

註二：魚麗、鸛、鵝皆陣名。

註三：楚史叫做檮杌：《孟子・離婁》：「楚之檮杌。」。公湖南人，故云。

次韻自力教授獎飾《柳園詩話》二首

楊柳霜中強作花，質文騭定不能加。料知倉卒棗梨後，絕倒紛紛幾大家。

其二

序求省識士銓言（註），潢潦誰知未有源。謭陋奚堪究華實，區區什一比隨園。

註：蔣士銓嘗乞序於袁隨園曰：「相識滿天下，作序惟公一人。」按余編著《柳園詩話》嘗乞序於朱自力教授，並辱承過譽，謬比《隨園詩話》故云。

麥浪

孕穗離離四月秋，隨風滾滾若濤流。卜占大有歌沮溺，指日相將稼穡收。

詠消防車

噴出銀龍滅祝融，災民產物免焚空。阿瞞倘得車如此，臺鎖雙喬慶大功。

颱風

雄風颶母震天號，海立山崩雨勢豪。安得庇寒千廣廈，免教老杜首空搔。

聞雁

橫空苦訴金風冷，極浦悲號玉露團。一別伊人年十九，音書未接久憑欄。

次韻劉祥華詞丈見懷

鄴下爭誇乃祖才，青藍一曲見新裁。欲賡瑤額無佳句，皓月空庭踱幾回。

詠水庫

水蓄山區防旱潦，堰成斥鹵變腴膏。灌園發電收多利，肯讓千秋禹獨褒？

老松

鱗皮虬幹自幢幢，閒散悠然伴鶴雙。莫笑龍鍾年代古，大夫久已耀秦邦。

冠甫教授有詩見懷次韻卻寄

才高博學繼陳思，叉手吟成更出奇。顧我冬烘詞餖飣，相形見拙識荊時。

次韻冠甫教授賀得蘭陽文學獎

萬卷胸羅鷺筆力，八叉手健振詩魂。割雞倘得牛刀試，定奪驪珠壓白、元。

次韻任道公賀得蘭陽文學獎

馬周有幸遇常何，平步青雲恩受多。異代相望成一笑，唐書下酒漫高歌。

落葉

莫爲辭枝憐夏日，漫將摧蒂怨秋風。洞明淨理離還合，悟徹禪機色即空。

留春

楝風飀戾雨紛紛，祖道攀轅萃屐裙。唱徹驪歌魂欲斷，依然無計挽東君。

消夏

榕樾好驅三伏熱，竹林且共七賢遊，北窗高臥薰風裏，乍覺蘧蘧蝶夢周。

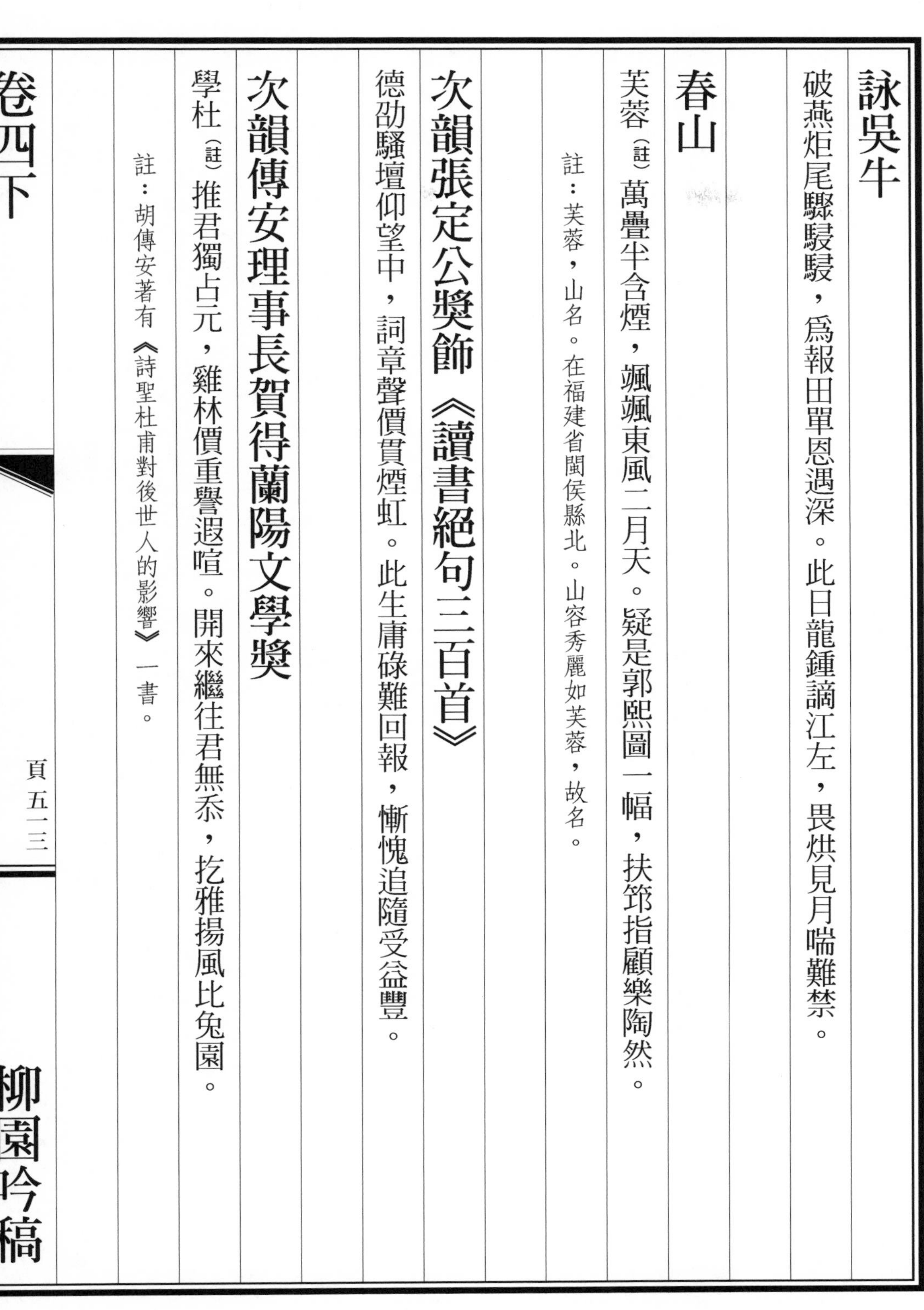

詠吳牛

破燕炬尾驟騣騣，爲報田單恩遇深。此日龍鍾謫江左，畏烘見月喘難禁。

春山

芙蓉（註）萬疊半含煙，颯颯東風二月天。疑是郭熙圖一幅，扶笻指顧樂陶然。

註：芙蓉，山名。在福建省閩侯縣北。山容秀麗如芙蓉，故名。

次韻張定公獎飾《讀書絕句三百首》

德劭騷壇仰望中，詞章聲價貫煙虹。此生庸碌難回報，慚愧追隨受益豐。

次韻傳安理事長賀得蘭陽文學獎

學杜（註）推君獨占元，雞林價重譽遐喧。開來繼往君無忝，抆雅揚風比兔園。

註：胡傳安著有《詩聖杜甫對後世人的影響》一書。

炊煙

突騰一縷上寒天，冷竈千家望墮涎。倍蓰宣尼厄陳、蔡，誰能索米倩顏淵。

次韻任道公〈春讌〉二首

龍飛有象自天來，簪盍新春綺讌開。碩鼠殲除民樂利，迎春觴詠醉蓬萊。

其二

題襟會館喜春來，共賞奇文醉眼開。自足熙朝無隱者，底須強翦北山萊。

重返春人詩社賦呈江沛公社長暨諸先進大老

一別春人數十年，今朝歸隊興悠然。餘生趨步諸先進，好為揚風盡仔肩。

孟夏曰初長

薰風乍拂日遲遲，簾外傳來解慍詩。鶯老蟬鳴春去也，綠肥紅瘦繫人思。

逆水行舟

錦纜牙檣泝碧川，凌波端賴寸心堅。懸知不進將淘汰，破浪乘風急扣舷。

一年容易又更新四首 轆轤體

一年容易又更新，重見藍天振國民。毖後懲前戒貪腐，革除陋習莫因循。

其二

過盡嚴冬律轉春，一年容易又更新。振興經濟均貧富，拯救羣黎八載辛。

其三

兩岸三通符眾望，且將戎馬華山放。一年容易又更新，共掃黃陵攜卣鬯。

其四

民胞物與盡堪親，劫後相逢感喟頻。淬礪漫流兒女淚，一年容易又更新。

夢境

軋軋咿唔絡緯通，手操口授燭搖紅。嗚機夜課兒時景，都在蘧蘧一枕中。

次韻后齋詞丈見懷

鷺鷗翕習日悠悠，嘯咏江山幾度秋。解識浮生無限樂，朝朝詩酒共風流。

海邊觀浪

一望鯤溟皆蓓蕾，頻催羯鼓舞胥桴。旗津勝日清游去，不盡晴灘花放蘆。

懷遠

去年南浦君云別，今日東籬菊又開。爲問故人緣底事，不隨鴻雁逐秋回？

荷塘月色

芙蓉如面傍塘沂，掩映明蟾馥四圍。最是消魂鄭交甫，幾疑又幸覿江妃。

秋蟲

聲傳唧唧出牆基，玉露凋傷葉落時。憐汝興懷同老杜，箇中眞意有誰知？

看山

凌雲萬仞隔塵寰，直欲摩天脅息間，悟得攻書當若是，一峰突出眾峰環。

觀海

鯤化鵬摶入眼中，怒飛千里蔽長空。靈禽出處非無意，蕞爾何知笑二蟲。

溪上對鷗閒

白鷗淺渚自逍遙，鷺侶尋盟意興饒，愧煞營營趨勢者，權門裾曳競彎腰。

延齡詞丈《日寇侵華痛史詩》卅六首題後

氣節差肩陸放翁，千秋殊足慰任公（註）。揭櫫倭寇侵華史，諤諤長昭國士風。

註：梁啟超〈讀陸放翁集〉言「詩界千年靡靡風，兵魂銷盡國魂空。集中什九從軍樂，亙古男兒一放翁。」起承二句本此。

范叔寒先生《樹風樓吟稿》題後

立意雕詞第一流，千鈞在手舉如輶。乃知學習余曾未，欲下功夫已白頭。

沛公〈漂流木〉讀後率成一絕句

先生學杜得其骨(註)，異代東坡見未曾。我欲直追瞠若後，汗流僵走愧無能。

註：東坡《次韻孔毅父集古人句見贈》詩：「天下幾人學杜甫，誰得其皮與其骨？」首句本此。

題陳錦華女史牡丹圖二首

洛陽南面自稱王，國色天香冠眾芳。怪底明皇魂欲斷，笑他飛燕倚新粧。

其二

魏紫姚黃美且都，沈魚落雁信非誣。六朝佳麗知多少，可有相同艷色無？

誕漫衣冠笑沐猴，八年稱帝古瀛洲。滔天罪孽東窗發，闔第淪胥類楚囚。

詠負嵎虎

嵎負於菟昔莫攖，當今已不令人驚。要知更猛有苛政，記取尼山已定評。

次韻劉延齡詞丈獎飾《柳園詩話》五首

珠璣璀璨自相聯，宋豔班香置眼前。寓意淵渟異流輩，更欽風調出天然。

其二

一氣呵成吟不易，五噫（《五噫歌》梁鴻作。）賦就和尤難。烏啼月落天將曉，斗轉參橫字未安。

其三

琢句渾疑出景差，初逢如故喜無涯。色絲殊妙香難瓣，顰蹙東施漫歎嗟？

其四

萬卷羅胸藻思豐，脈承公幹振家風。工程報國功彪炳，餘事詩源力溯窮。

其五

延陵季子方無忝，齡邁期頤頌九如。詩與楹聯傳不朽，老猶蓏枕滚園書。

次韻世輝宗長見懷

庭趨羿奡休揚武，門過蘇黃漫衒文。岃峝高山安可仰，低徊徒此揖清芬。

燕語

飛飛雙燕入華堂，日夕呢喃玳瑁梁。羨煞春閨盧少婦，十年孤負鬱金香。

次韻賓勁公見懷

笑我書難比羅趙（註），欽公詩可側岑高。相形猥自如鳩鵲，空羨鵷鴻萬里翺。

註：羅趙，蘇軾〈次韻孫莘老見贈〉：「龔黃側畔難言政，羅趙前頭且衒書。」劉鐵冷註：「晉羅叔景、趙元嗣也。」

我願

旗飄古典舞羣英，抝雅揚風世莫京。譽滿三臺留典範，千秋吾社有餘榮。

清明即事

祭掃荒碑萃屐裙，北邙路上雨紛紛。浮生至竟知誰是？聖慤賢愚但一墳。

次韻勁柏詞丈賀得蘭陽文學獎

出處不違青靄志，菲才恐負白鷗盟。相期國佐春秋齊卿，賓媚人也。，多匡誨，毋使鯫生墮賤名。

次韻子鵬(註)詞丈賀得蘭陽文學獎

克承仲舉久揚名，格調豪雄似漢唐。此後仰祈多督導，好教吾社譽彌彰。

註：陳恕忠先生字子鵬。

次韻由福詩家賀得蘭陽文學獎

新詩俊逸肖涪翁，展讀驚瞿氣吐虹。此日鄭聲猶亂雅，挽頹端賴激清風。

次韻鍾寧詞長賀得蘭陽文學獎

詩書畫擅譽飛揚，從未跟人競短長。爵蘊於身香自遠，定知國史姓名煌。

次韻化龍詞丈賀得蘭陽文學獎

揚騷公已占鼇頭，譽滿儒林舉世謳。何日月明共杯酒，元音響徹仲宣樓。

重辱鍾寧（註）詞長賀得蘭陽文學獎次韻二首

文星到處旆飄揚，當眾揮毫獨擅場。千載少游應斂衽，名鐫兩岸自輝煌。

其二

廿載多君頻獻替，任勞任怨歷艱辛。鷗盟吾社執牛耳，抗古揚今賴故人。

註：柏蔚鵬先生號鐘寧，長期擔任古典詩社秘書長。

次韻鍾寧詞長惠題《歐遊吟草》二首

計程萬里順風翔，歸貢蕪辭述彼邦。老去自知詩力退，無源潢潦愧潘江。

其二

敲金戛玉賜瑤章，嘉勉諄諄用意長。螢小自當安蹇劣，敢同星月共爭煌。

次韻冠甫教授惠題《歐遊吟草》三首

人物交流奧地利，龍庭舊穴氈裘鄉（註）。依稀《樂府》歌三婦，彷彿《琵琶》唱五娘。

註：第二句「下三平」，故第一句用「下三仄」以救之。黃庭堅《題落星寺》：「宴寢清香與世隔，畫圖妙絕無人知。」樂府有《三婦艷詩》。

其二

攬轡鳴鞭技出奇，置身如在漢唐時。最憐賽畢揚鑣返，苹上休閒仰秣嬉。

其三

半日聆聽交響曲，全神躡蹀莫差蹤。一株絳樹（註）偏驚艷，便買胭脂畫不濃。

註：漢魏間名歌妓。吳偉業《圓圓曲》：「強呼絳樹出雕欄。」

次韻磊庵詞丈惠題《歐遊吟草》

十日東歐汗漫遊，竭來安穩沐天庥。最憐阿爾卑山下，氣冽風寒冷似秋。

次韻延齡詞丈惠題《歐遊吟草》四首

擷俗觀風負篋囊，看花走馬詎能詳。便將草草行吟稿，瀆與前朝老奉常。公與蔣公總統關係非比尋常，結句云然。

其二

三徑歸來幾度秋，者番屩遂躡歐洲。侏儒看戲何曾見，嬉笑隨人取次遊。

其三

亙古無人探虎窟，於今有客訪龍城。奇風異俗嗟難已，興盡歸來屢夢縈。

其四

金滿臺階玉滿堂，奧匈帝殿漫稱良。倘將紫禁城倫比，氣勢仍難絜短長。

詠露珠

墮若珠璣蟬飲際，降於草葉鶴鳴時。瀼瀼妄比安期棗，漢武求仙計出奇。

次韻勁柏詞丈見懷

輕瀆清嚴是不才，磚拋玉引笑顏開。驍然屐折渾無覺，踰閾欣欣聞雁來。

次韻趙文懷詞長惠題《歐遊吟草》二首

甌北家傳格調新，劍南香瓣更無倫。源探十九溯三百，君是熙朝第一人。

其二

十日空言萬里遊，無邊光景筆難收。瑣如飣餖聊爲記，慚愧曾邀玉案留。

次韻劉延齡詞丈見懷四首

衷心嘉勉饒深意，沒齒難忘訓誨頻。細數當前豪傑士，惟公得似右軍眞(註)。

註：李白《王右軍》詩：「右軍本清真，瀟灑在風塵。」

其二

傳說之才卻善詩，千秋王湛並爭痴。結廬人境心能爾，眞意由來祗自知。

其三

楊柳臨風不自持，攙扶得幸遇攀遲。漫勞關照時維護，愷悌情懷是我師。

其四

解憂時駕阮公車，少坐無心數落花。尺素魚傳劉夢得，迴諷狂喜乍歸家。

歲暮雜感二首

蕭蕭落木朔風摧，忉怛情懷鬱不開。瞻彼朱門酒肴臭，九重誰省杜陵哀？

其二

歲終檢點牘歔欷，趨捨寧無與道違。半百卻憐蘧伯玉，能知四十九年非。

秋興

啖茘浮瓜成往事，插萸簪菊約重陽，相逢不易來千里，一舉何妨累十觴。

名嘴

昔日百家鳴稷下，今朝眾士訟瀛東。千門萬戶爭收視，臧否紛紛各不同。

防颱

箕伯行將來肆虐，雨師料必助猖狂。山區最怕流土石，物與民胞要慎防。

煙火之夜

火光幾可亂星辰，科學應驚天上人。寄語玉皇休錯愕，無教荼、壘下凡塵(註)。

註：荼、壘：二神名，即統領鬼魅之神荼、鬱壘也。按即桃符之前身。

次韻學聖詞丈賀得蘭陽文學獎二首

澤南才氣世揄揚，廿載扶持社運昌。騰踔定知千載後，瀛壖詩史譽聲長。

其二

不經百鍊不爲詩，俊逸清新善執持。句似陽昇春雨後，無邊浦樹遠含滋。

夜行

幽王褒姒毀邦基，美俗良風尙孑遺。夜半村郊閒散策，人家猶有讀唐詩。

次韻遐昌詞丈奬飾《柳園詩話》

四樂陶情舉世聞，怪他詩逼鮑參軍。東軒展讀忘三伏，下酒良宵且一欣。

次韻无藉詞丈奬飾《柳園詩話》

學疏至竟是蕘言，經史蒐羅漫作根。端賴方家陳仲舉，去蕪免殆笑都門。

次韻磊庵詞丈奬飾〈賦得冷香飛上詩句〉

菲才如石誤爲琦，立意修辭兩不宜。偶作冷香詩十韻，漫勞大老勉書馳。

夏夜

清風明月芰荷香，蛙鼓蟬琴奏草堂。環顧山川皆錦繡，騁懷天地盡文章。

海灘漫步

沙灘躑躅海滔滔，縹緲三山駕九鼇。賦就玄虛(註)驚下拜，詞人到此是雄豪。

註：晉木華字玄虛，以《海賦》鳴世。

延齡詞丈康復出院有詩見懷次韻奉和六首

卜占勿藥眷諸天，積善之家病自痊。得意吟成詩六首，儼如珠璧粲相聯。

其二

御爐香惹青雲士，聖主時嗟寶劍篇。探得驪珠驚四座，賺他元白仰高賢。

其三

豪傑從來自有眞，古人未必勝今人。最憐病癒身逾健，染翰操觚妙入神。

其四

顯身家貯圯橋書，獻策羣賢總不如。一自功成隱林壑，翛然沆瀣以充虛。

其五

素願難酬才恨拙，巽言嘉勉意何長。從茲不怕銀蟾落，爲有明珠路未茫。

其六

書道足爲當世法，詞章卓犖是吾師。前賢後哲同其揆，千載平分顧凱痴。

贈大漢詩詞研究社諸君子

雅能舉一反三隅，不忝當年高達夫。自是可觀非小道，片言鳴世豈區區。

迎建國一百年

中華建國慶期頤，帝制推翻德澤垂。伐罪弔民媲湯武，龍飛虎拜世雍熙。

次韻周健詞長獎飾《柳園詩話》

西瀛毓秀肅清高，輩出人才膽氣豪。倫比任公君不忝，英風凜冽釣鯨鼇。任公指《莊子・外物》所指任公子。

和爲貴

喜怒樂哀皆中節，是非成敗盡攸忘。世間萬事隨緣過，莫與他人計短長。

賀化龍理事長楚客留香詩集卷三梓成

瀛堧鼓吹振騷風，愛國情懷屈宋同。鸞鳳雲霓饒美刺，倩誰橐筆角雌雄。

貧與富

叔向賀貧傳韻事，石崇誇富致亡身。〈損〉之必〈益〉終須〈夬〉，大易明言日月新。

延齡詞丈有詩見懷次韻卻寄四首

趨步騷壇懷此日，傳來雁帛覯新篇。後生啓發忘疲倦，好士無殊六一賢。

其二

獨憑隻眼才無忝，不伐爲懷實若空。後覺終須仰先覺，荊叢開闢出屯蒙。

其三

陽春四曲和艱難，搜竭枯腸力已單。繼晷焚膏神乃王，勉成八韻始心安。

其四

道窮難得性靈詩，旨遠言微世豈知。奔逸絕塵瞠若後，堅高鑽仰合稱師。

地球怨

獨恨漫天氧化碳，誰憐遍地物罹污。一從人類求奢後，淨覓全球寸土無。

守歲

明朝已備椒花頌，今夜聊爲柏酒斟。莫嘆一時無顧曲，應憐千載有知音。

次韻泰國林雲峰詞兄〈旅懷〉四首連珠體

肖如乃祖林和靖，丘壑棲遲返自然。畫與詩書皆造極，三峰矗立碧摩天。

其二

三峰矗立碧摩天，鷺侶謳歌似管絃。一自暹京暌別後，江關阻隔夢魂牽。

其三

江關隔隔夢魂牽，談笑何時慰晚年。讀罷古今人物傳，洵仁長憶《叔于田》。《叔于田》詩經鄭風篇名，讚美共叔段之「洵美且仁」也。

其四

洵仁長憶《叔于田》，萬法皆空一念堅。絕類涪翁詞裡句：「風情猶拍古人肩。」末句引黃庭堅《定風波》詞。

次韻无藉詞丈〈兔歲新春戲筆〉二首

孤負昂藏六尺三，一肩風雅不能擔。鯫生倘許名稱後，簞食壺漿心亦甘。

其二

此生長恨拙揮毫，怪底緣慳史筆刀。差喜羣書娛晚境，不知肉味與齡高。

寄生草

托根無地恨難消，枝葉扶持賴梓喬。近日凌雲憐遠志草名，葳蕤得意在山椒。

次韻延齡詞丈見懷六首

奎星一夕輝詩苑，魯酒藜羹辱倚筵。眾仰先生無類教，提攜後進埒前賢。

其二

一聞知十如回也，萬卷充虛似退之。詞賦於公本餘事，誰知曾是帝王師。

其三

工程而外嫻騷雅，喜見今人勝古人。最是尋常諸俗語，一經錘鍊璨瑳陳。

其四

欲和瑤章下筆難，苦吟一字未心安。莖髭撚斷賈餘勇，五夜徘徊不畏寒。

其五

叉手吟成幼婦詞，從來公幹最工詩。賢愚相去逾千里，獨對芳樽有所思。

其六

餽來雙鯉喜開顏，句好宣尼不忍刪。耿耿忠心同舜水，稜稜詩骨肖遺山。

海水浴

戲水鴛鴦忘本相，滌塵鷗鷺戲天池。甯知浴德澡心日，正是揚清激濁時。

哀震災

地頻強震浪天齊，屋舍淪胥一望迷。最是漁村全滅後，其魚能不歎羣黎。

詠兔

閃電疾馳東郭㕙，躡蹤受制北韓盧。甯知鼎鑊烹於後，文種申胥一例吁。

蠹魚

鬣小鱗微隱鄴城，詩書歷劫見心驚。聖賢手澤無餘幾，蠶食憐渠太不情！

喜雨

驅炎霢霂忽紛紛，水滿田疇草木欣。縱使有亭資紀勝，已無蘇子擅雄文。

勁柏詞丈引龔自珍句嘉勉次韻誌謝

繡被長懷越鄂君（註一），移樽肯與細論文。記從一夕持經問，若睹青天撥霧雲（註二）。

註一：越鄂君泛舟，見一榜枻人雍楫而歌，乃揄袂擁之，舉繡被覆之。見《說苑・善說》。李商隱《牡丹》詩：「錦帷初卷衛夫人，繡被猶堆越鄂君。」

註二：衛瓘見樂廣，曰：「此人，人之水鏡也。見之，若披雲霧睹青天。」見《世說新語・賞譽》。李白《江夏贈韋南陵冰》詩：「復兼夫子持清論，有似山開萬里雲。」

德康先生《斜風細雨話臺灣》題後

一卷渾涵道釋儒，讀如搔癢倩麻姑。甯知音日征西將，振藻猶堪匹大蘇。

落葉

往事最憐向春日，甯知一夕起秋風。辭枝眷戀屢回首，無限心酸涕淚紅。

建國百周年

鯤化瀛東呈紫氣，龍飛臺北映藍天。謳歌庶事熙康日，鼎革悠悠慶百年。

次韻延齡詞丈獎飾〈大海賦〉七首

老去空知學醉歌，鯫生安敢效東坡。漫勞啓發詩嘉勉，竊比文長徐渭，字文長。幸遇多。

其二

小子興懷公擊節，明公高唱我賡歌。莫云相識滿天下，一二知音便足多。

其三

自來人患在爲師，儉腹居然肆講詩，贏得童謠痴說夢，最憐說者不知痴。

其四

厚貺瑤章故意長，開懷七首勝奇方。也如箕踞蒼松下，謖謖風生六月涼。

其五

杖履追隨老奉常，文壇自是有遊方。謝安已逝桓、殷杳，三絕誰知顧長康。

其六

吐納靈光泱漭浮，追陪女傑紀茲遊，紅羊劫歷知多少，日月乾坤歲共悠。

其七

公詩逸響媲琳球，不廢江河是勝流。曙傍金烏堪嘯傲(註)，何當再陟與同舟。

註：「龜山朝日」為蘭陽八景之一。

延齡詞丈惠贈《春人詩選》第二輯賦此誌謝

霡雨時來草木蘇，千言蔑以表歡愉。菁華即日勤咀嚼，報答平生際遇殊。

其二

彷佛羔羊亡復得，怡然把盞樂陶陶。要將壓縮藏於腹，焉用操心以補牢。

盆松

瓦盆寄跡鬱森森，夢寐何年返故林。長恨屈身一隅地，擎天覆地負初心。

國會春秋

蠻觸長年鬥未休，公論正義盡虔劉。殿堂國會飾民主，眾醉誰醒憫范憂。

次韻心白詞長賀得南投文學獎

偶然橐筆詠明潭，猶憾風光未蘊含。臚唱掄元微幸耳，漫勞謦士作佳談。

選場戰況

政壇藍綠拚輸贏，興廢存亡一票爭。最是惱人紂苗裔，欲師三桂覆朱明。

翹首看龍騰

盤踞金陵壯心目，騰飛玉岫蕩襟胸。雲行雨施明乾道，虎拜瀛東王氣鍾。

閒坐聽春禽

百舌高枝太欺鳥，荼蘼開盡可憐春。孤臣漫灑新亭淚，澤畔行吟大有人。

壬辰春宴吳夢公即席賦詩敬武瑤韻

泰伯家聲孰與倫？謙光澆俗久彌珍。即今苗裔風猶在，高蹈賢於賀季眞。

壬辰春宴延齡詞丈即席賦詩敬武瑤韻四首

瞻彼高山心仰止，稽公中道自明誠。最難企及常思晦，湖畔騎驢遠世情。

其二

詩書雙絕冠羣英，德望隆於功業成。此日徽音滿天下，踐形至竟在忠誠。

其三

楚才天與佐王師，愛讀周公七月詩。懦立鄙寬諄誨後，執鞭雖晚不嫌遲。

其四

一曲陽春動四筵，筆花信比百花妍。恍如攘臂潛淵九，探得驪珠浪接天。

觀稼

一幅豳風疑畫本，無邊農景入詩筒。勸耕預卜千倉實，望歲欣期五穀豐。

夏雨

灑蕉濯竹忽簾纖，旱象消除九陌霑。東郭記亭喜蘇軾，西疇勸稼憶陶潛。

次韻勁公〈九十人生偶感〉

仁人天定錫純嘏，壽晉期頤自不難。身在蓬萊最高頂，待看清淺倚雕闌。

水上摩托車

驅車破浪御長風，一瞬千尋氣概雄。倘使今朝宗慤在，定教海上立奇功。

鎮江詞長《迴文詩選》題後

詩壇迴文世已稀，料驚蘇蕙媲璇璣。潤身高蹈揚風雅，不是斯人孰與歸。

次韻延齡詞丈見懷

半生勳懋策興中，曠達襟懷萬慮空。趨步有緣隨杖履，爭欽矯俗振騷風。

唐謨公詩書畫集梓成賦賀

祖述詞章紹彥謙，晚研書畫耀閭閻。國朝他日修文史，定見光輝姓氏添。

孫紹公祖餞周中藩伉儷並塵洗李厚文詩老嗣後蔡鼎公賦詩見示敬次瑤韻六首

良辰雅集英雄館，鼎老摛辭藻思雄。交以澹成蠲智慮，蚩蚩悃款樸而忠。

其二

破浪乘風欽紹老，干城海上氣如虹。萬篇繼杜爲詩史，光掩羲娥薄碧穹。

其三

書擅周公肖魯公，名標藝苑有誰同。琳琅兩幅懸堂上，舉座咸驚楷隸工。

其四

鼎老騷壇望益崇，天教謫世卦占〈豐〉。堅高鑽仰情何限，長恨心茅塞不通。

其五

氣懾豺狼李厚翁，緬懷金馬廓清功。識荊已足平生願，更喜情如趙酒濃。

其六

蒙昧憐余亶不聰，漫勞估畢意難融。自知與世無裨補，白首追懷一夢中。

次韻冠甫教授賀得登瀛詩獎

雛誦瑤章藻思雄，揚芬絕勝蕙蘭叢。天香省識自蟾桂，何物桃花空自紅。

次韻心白詞長賀得登瀛詩獎

幸列前茅不足揚，漫勞獎飾感溫香。且將一語互相勉，實踐三多（多讀、多作、多遊歷）詩自強。

落花時節杜鵑啼四首（轆轤體）

落花時節杜鵑啼，切切思歸韻怨淒。千載猶銜亡國恨，傷心叫到日斜西。

其二

蜀國春城望不迷，落花時節杜鵑啼。三更聲淚俱枯竭。傾訴冤情血濺題。

其三

解道哥哥行不可，鷓鴣終是最知我。落花時節杜鵑啼，惆悵江頭望歸舸。

其四

一簾幽夢到空閨，十里春風柳拂隄。最是羈人腸斷處，落花時節杜鵑啼。

次韻沛公初冬書懷四首

玉梅昨夜一枝開，不負騷人手自栽。徙倚雕欄觀愛日，催詩風度暗香來。

其二

今歲花開早去年，未應媚俗律移遷。料渠識得天公意，欲祓妖氛節序遷。

其三

小春江令有新詩，傳誦三臺擅色絲。天以先生爲木鐸，漫嗟吾道竟何之。

其四

肯令青犢據臺灣，嘯傲東軒氣似山。鼓吹中興不推責，閒關何以買舟還。

馬年說老馬二首

白駒非馬笑公孫，馬白皆駒迂墨論。至竟名家重名實，不容沌沌與渾渾。

其二

駿骨千金買郭隗，燕昭雪恥築金臺。禮賢破敵傳佳話，多少君王學不來。

馬年賀歲次賓勁公顧

馬馱丕祉全民福，春到詩家景運新。聖代定徵齊國佐，蒲輪帛璧轉鴻鈞。

次韻延齡詞丈獎飾《讀書絕句三百首》五首

書名妄竊詩三百，竭慮覃思恨未工。賴有明公爲題字，駑登驥坂藉高風。

其二

讀書不悟緣根鈍，人一能之我十千。撚斷吟髭無覓處，晨昏補綴始成篇。

其三

卑格難逃於左右，文章尚足謾盲聾。待看點鐵成金後，定可揚名翕眾衷。

其四

偏承曲愛殊榮幸，劣句當前媸亦妍。素仰公詩最高蹈，雞鳴風雨醒三千。

其五

詩賦猶存建安骨，揮毫髣髴晉名賢。千年復見八叉手，四韻新成萬口傳。

次韻鍾寧詞長獎飾《讀書絕句三百首》二首

十載騷壇並轡馳，抗揚風雅以爲期。迍邅吾社艱難日，端賴先生一木支。

其二

一枝彩筆無人敵，三絕傳家百世基。有幸交游相爾汝，是眞益友亦良師。

次韻后齋詞丈獎飾《讀書絕句三百首》

題橋曾過使君車，璀璨勳章凌紫霞。一自投簪甘大隱，律身恭儉誡豪奢。

次韻雅達詞丈獎飾《讀書絕句三百首》

格律闡微闢茅塞，詞章雒誦振精神。甯知項橐千年後，苗裔雕龍擅俊新。

次韻心白詩家獎飾《讀書絕句三百首》

君詩似海浩渾渾，疊浪如同萬馬奔。振鐸西瀛人共仰，騷壇德望久彌尊。

次韻培生詩家奬飾《讀書絕句三百首》二首

三絕多公獨得全，利名外物早看穿。虛心欲踵虔（註一）芳躅，耄耋孜孜未息肩。

其二

握瑾懷瑜不自宣，珪璋德器世爭傳。定知鴻著梓成後，炳耀如同寶劍篇（註二）。

註一：虔，指鄭虔。

註二：寶劍篇，唐郭震著、武后閱之，嗟嘆不已，見《新唐書．郭震傳》。

次韻自力校長奬飾《讀書絕句三百首》

新翻白雪自殊調，髣髴清風颯太空。欲學箇中精妙處，揣摩簡練不能工。

重辱冠甫教授奬飾《讀書絕句三百首》次韻誌謝

過譽靦腆掩胡盧，至竟乾坤一腐儒。飽飣詞章無是處，賴君磬折義相扶。

重辱世輝宗長獎飾《讀書絕句三百首》次韻誌謝

弘農後裔孰齊倫，經史詩文並美馴。移硯洄瀾天有意，要聞郢曲奏陽春。

次韻東晟詩家獎飾《讀書絕句三百首》

秋水鳴蛙浪騭評，不圖雁帛遞譽聲。迴環雒誦欽無已，學富摛詞擅俊清。

冠甫教授獎飾拙作詠折疊扇次韻誌謝

等閒筆落即千秋，蓆枕迴吟當臥遊。武韻欲追高格調，才疏毫腐不能收。

除夕話年俗四首

不論家財有或無，春風送暖盡歡娛。元辰飲罷屠蘇酒，也把新桃換舊符。

其二

迎春餞臘事紛紛，爆竹聲喧處處聞。壓歲錢分眾兒女，興高采烈滿榆枌。

其三

送神已了又迎神，習俗忙翻左右鄰。穿著新衣戴新帽，兒童雀躍喜逢春。

其四

準擬開春廟進香，荊妻顛倒舊衣裳。逢人口笑眉飛舞，爭賀新年納百祥。

次韻晉卿詩家〈午夜蛙驚夢〉並謝贈天馬一幅

霽夜蛙羣奏野田，公私兩部醒龍眠（註）。宵衣下筆開生面，不見乘黃九百年。

註：李公麟，字伯時，號龍眠居士北宋畫家，擅畫人物鞍馬。

次韻冠甫教授見懷

咫尺悠悠望眼遮，談詩把酒隔方家。何當共返漁村裡，狎鷺忘機樂靡涯。

次韻勁公新春雅集

二妙（註）齊肩信拔孤，麈談自與俗人殊。公於詩賦原餘事，省識前身是亞夫。

註：晉尚書令衛瓘與尚書郎索靖，俱善草書，時人稱二妙。黃山谷詩：「二妙風流不可當。」

次韻唐謨公新春雅集

格致詩書老更勤，坐令岸柳染蘭薰。欣然搦管賡瑤韻，俚句催成酒半醺。

次韻冠甫教授獎飾《柳園文賦》

操觚我愧賦長楊，斧鑿彌慚角掛羊。至竟身爲邦博士，蕪詞褒貶異高陽。

次韻鍾寧詩家寧福樓新春雅集二首

律回歲暖喜迎春，三白(註)聊將款貴賓。六出飛花占大有，謳歌幸作葛天民。

註：三白，皛飯也。曾慥《高齋漫錄》：「錢穆父召東坡食皛飯，及至，設飯一盂，蘿蔔一碟，白湯一盞而已。蓋以三白為皛也。」

其二

了無兼味延高士，一鉢藜羹敵八珍(借陸游句)。把酒愀然談國事，明知直突孰移薪？

次韻檳城劉作雲詞長獎飾《柳園詩話》二首

名震南天意氣揚，劉楨苗裔擅文章。難忘乙未檳城會，賓主聯歡累十觴。

其二

公詩恰似海濤寬，觀水從知術在瀾。讀罷擬將貂尾續，吟髭撚斷坐難安。

屢蒙唐謨公餽治眼疾良藥賦此誌謝二首

黃斑病變突然生，右眼中間視不明。差喜固凝不流汁，看書無礙免心驚。

其二

故人投合石三生，餽藥希期眼復明。科學至今難愈治，幸無惡化免憂驚。

錄唐謨公和作二首

忽聞師眼變斑生，幸喜看書不礙明。天佑長教不流汁，方瞳炯炯魅猶驚。

其二

絳帳春風煦友生，相期視力日精明。有緣千里來承教，縱使離婁見亦驚。

出院口占五首 二〇一六年四月二十五日出院前作

賤體從來疾不生，大醫院幸未留名。一朝聲帶忽痲痺，逸響喉聲變啞聲。

註：余於二月二十日，忽覺聲音漸趨孱弱，乃赴對面高柏森耳鼻喉科診所求治。謂為胃或胸腔可能生東西，而壓制左聲帶，隨即轉診馬偕醫院。

其二

馬偕診斷胃生癌，亟欲開刀盡削剷。婉轉卻辭歸去後，解懸無計問巫咸。

註：馬偕胃腸科主治醫師朱正心云：「係胃癌。」諄諄敦勸即日住院，開刀切除。余以茲事體大，不宜匆促決定，乃敬謝而歸。

其三

榮總盧醫隻眼開，洞明甲狀壓聲來。淋巴別有癌生胃，一舉憑將痼疾摧。

註：經宗長楊蓁介紹，再轉往榮總醫院。胃腸科主治醫生盧俊良悉心照料，邀胃腸腫瘤科主任趙毅、血液腫瘤科主治醫師劉耀中等聯合會診。僉謂係甲狀腺發炎（良性），壓制聲帶，致發聲嘶啞，與胃部惡性淋巴腺腫瘤無關。然胃部淋巴腫瘤，既是惡性，必須立即作化療，慰之曰：「只是第一期，無憂慮，定可痊癒。」

其四

夷瘳再拜謝宗親，推介神醫脫劫塵。一死一生情乃見，是眞君子是仁人。

註：第一次化療成功出院，無激烈副作用，起居如故，聲帶亦漸恢復正常。至第三次化療，聲音幾已完全恢復正常。至第六次化療完成即康復。此應感謝本家中華大漢書藝協會理事長，詩書畫名家楊蓁先生，使我幸遇神醫，渡過厄運。太史公曰：「一死一生，乃知交情。」信夫。

其五

相依鶼鰈見眞心，生活溫馨鼓瑟琴。貧臥牛衣懷此日，金婚彌覺負情深。

次韻延齡詞丈賀病痊出院二首

飛沈禍福原相倚，知命知天不慮煎。前輩關懷多厚意，鯫生叨蔭得瘳痊。

其二

混世悠悠半百年，生財治學兩茫然。數奇命蹇復何說，德薄辱先斯恨綿。

次韻自力校長賜賀八秩賤辰

讀到君詩感興濃，效顰髭撚句難工。名高益遜人爭仰，彷彿親身炙晦翁。（朱熹字元晦。）

次韻遐昌詞丈賜賀八秩賤辰

拜嘉雙璧賀生朝，書法精湛逼李潮（唐書法家，杜甫有詩稱讚之）。撫髀賡歌成獨笑，居然狗尾續金貂。

唐謨公赴醫院探視余疾並袖詩見貽次韻誌謝

聲帶無端忽痲痺，罹患甲狀與淋巴。尋思萬一身難起，文采無由報國家。

其二

心似靈犀一點通，相思命駕輒親躬。忘憂忘食尋詩味，等是皤皤矍鑠翁。

其三

治學我憐無一是，擅詩公獨有三多（多讀、多作、多閱歷）。始知書讀前生事（註），況復歧嶷璧握和。

註：袁枚《隨園詩話》：「諺云：『讀書是前世事。』余幼時家中無書，借得《文選》，見〈長門賦〉一篇，恍如讀過，〈離騷〉亦然，方知諺語之非誣。毛俟園廣文有句云：『名

須沒世稱纔好，書到今生讀已遲。」」

其四

我異鵷鴻無遠志，鷦鷯棲息一枝安。讀書養性斯而已，懶上龍門衒外觀。

國軍英雄館餐敘賓勁公即席賦詩見貽次韻誌謝

聲帶療治欣出院，叨承福蔭病胥蠲。盍簪喜會英雄館，十老聯翩亦夙緣。

中元話鬼四首

羈魂滯魄雜來施，肉似山林酒似池。眾鬼久枵欣大嚼，絕勝一飽仗諸兒。

其二

目蓮救母事遐宣，孝行昭彰百世傳。解得倒懸斯可矣，毋教雞犬怨西天。

其三

盂蘭會啓給孤園，陣陣靈風動彩旛。此日酆都城不夜，千家超渡鬧中元。

其四

紙錢如阜更如岡，餓鬼歡呼夾道旁。媚母不能偏媚鬼，欺人欺世太荒唐。

次韻江曦詞丈賜賀病癒出院二首

嘉章賜賀慰平生，欲答隆情句不成。腹笥便便藏彩筆，崇高德望世爭旌。

其二

柏松不老長葱翠，蒲柳相形失郁菁。住院療醫叨福蔭，八天康復趣歸程。

次韻西瀛周健詞長賜賀八秩賤辰

西瀛謦士仰高風，供養雲霞肩拍洪崖。賜賀賤辰最榮寵，續貂未就意先融。洪崖，黃帝時仙人。

造訪陳冠甫教授別後復辱賜嘉章次韻誌謝

君詩嘉勉如松柏，潛企雲情力固根。瑣稿幸無涉抄襲，翛然留得布衣尊。元唱嵌「君潛柏根」四字。下同。

其二

君志凌霄似修柏，潛光幽隱倚雲根。崇高學術榮桑梓，埒邁前修不待言。

冠甫教授孝經詩釋二十一首題贊

先王以孝治天下，後哲嗣徽惠世間。二十一章昭聖德，遣詞瑰偉媲揚、班。

其二

儒書最早以爲經，飭勵明誠力踐形。素稔先生似曾子，賦詩釋義樹儀型。

拙作〈柳園辭章總敘〉辱承王甦教授引季剛先生勗劉太希詩嘉勉次韻誌謝

一曲陽春空外聲，毿毿秋柳忽花生。何當憑借好風力，送我扶搖厠眾英。

附季剛先生原作

盡掃秕糠繼雅聲，眼中吾子快平生。異材難得宜培護，祝汝終能紹往英。

次韻賓勁公奬飾《柳園聯語》

探索猶如蠡測海，窮搜依舊管窺天。桃符肉眼遴成集，既不周全亦不鮮。

次韻劉延公奬飾《柳園聯語》

欲選佳聯哀一集，區區微意竟何成。自從買櫝還珠後，災棗哀梨浪得名。

其二

眾欽儒、道皆通達，雙絕詩書獨擅名。丹陛淹留香滿袖，投簪著述樂恩榮。

其三

孜孜集粹古今聯，才拙嗟難如預先。此藝於公元聖手，梓成味味獻尊前。

次韻晉卿詩家奬飾《柳園聯語》二首

買櫝還珠失煒煌，過譽坐令姓名彰。相期戮力昌聯學，接武先賢國粹揚。

其二

丹青日月共爭光，畫馬才高萬世揚。更欲昌詩開境界，軼超醉白（註）史流芳。

註：醉白，指葉醉白將軍，善畫馬，孫晉卿思師。

次韻无藉詞丈〈九五生日作〉六首

恬淡詞章紹孟、王，籌添九五競稱觴。謙光卑牧輕名利，仲舉家風問世揚。

其二

誠中形外義仁存，志士偏蒙尺璧冤。自是求全難免毀，故知夫子欲無言(註)。

註：《論語．陽貨》：「子曰：『予欲無言。』子貢曰：『子欲不言，則小子何述焉。』」結句本此。

其三

生來天爵最關情，省識在山泉水清。恆健吟躬天有意，滄桑三閱以明睛。

其四

桃源小隱慶三多，譬比邵公安樂窩。信是騷人清淨境，晨昏車馬自稀過。

其五

祝嘏詩成喜十分，羨公白首臥松雲。黃鐘毀棄憐今日，瓦釜雷鳴耳不聞。

其六

性無俗韻宅圍笆，鬖鬖雲屯隱士家。戲綵懸弧輝極婺，聖恩浩蕩泊蒲車。

十六夜月

蟾輝既望賞吟儔，憶昨歌霓興更悠。悟到盈虧原變理，團圓重覿庾公樓。

大腸開刀手術住院口占五首

大腸瘜肉久滋生，正子靈機照眼明。小顆六丸皆剪去，不留後患厥功成。

其二

不圖另一大而頑（約四公分大），複檢纔知惡性存。排定日期施手術，開刀取出鏟其根。

其三

檢查報告霎時來，化療云云不復回（註）。謝地謝天多保佑，廉頗未老壯懷開。

註：檢查結果云係癌症第一期，不須化療。按余上半年纔作胃部淋巴癌化療六次，故次句云然。

其四

四天瘦卻四公斤，粒米從來不入唇。腦滿腸肥反成累，何當如鶴又如筠。

其五

醫言腸已似嬰兒，今後三餐要愼之。限食低渣期兩月，遂初壽耇到期頤。

賓勁公賜和拙作〈出院簡諸親友〉疊韻誌謝

瘜肉剜除快此身，餘生更可伴高人。文章或許得聞問，八法難攀筆有神。

賓勁公見眎〈丁酉賀歲〉詩敬武瑤韻二首

律回歲暖迎丁酉，照眼生機轉化鈞。我願新年行大運，家家福壽慶駢臻。

其二

郊遊人在和風裡，梅雪爭春任我評。自是詩家有淸福，餘年何必問君平。

次韻鄧璧公獎飾《柳園攀桂集》

偃蹇長嗟命壘魁（註），資昏空羡八叉才。名場獲雋因徼倖，枯樹逢春花偶開。

註：壘魁，即魁壘。《楚詞・王逸・九思》：「魁壘擠摧兮常困辱。」

次韻冠甫教授獎飾《柳園攀桂集》

名場庸附歷邅回，得獎疑從夢裡來。顧我蕪詞宜覆瓿，幸叨一路福星陪。

次韻晉卿詩家獎飾《柳園攀桂集》

才庸書讀負駒光，祖武難繩辱姓楊。得獎歸來成底事，區區愧殺孟襄陽（註）。

註：孟浩然（襄陽）一生絕意名場。結句云然。

次韻江沛公獎飾《柳園攀桂集》

紹述無方愧子雲，不勞而穫未曾聞。偶然得獎緣徼倖，欲掩彌彰餖飣文。

次韻劉廷公獎飾《柳園攀桂集》二首

皃鷖附鳳叨恩寵，蘿蔦依松得蔭榮。比覺公詩臻化境，效顰無狀卻心驚。

其二

規規字句一何愚，曲士終歸是腐儒。欲和瑤章髭撚斷，冥搜無著竭腸枯。

題周忻恩女史國畫展

鴨綠螺青一幅圖，幾疑拾翠在蓬壺。雲巖瀑布懸千尺，撲面飛來萬斛珠。

賀康杰書家舉辦蘭陽先賢書法展

鐵畫銀鉤望凜寒，顏筋柳骨鬱森盤。蘭陽先哲凌雲筆，敻鑠千秋落筆端。

題天馬師生畫展

縱橫尺素盡超羣，百駿騰驤蹴白雲，聖代休嗟空冀北，天閑十二落諸君。

次韻无藉詞丈見懷二首

誼情如水淡交歡，車笠銘心瀝膽肝。惡紫奪朱今益烈，文風日下倩君看。

其二

爲文求實不求華，簡練研摩幾大家。長恨資昏難頓悟，更兼筆禿不生花。

冠甫教授〈文心詩論〉題後

文心詩論句精工，才氣縱橫藻思雄。倘使曹瞞能一讀，定教感極愈頭風。引《三國志・魏志》陳琳傳注

星語二首

宇宙洪荒太奧玄，即今科學亦難詮。紂將亡國晝星見，天象分明示警先。見劉向《新序・雜事第二》

其二

異人說自外星來，漏洩天機即返回。三國河山歸典午，無何應驗不須猜。見干寶《搜神記・星外來客》

冠甫教授《唐宋詩髓》題後二首

精釋唐詩與宋詩，上庠傳道仰明師。讀書種子勤培植，異代相望有退之。

其二

賦詩二百卅餘篇（註一），綴玉聯珠氣浩然。太古巢（註二）興光祖德，才華卓犖冠今賢。

註一：陳教授精選唐宋名篇二三二首作為教材，並賦詩二三一首以抒其志。

註二：太古巢：陳維英齋名，位於劍潭畔即今兒童樂園內。陳氏（一八一一～一八六九）中舉咸推一代文宗。

次韻无藉詞丈賀擔任春人社長

諸公所託或非人，蚊蚋奚堪負萬鈞。眾志成城遵古訓，還將努力以親仁。

梅雪

雪梅較勁說紛紛，褒貶曾勞大雅羣。比白雪贏梅六出，論香梅勝雪三分。

次韻泰國林雲峰詞兄〈旅懷〉三首

悠悠天地雙鷗鷺，聲氣相求賡續吟。香稻啄餘何所慕，碧梧棲老自怡心。

其二

南華經讀心懷曠，無死無生淡世情。安得利名都忘卻，逍遙世外隔陰晴。

其三

沮溺悠然樂偶耕，即今千載有餘情。萬鍾輸卻一杯酒，張翰人人稱達生。

次韻盧江宛明和詩家除夕見懷

一元復始柳抽芽，兩岸霙飛降瑞花。遙祝籌添身益健，闔家安樂福無涯。

陳獻宗何姚慧伉儷影展紀盛二首

技同連德(註一)靜山(註二)般，影攝三危(註三)歷九關。喜嶺(註四)怒江何旖旎，儷姿永遠耀人間。

其二

拍照功夫異一般，求眞善美歷門關。瀛東能手知多少？爲問誰堪伯仲間？

註一：即瑞連德（Rejiander），瑞典人，一八五七年創「集錦照相」。

註二：即郎靜山（一八九二～？）浙江蘭溪縣人。用中國畫理，融合瑞典攝影家瑞連德「集錦照相」法，以發揚中國藝術。曾先後獲美、英、法、義等攝影協會高級及榮譽會士銜。參加國際沙龍入選千幅。民國五十二年，舉辦第一屆國際攝影展，為我國文藝史更上空前創舉。

註三：西藏古地名。《尚書・舜典》：「竄三苗於三危。」劉達祿《尚書今古文集解》：「三危，即西藏地。」

註四：指喜馬拉雅山。

賀王美子女史書畫個展二首

八法潛心數十年，臨摹四體並精研。二王筆勢今猶在，鐵畫銀鉤耀眼前。

其二

魏紫姚黃氣色新，螺青鴨綠更傳神。藝壇才女留佳話，一筆能生萬象春。

冠甫教授見示〈合歡山之旅〉讀後賦似

博士詞章格律嚴，孔璋苗裔更非凡。合歡山水甲天下，彩筆揮成五色函。

其二

興來藻繪筆如神，鴨綠螺青世靡倫。自是合歡山有幸，憑君揮灑倍清新。

閒趣二首

未審吾生性鈍遲，暮年贏得是書痴（註）。忘言欲辨有眞趣，莫遣他人取次知。

註：唐竇威性愛讀書，他的兄弟們稱他為「書痴」。見《新唐書·竇威傳》。

其二

閉戶深居樂筆耕，從來寵辱不心驚。賢愚亙古皆岑寂，惟有騷人留姓名。

重辱劉延公公獎飾《柳園詩話》次韻誌謝四首

賜枯文墨自難豐，溢美瑶章愧滿衷。放眼騷壇諸宿老，詩書雙絕孰如公。

其二

雙鯉傳來錦繡篇，內容如水水連天。便便腹笥翛然外，異代相望恰似邊（註）。

註：「邊」指邊韶，東漢浚義人，字孝先。以文學名，從之者數百人。嘗晝日假寐，弟子私嘲之曰：「邊孝先，腹便便，懶讀書，但欲眠。」

其三

邃邈難追意與詞，咸推昭代一明師。知非從不讓蘧瑗，名利當前心不馳。

其四

鳶飛魚躍自天淵，上下明瞻快若仙。一見形年雙忘卻，苔岑結契是因緣。

錄劉延公元唱君潛賜寄《柳園詩話》誌謝四首

柳園詩話內容豐，賜寄前來感五衷。捧讀篇篇當世少，泰山北斗仰吾公。

其二

厚厚柳園詩話篇，縷雲裁月跨長天。五車八斗如辭海，捧讀殊難釋手邊。

其三

條分縷析古詩詞，溫故知新是我師。蘇海韓潮混不厭，隨園而後柳園馳。

其四

久仰大師學博淵，能追詩聖又詩仙。綴玉聯珠忙不了，廣憑文學結因緣。

次韻陳无藉宿老新年見懷四首

一年之計在今晨，百世留名羡故人。莫罵東風無限恨，揚芬藝苑不勝春。

其二

廿四番風報歲華，洪鈞運轉到詩家。續貂欲武騷人韻，叵奈毫頹不吐花。

其三

勝是無名勝有名，風迴兩腋擷茶烹。詞章於我屠門嚼，聊復吟哦過此生。

其四

繄余嘗欲壯思飛，豈爲輕裘與馬肥。解識萬般皆是命，到頭一念老莊歸。

三辱劉延齡詞丈獎飾《柳園詩話》次韻誌謝四首

獨愛公詩媲白元，雞林價重振騷魂。嫡傳自有建安骨，士子爭趨大雅門。

其二

書家無數出公門，立雪庭前晝到昏。月旦春秋應論定，詩書雙絕壯乾坤。

其三

正變風騷看盛衰，龍飛有象漫悲哀。餘生定見昇平世，一統河山亦快哉。

其四

資昏常恨讀書少，說項多公力托烘。廿八萬言成底事，詖辭只合誑盲聾（註）。

註：蘇軾〈薄薄酒〉詩：「文章自足欺盲聾。」結句本此。

冠甫見示烏石港懷古八首次韻奉和

嚮嗣風騷是此城，地靈人傑萃豪英。陳吳長社盧莊繼，葉杜加持浩氣生。

註：頭城登瀛吟社第一任社長陳書，第二任社長吳祥煇，第三任社長盧纘祥，第四任社長莊芳池。並敦聘全臺擊鉢吟第一高手葉文樞為西席，國學大師杜仰山先生為詞宗。

李望洋（註）

天生才子自洋洋，邑宰蘭州耀梓鄉。主講仰山培棫樸，翛然著作記西方。

註：李望洋於咸豐九年（一八五九）中舉，同治十二年署甘肅清源縣。歷任河州知府。萬里遠遊，捧檄而行。光緒十七年回籍。任仰山書院山長。著有《西行吟草》。錄其〈省邸思家〉一首云：「極目天涯萬里餘，誰教塞雁為傳書。鄉心日逐河流遠，宦跡時隨柳影疏。瓦鵲有情應語汝，野花雖艷轉愁余。鴉班散後閒無事，靜坐窗前憶故居。」

陳書（註）

烏石港中龜曳尾，登瀛社創功勞偉。海東鄒魯賴揚芬，畏勉齋吟何韡韡。

註：陳書（一八七一～一九三二）生於同治十年，祖籍福建漳州。光緒十九年秀才。精岐黃，篤佛學，為登瀛吟社首任社長。著有《畏勉齋詩文集》，錄其〈半月〉一首云：「嫦娥羞見面，舉袖掩清虛。淡掃蛾眉跡，休誇兔魄舒。十分圓尚缺，萬里影猶疏。斜照前村路，微光辨草廬。」

吳祥煇

中華文化揚蘭邑，大雅扶輪起陸沈。就正書軒傳漢學，莘莘士子競奔臨。

註：吳祥煇（一八七〇～一九三二）生於同治八年，卒於民國二十一年。為登瀛吟社第二任社長。錄其詠〈潮聲〉一首云：「風驅水面怒潮生，勢似銀蛇捲地行。聲振河山驚客夢，幾疑南北虎龍爭。」

盧纘祥

柳州譬此近蘇州，樸雅詞華淡似秋。蟬蛻德言功建立，高名百代永垂留。

註一：盧纘祥（一九〇二～一九五七）字史雲，號夢蘭。貲雄益謙。先後拜吳祥煇、葉文樞、萬惠生等碩儒為師。日就月將，漢學根柢深厚。為登瀛吟社第三任社長。一九五一年當選宜蘭縣首屆縣長。登瀛吟社在盧纘祥社長任內為全盛時期，四方髦士，望風來歸。蕭獻三、鄭指薪自新竹至，曾笑雲自臺北來。楊靜淵、林萬榮亦相率從蘇澳、礁溪賁臨。詩聲鉢韻，磅礴遐邇，得未曾有。錄其〈蘇澳蜃市〉一首云：「奇萊路欲入蘭陽，夕照蒼茫別有鄉。方喜波間浮貝闕，又疑海上架鼉梁。層嵐掩映雲千疊，傑閣迷離水一方。幻景偶從南澳至，教人無限感滄桑。」

註二：蘇軾《東坡題跋》卷二〈評韓柳詩〉云：「柳子厚詩，陶淵明下，韋蘇州上。」清王漁洋《論詩絕句》見解相反。云：「風懷澄澹推韋柳，佳處多從五字求。解識無聲絃意妙，柳州那得並蘇州。」本詩首句本此。

莊芳池

鏖詩屢屢占鼇頭，故國新愁間舊愁。長憶春遊揮彩筆，無邊光景一時收。

註：莊芳池（一八九四～一九七〇）名鰲，以字行，又字夢梅，號藏英。在頭城鎮開設仁壽中醫診所，懸壺濟世。為登瀛吟社第四任社長。宜蘭縣縣議員。著有《莊芳池吟草》。錄其〈虎字碑懷古〉一首云：「閒來覽勝慶雲宮，爭看遺碑勢尚雄。題字明燈留偉績，治民廷理建奇功。崎嶇貂嶺通臺北，蹩躠龜山矗海東，願藉負嵎威力大，莫教絕壑再生風。」

葉文樞

騷壇拔幟無雙士，鯤海鏖詩第一流。幾度摧頹元白壘，金陵王氣黯然收。借句

註一：葉文樞字際唐，新竹人，清光緒間生員。工擊鉢吟。日據時設帳授徒，光復後盧纘祥聘為登瀛吟社指導老師，錄其〈全島聯吟大會開於嘉義書此以祝〉一首云：「諸羅縣裡萃衣冠，往事搜尋簡未殘。績著嬰城柴大紀，威雄專閫福康安。覆盆誰雪千秋枉？擊鉢姑聯一日歡。最愛遙山撐阿里，櫻花隱隱映吟壇。」

註二：乾隆五十一年冬，彰化林爽文起事。久圍諸羅。臺灣鎮總兵柴大紀與民堅守，效死勿

去。城中無所得食，掘樹根煮豆粕以啖。五十二年秋八月，詔以福康安為大將軍、海蘭察為參贊，率普爾普、舒亮、許世亨及穆克登阿等諸驍將，浩浩蕩蕩馳援。克彰化，活逮林爽文於集集，諸羅圍解。柴大紀出迎，自以參贊伯爵，不執櫜鞬之儀。康安銜之。至是劾其前後奏報不實，解京正法。於是大紀處斬，時論冤之。頷聯本此。見連雅堂《臺灣通史．福康安列傳》。

杜仰山

景軒寢饋注蟲蝦，北斗闌干南斗斜借句。系出劍樓才卓犖，瀛壖千載一詩家。

註：杜仰山（一八九八～一九六九）臺北人。名天賜，以字行，號爾瞻，顏其齋曰「景軒」。一代文宗趙一山（劍樓）入室弟子。邃究漢學，精易工詩。其所作古近體詩，有乃祖老杜遺風。錄其〈夢中得詩復忘卻起二句因成之〉詩云：「輸他太上自忘情，歷劫由來數不清。子女未甘同委蛻，事功長忍半埋名。人經禍難疑因果，詩為窮愁愛淡平。何日風塵消業障，一龕香火証無生。」

浪花二首

瓊葩萬朵綻汪洋，脈脈含情蘸夕陽。風信乍疑過廿四，梨花漂蕩送東皇。

其二

頻催羯鼓藉胥靈，玉蕊纍纍遍漭溟。目眩繽紛花世界，憑誰十萬護金鈴。

次韻冠甫教授賀春人詩社六八週年三首

已矣我生良不辰，錢、張諸老委灰塵。巋然著作典型在，玩味其詩美且淳。錢指錢逸塵，張指張相。

其二

創社悠悠六八年，忽逢青鳥遞瑤箋。懃懃懇懇原忠厚，志切風騷氣浩然。

其三

句媲邯鄲難以酬，仲宣懷遠一登樓。孔璋胤嗣多才俊，踵事增華遂壯猷。邯鄲：指曹娥碑作者邯鄲淳。

次韻劉延公獎飾《柳園紀遊吟稿》四首

生來命蹇少遨遊，偶歷山川興倍悠。難與鵬摶相比擬，下方鳩鷃亦云優。

其二

滋多瑣事繁忙甚，難得偷閒汗漫遊。卻恨懷中少文墨，不能將景盡情收。

其三

偶留鴻爪情何限，嘯詠江山足愜懷。科學昌明能縮地，朝飛海角夕天涯。

其四

大漢龍頭公不忝，我隨驥尾樂非常。愧無佳句相酬答，辱賜珠璣貯滿囊。

次韻冠甫教授獎飾拙作楊蓁臯瑞蘭二家詩序二首

不盡珠璣滾滾來，拋磚引玉笑懷開。等閒筆落即殊俗，逸氣縱橫似殷雷。

其二

君詩合以碧紗籠，字字渾如熨貼工。怪底淡江諸學子，朝朝引領望春風。

臨帖二首

好讀詞章未厭貧，孜孜溫故以知新。閒嘗搦管臨蘭帖，春蚓秋蛇赧見人。

其二

顏柳無緣信有徵，家雞野鶩乏傳承。觀書於我屠門嚼，八法臨摹一未能。

美人忍笑二首

嗔喜嬌嬈異息嫣，含情脈脈美如詩。銀波一轉紅潮暈，最是魂消忍俊時。

其二

傾國傾城解語花，佯羞舉袂抱琵琶。憐渠不屑學褒姒，一露瓠犀誤國家。

次韻唐謨公〈百歲書懷〉四首

煙雲供養自長生，書畫詩留千載名。敬備菲筵祝嵩嘏，稱觴聊以表深情。

其二

碑矗濰坊國際驚，詩繩祖武彥謙清。天教欲比莊椿壽，不老金丹九轉成。

其三

忠恕恭行今不多，立身處世守中和。蓬萊清淺看應徹，名利浮雲瞥眼過。

其四

桂蘭挺秀喜相陪，鶼鰈情深互倚偎。百歲懸弧慶初度，德功言立日悠哉。

燕剪二首

穿花度柳燕雙飛，細剪春光入翠微。王謝堂前怯回顧，繁華依舊故人非。

其二

利比并刀兩尾開，江山如錦出新裁。差池王謝烏衣巷，一段春光剪不來。

超市二首

日常用品盡兼售，晝夜經營總不休。衣食住行都具備，竭來一店足須求。

其二

商場決勝在釐毫，用盡龍韜與豹韜。購物現金不須帶，但憑刷卡樂陶陶。

劉延公（劉緯世號延齡）轉贈西山逸士溥儒自書珍藏本《寒玉堂詩集》、《凝碧餘音詞》誌謝四首

一讀雙書眼界開，襟懷灑落勝言哉。此生有幸蒙提挈，屢次推恩到不才。

其二

詩書畫譽世無雙，天予王孫筆力龐。茹古涵今誰與競，詞源滾滾倒三江。

其三

龍種常人自與殊，祚移餘事作鴻儒。巋然著述存天地，文苑諸公比得無？

其四

洪鈞運或轉鰥生，十幾年前遂識荊。雜學無根原固陋，幸隨驥尾以流行。

次韻无藉詞丈獎飾先考《楊巨源先生遺稿》

巽語如聆古寺鐘，啓予殊足豁心胸。居諸日月付嬉戲，塵涴楹書愧祖宗。

次韻張鴻藻大使獎飾先考《楊巨源先生遺稿》

雁帛猶留荀令香，陽春吟續漢田郎。歿榮誌謝存尤感，蓬蓽輝於明月光。

賞花二首

姚黃魏紫鬥芳菲，花市迴觀願不違。買得一枝能解語，飄飄如抱美人歸。

其二

也來花市趁人潮，爲愛紅妝一折腰。買得牡丹歸去後，絕勝金屋暗藏嬌。

次韻鍾寧詞長獎飾先考《楊巨源先生遺稿》

迴諷詞筆氣橫秋，璀璨珠璣寓意優。先考遺篇承獎飾，詩書雙絕永珍留。

次韻竹亭詩家獎飾《讀書絕句三百首》

祖述經書子集篇，梓成敢望世流傳。區區心抱一微願，付與今賢學昔賢。

紗窗二首

蔽日遮塵一幅工，綠窗高掛忒玲瓏。吾家改用鋼絲網，堅固防蚊有異功。

其二

新裁紈綺隔塵紅，內外分明翕素衷。只許春風來拂面，不教蚊蚋入房櫳。

邱衍文教授《衍芬樓詩文集》題後二首

鶼鰈情深世所稀，衍芬樓集萃珠璣。乾坤揮灑開生面，雒誦迴環逸興飛。

其二

書香世代耀壇壇，媲美明誠與易安。炳炳詞章昭日月，洪波萬頃壯文瀾。

次韻孫晉卿詩家獎飾先考《楊巨源先生遺稿》

抱膝寒門未振芳，楹書塵涴愧青箱。徒悲白髮如花落，空羨青雲眾鳥揚。

賓勁公《書藝煙雲》題後

萬丈光芒耀古今，鍾王顏柳並駸駸。憑誰爲寫先生傳，接武東坡續《志林》。

鍾寧詩家惠書楹聯疊韻二首

廿載交情異等閒，更叨親筆惠聯頒。輪囷肝膽苔岑契，字字鐫銘方寸間。

其二

致力詩書畫少閒，千金一字不輕頒。先生書道知何價，端在鍾王顏柳間。

鴻公大使獎飾〈青山紅樹白雲浮〉次韻誌謝二首

抛磚引得是清詩，槃考高人有所思。道究根源不知老，流連忘返我何癡。

其二

微吟公作性靈詩，倜儻權奇抱膝思。多難自憐識荊晚，效顰無狀發狂癡。

无藉詞丈獎飾《青山紅樹白雲浮》次韻誌謝

相望異代媲東園，無忝前修醒國魂。我願明公覺後覺，提攜鞏固道之根。

次韻鴻公大使〈青山紅樹白雲浮〉四首 轆轤體

青山紅樹白雲浮，風物凄涼宿雨收。蓴美鱸肥未歸去，不堪長笛一聲秋。

其二

雨霽東臯偶出遊，青山紅樹白雲浮。求田問舍人如海，千載誰堪匹子由。

註：強幼安《唐子西文錄》：「蘇黃門云：『人生逐日，胸次須出一好議論。若飽食煖衣，惟利欲是念，何以自別於禽獸？』」

其三

瀼瀼玉露芒鞋濕，颯颯金風袷衣襲。青山紅樹白雲浮，鴻雁南飛人獨立。

其四

多情最是他鄉月，幽思長懷故里秋。把酒持螯無限樂，青山紅樹白雲浮。

冠甫教授獎飾拙作〈袖山樓吟集序〉次韻誌謝

瑣稿奚躋唐宋朝，汗顏過譽庾徐祧。若教骨獲芳兄(註)換，或可遙塵望武韶。

註：指甫逝世之馬芳耀先生，生前以駢文鳴世。

鷗夢二首

淼淼芳洲任往還，尋盟狎鷺息家山。輸君一覺翛然夢，長在清泉白石間。

其二

消受魚蝦鼓腹還，刷翎棲息舊家山。蘧蘧寤夢青冥去，與鳳遨遊雲外間。

愛心志工頌二首

奉獻犧牲亦快哉，爲人服務足懷開。忙於瑣事渾無厭，日日公門自揭來。

其二

愈予於人己愈多(註)，服勤遮莫鬢皤皤。只知爲善無嫌小，蕆事歸來唱踏莎。

註：《老子．八十一章》：「聖人不積，既以為人己愈有，既以與人己愈多。」

卷五上　詩餘二十闋

卜算子 次韻甯佑公獎飾〈風櫃斗賞梅〉

尋覓歲寒枝，姑射仙人接。索笑巡簷載酒來，疏影交相蔚。　高啓已魂銷，宋璟心熔鐵。山舞銀蛇百卉摧，憐汝冰姿潔。

南歌子 次韻馥苑詞丈賀得教育部文藝創作獎

窮理宗頤顥，高風紹綺園。懸知富貴若雲煙，爾乃忘機耕鑿事瓜田。　獲雋緣徼倖，遺詞乏秀妍。漫勞賜賀惠嘉篇。展讀珠璣萬斛絢華箋。

浣溪沙 次韻冠甫教授獎飾《讀書絕句三百首》

璀璨珠璣照眼明，新詞一闋博佳評。咸欽秀句本天成。瑣屑篇章宜覆瓿，漫勞獎飾愧良朋。卻慚句冗未能清。

玉樓春 次韻冠甫鄉賢紀念盧元駿教授百歲冥誕

巋然著作垂天地，命世鴻儒通六藝。粃糠掃盡返仙鄉，籍、湜羹牆懷教誨。一朝羽化騎龍去，百歲追思申以禮。修文天上自無憂，令坦箕裘優述繼。

註：令坦指前國立政治大學中文研究所所長朱自力教授。

西江月 次韻馥苑詞丈賀得臺北文學獎

幼婦色絲紙貴，齊家治國身修。綺年即與適之遊。學術淵渟深厚。鯤北傳來露布，泥金聊慰居幽。暮年敢望出人頭，過譽幾回搔首。

畫堂春 次韻華維詞丈獎飾《歐遊吟草》

三臺矯矯一詞家。斐然卓著聲華。宏揚國粹振騷葩。夢筆生花。　盡興采風擷俗，飽餐紫氣紅霞。歐遊吟草辱矜誇，感愧無涯。

鷓鴣天 次韻華維詞丈獎飾《柳園詩話》

兩漢三唐盡邃妍，遣詞斲句邃深淵。光前裕後家聲振，桂馥蘭馨福壽全。　拋瑣稿，引瑤篇。氣求聲應兩心牽。多公獎飾還相警，力制頹波是巽言。

菩薩蠻 次韻自力博士珠江大學講學抒懷

鴻飛目送頻搔首。知音小別忍揮手。振鐸遂豪情。上庠留盛名。　賡君歌一曲。慚愧磚酬玉。桃李手親栽。成陰心快哉。

錄朱自力博士元唱菩薩蠻

嗟余老去空回首。當年自負拏雲手。何事最關情？有無身後名。　欣將詞與曲。來琢香江玉。桃李及時栽。情懷亦快哉。

沁園春 次韻華維詞丈見懷

同志連心，咫尺天涯，聲應氣求。羨生知天縱，言情敘景，引商刻羽，句不能囚。翰墨因緣，苔岑結契，武韻何嘗計拙優。衷情訴，嘆枯腸枵腹，篇若爲酬。　十年詩酒風流。最堪愛、忘機契鷺鷗。待春秋佳日，灑揮采筆，莒荃香草，採擷滄洲。島瘦郊寒，元輕白俗，相顧何妨一笑收。焉敢望，與古今賢哲，爭勝千秋。

江城子 次韻自力校長〈寄情〉

旗亭祖餞酒留痕。踏香茵。對斜曛。千載河梁，別緒忍重聞。荏苒浮生何所似？如夢蝶，斷心魂。　舊游回首屢長顰。友情親。或前因。渺渺予懷，無以訴伊人。欲把閒愁付瑤瑟，知音杳，孰爲鄰？

醉花陰 次韻黃冠人詩家見懷

幾欲續貂猶未就。無計濁醪侑。秉燭誦瑤章，一例陽春，合倩師涓奏。　涪翁再世興元祐。振鐸斯文救。即興賦新詞，寓意遙深，省識原天授。

一剪梅 次韻綠水詞丈賀歲

寅建欣逢萬象春，物候驚新。日月迎新。律回騷客筆如神。詞境彌醇，心境無塵。
世上浮名不是眞。愛惜分陰，光景奔輪。知微知顯是高人。寵辱胥忘，福壽駢臻。

一剪梅 次韻揚州徐坤慶庚兄〈滿懷豪情歌盛世〉

天眷中華國運隆。雨露均霑。草木葱濃。河山萬里沐春風。潛化無形。靈秀蘢蘢。

廩實倉盈歲卜豐。科技昌明。人躋蟾宮。人才輩出挺豪雄。虎拜龍飛，間氣靈鍾。

沁園春 次韻雪魂詩家賀得南投文學獎

尺素瑤箋，璀璨珠璣，魚雁傳來。羨雲崧苗裔，湖湘髦士，孜孜矻矻，信是鴻才。寓意清高，屬詞殊妙，彩筆夢中五色開。思昔日，憶蟾宮折桂，眾仰高懷。

長年閉戶讀書，任三徑荒蕪鎖綠苔。看南投詩會，八方俊彥，騰踔騷壇，譽比蘇梅。末席叨陪，偶然獲雋，疑被春風吹上臺。俱往矣，盼時匡不逮，友尚陳雷。

臨江仙 次韻張英傑詩家〈大馬全國詩人大會中秋雅集〉

臺北詩巫隔千里，犀通一點心聲。悠揚六義闡分明。唾壺歌擊缺，瑤韻武先生。

大

漢風騷喧四海，南天高舉吟旌。元音響徹暮雲平。中秋開勝會，筆陣氣縱橫。

鷓鴣天

次韻湖北廖正福詩家〈詠荷〉

碧沼風清罩晚霞，嫣紅一抹勝春花。洛神渚上妖韶態，太液池邊婀娜夸。　琴奏蚓，鼓鳴蛙。興懷嘯嘯詠樂無涯。欲窺夏景爭開眼，梅雨初過競茁芽。

鷓鴣天

次韻鄧璧公〈患帶狀疱疹住院〉

微恙皮蛇沿舊名，衹因見慣世猶稱。居心呑蛭神應祐，轉眼驅蛇疾自輕。　酬一闋，過三更。推敲兩字睡難寧。騷壇鷗鷺心期待，洗耳重聞振鐸聲。

清平樂 次韻鴻公大使誌謝拙作〈橐思居吟稿序〉

道東天意。緒幸不之墜。一曲陽春人盡醉，貂續才疏難睡。　青氈悵任衰殘。傭書垂老江干。慚愧無方繼述，夜吟覺月光寒。

臨江仙 次韻甯佑公賀病癒出院

忽報故人雙鯉遺，拜嘉無限歡欣。淋巴瘤斷是原因。初期無罣礙，化療免酸辛。　再世盧醫施妙手，仁心仁術俱尊。一經診治即回春。何當重剪燭，痛快飲香檳。

鷓鴣天 次韻張大使鴻藻獎飾拙作蘇、辛二文

世事年來淡似秋，爲文不道冗難收。教書餬口貧而樂，障簏傾身富也愁。　何日了，幾時休。且隨鷗鷺逐波流。拋磚贏得不虞譽，延佇知音上小樓。

錄張大使鴻藻元唱鷓鴣天楊詞長君潛鴻文讀後賦謝

張鴻藻

君潛先生頃以近作〈蘇軾千古一人〉及〈辛棄疾魄力雄大〉兩鴻文賜示。論列深廣，讀之肅然起敬！因就其所引辛詞七闋之一〈鷓鴣天——鵝湖歸病起作〉賦謝。起句「磊落」二字，源自文中所引毛晉卿評辛詞風格語。次句「蘇海」，源自文中黃山谷評蘇詞風格語及一般對韓蘇文風之奬讚：「韓潮蘇海」。

磊落辛詞肅九秋，奔騰蘇海放還收。洶如壺口黃河瀑，傾瀉人間萬古愁。　才湧溢，意難休。千秋萬世仰風流。楊郎自有潘郎筆，點活詞家笑倚樓。

賀楊蓁(註)理事長甘肅蘭州個展成功

致力畫詩書，曹劉陶謝，李杜韓蘇，萬取千焉，名揚臺北，咸欽鯤海探驪，蟾宮折桂；
爭謳眞善美，董巨關荊，鍾王顏柳，臨摹描繪，個展隴西，且看碧雞振翮，金馬騰驤。

註：楊蓁先生，雲南人，曾任中華大溪書藝協會理事長。

賀蕭鼎三書家甘肅蘭州個展成功

八法顯才華，銀鉤鐵畫，遒媚無倫，今古一人稱兩岸；
三湘饒俊傑，甘肅蘭州，成功個展，詩書雙絕耀千秋。

賀甯佑民先生榮獲兩岸春聯比賽第一名

佑世振春聯，仰躡蹤章鉅，接踵稼青，鯤海探驪第一；
民風揚國粹，看筆掃羣英，名標兩岸，蟾宮折桂無雙。

代中華詩學研究會贈吳大和理事長

大智不形人望重，和衷共濟事功成。

贈盧俊良（註）主治醫師

俊士活人功配地，良醫濟世德齊天。

註：臺北榮總胃腸科。

贈劉耀中（註）主治醫師

耀名聖代華佗似，中古神醫俞跗同。

註：臺北榮總血液腫瘤科。

贈辜瑞蘭女史

瑞玉攸同才女志，蘭金契合德人心。

贈馬龍畫家

馬夏（註一）千秋成鼎足，龍夔（註二）一例格君心。

註一：馬，指馬遠；夏，指夏圭。二人同是南宋大畫家。

註二：龍、夔：二人並是舜的大臣。

贈盧潮衡先生

潮汐盈虛本天理，衡權倚伏悟禪機。

贈康杰世兄

康書勢埒孫虔禮，杰筆名揚噶瑪蘭。

贈施伯勳會長

伯仲才華追乃祖，勳名事業足榮宗。

贈甯佑民（守愚）理事長

佑哲輔賢衡以義，民胞物與近於仁。

其二

守本中誠，用舍行藏繩乃祖（註一）；愚原大智，元亨貞利（註二）法先王。

註一：指甯武子。《論語・公冶長》：「甯武子，邦有道則知（智），邦無道則愚。其知（智）可及也，其愚不可及也。」

註二：「元亨貞利」即「元亨利貞」。《易・乾卦》四個卦辭。即四德。乃代表春夏秋冬和仁義禮智。孔穎達疏：「《子夏傳》：『元，始也；亨，通也；利，和也；貞，正也。』」

贈孫晉卿亭竹大師

竹繞祥雲憩龍鳳，亭遊高士振風騷。

贈王慶海先生

慶雲糾縵看騰驥，海水澄清欲起龍。

藝鶴 馬來西亞乙未年全國詩人大會徵聯

藝苑揚芬，騷壇大會，樽傾北海；
鶴山聳翠，樾蔭中華，柯戛南天。

題太平島 中華詩學研究會二〇一七年全球徵聯

此地本非礁，大漢貔貅安禹甸；
太平原是島，中華鵝鸛守堯封。

其二

南海本堯封，崗戍貔貅藏豹略；

太平原禹甸，陣開鵝鸛懾妖氛。

阿里山觀日出（中華詩學研究會二〇一九年全球徵聯）

曙破祝山東，暘谷谽谺雲靉靆；
曉迎巃頂上，咸池澎湃日曈曨。

贈蔡鼎新先生集句

龍文百斛鼎，（韓愈〈張十八詩〉）
牛力晚來新。（杜甫〈暇日小園種菜詩〉）

贈程亮先生集句

程侯晚相遇，杜甫〈送程錄事還鄉詩〉
亮節難爲音。陸機〈猛虎行〉

贈孫晉卿先生集句

絳水通西晉，何胥〈被使出關詩〉
明君憶長卿。王維〈送嚴秀才還蜀詩〉

贈蕭翠香女史集句

畫屏開展吳山翠，晏幾道〈蝶戀花〉詞
月露誰教桂葉香。李商隱〈無題詩〉

祝唐謨國詞丈百歲榮壽

擅詩書畫，猶光塵謙讓，高文蔚豹，快婿乘龍，桂折蟾宮才第一（註）；

立德言功，而福履康寧，桃熟三千，椿齡八百，籌添麋壽史無雙。

註：唐謨國詞丈曾榮獲臺南市全國詩人大會首唱榜眼，故上聯云然。

天安宮牌樓楹聯

宮址：彰化縣大城鄉。

天地鍾靈，廟貌巍峨，庇祐羣黎，三界齊揚忠孝義；

安詳駐蹕，聖恩浩蕩，帡幪四海，一龕合祀佛神仙。

輓朱公萬里先生

並立德功言，等身著作，風範長存，歲厄龍蛇悲隕涕；

精研儒道釋，卌載提攜，羹牆如在，天寒鯤海慟招魂。

輓蔡公鼎新先生

揮麈仰遺徽，李杜鍾王，異代風流，兩岸騷人尊宿老；
聞喪驚覆醢，詩書經史，等身著作，九秋鯤海哭宗師。

輓孫公紹誠先生

氣節紹孫文，歷下高人，瀛東隱士，耿耿精忠崇兩岸；
風裁繩祖武，天殂騏驥，歲厄龍蛇，昭昭大義炳千秋。

輓吳公夢雄先生

詩苑慟招魂，塞黑楓青，遽嗟惡讖厄龍蛇，太息修塗輟騏驥；
書壇尊祭酒，銀鉤鐵畫，一夕少微星隕去，千秋華表鶴歸來。

代輓吳公夢雄先生

符剖克桃基，閫寄元戎，龍韜豹略挽狂瀾，六出奇謀同曲逆；
醢傾傳薤露，魂招孤島，鶴馭鵑啼聞隕淚，不堪一別隔蓬山。

輓胡故理事長傳安先生

才追李杜蘇黄，正當鳳翥虞庭，遽嗟歲厄龍蛇，疇曩緬懷悲攬涕；
筆擅詩詞曲賦，不道鶴歸華表，忍聽歌哀薤露，音容宛在痛招魂。

輓任故理事長道一先生

天予振青箱，吟成萬首詩詞，羽化恍同蝴蝶夢；
極驚沈碧落，慟哭忘機鷗鷺，魂歸忍聽杜鵑聲。

輓林前社長恭祖先生

詩力誰堪伯仲之間，一朝返璞歸眞，斗酒隻雞，皆公舊雨；
賢聲遠播臺閩以外，百世蓋棺論定，愛梅及鶴，乃祖遺風。

輓胡鎮雅女史

衛鑠無其詩，崇嘏無其書，易安無其畫，身膺三絕，寶婺星沈，徽音長不泯；
治家本乎儉，爲人本乎信，處世本乎誠，福壽全歸，慈幃月冷，彤管永流芳。

輓郝亮老先生

詩賦動江關，長恨緣慳一面；功勳昭黨國，定知名鑠千秋。

卷五下　詩鐘四十九副

重五一唱

重瞳爲帝堯殂落，五臟剖臣紂覆亡。

星月二唱

騎星傳說身殂後，奔月媨娥藥竊時。

霜菊三唱

三徑菊松人底豫，無邊霜雪鳥無蹤。

心腹四唱

陳主無心（註一）鄙隋帝，衛臣有腹（註二）感齊公。

註一：《南史．陳本紀》：「既見宥，隋文帝給賜甚厚，數得引見。後監守者奏言：『叔寶云：願得官號。』隋文帝曰：『叔寶全無心肝。』」

註二：衛懿公好鶴，狄入侵，衛民拒戰，狄人殺公，盡食其肉，獨捨其肝。弘演自刳其腹納懿公肝。桓公喜其忠而復衛國。見《韓詩外傳》卷七。

新舊五唱

鬢毛染上新霜色，肝膽輸將舊雨情。

春回天地新雷作，詩詠蒹葭舊雨遙。

愛心六唱

利名坐忘潛心易，肥瘦爭嬌割愛難。
治國趙袁如愛日，出家慧遠靜心君。

酒詩七唱

春風拂檻能無酒，夜雨連牀合有詩。

雲雨七唱

日昇霧散猶零雨，寺破山深只宿雲。

秋宵一唱

秋老歲寒松益茂，宵深雲淨月彌明。

薪火二唱

星火燎原危社稷，橑薪執籥舞宮庭。

春人三唱

劇憐春老鶯兒杳，且喜人窮燕子來。
二月春花多雨潤，三唐人物最風流。

酒仙五唱

相值焉知仙與隱(註)，消閒最愛酒和茶。

註：王僧孺〈留贈山中隱士詩〉：「相逢不道姓，焉知隱與仙。」上聯本此。

屏縣山(註一)椒仙對弈，肅州(註二)郡內酒如泉。

註一：《鳳山縣志》：「仙人山在沙馬磯山頂，相傳晴明天氣時，有紫素二仙人對弈石上。」

註二：肅州即今酒泉縣。

詩社四唱

文人結社留青史，孝子吟詩號白華。

雅士吟詩詠秋月，高朋入社振春人。

梅鶴六唱

仙矣王恭披鶴氅(註)，聖哉杜甫詠梅花。

註：《世說新語．企羨》：「孟昶未達時，家在京口。嘗見王恭乘高輿，披鶴氅裘，於時微雪，昶於籬間窺之，嘆曰：『此真仙中人。』」

從軍(註一)慷慨歌梅曲，爲吏清廉剩鶴琴(註二)。

註一：李白〈從軍行〉：「從軍玉門道，逐虜金微山。笛奏梅花苗，刀開明月環。」

註二：「琴鶴」，趙抃，宋西安人，字閱道，第進士。景祐初，累官殿中侍御史，剛正立朝，彈劾不避權貴，聲譽凜然，時稱鐵面御史。出知成都，以一琴一鶴自隨。神宗立，擢參加政事，與王安石不合，致仕，謚「清獻」。見《宋史》。

了然七唱

石爛海枯情未了，人亡國破景依然。

心內人情難忘了，眼中時事益紛然。

雙十一唱

雙七渡橋歡拾舊，十千沽酒莫辭貧。借句
十死一生眞險惡，雙聲疊韻不流行。

文酒二唱

奇文一卷眩銀海（註一），美酒千杯倒玉山（註二）。

註一：道家以目為銀海。蘇軾〈雪後書北臺壁〉詩：「凍合玉樓寒起粟，光搖銀海眩生花。」

註二：《世說新語．容止》：「山公曰：『嵇叔夜之為人也，若孤松之獨立；其醉也，若玉山之將崩。』」

波影二唱

心影俄浮知事變，眼波才動被人猜。借李清照句鴻影聯翩向西去，鷗波浩蕩自東來。

雲海三唱

出岫雲低將施雨，揚舲海上好乘風。
夢幻雲中隨鳳舞，忘機海上與鷗親。

秋月四唱

褒貶春秋憑一字，居諸日月轉雙丸。
閣上春秋瞻鳳嶺，潭遊日月玩魚池。

春曰五唱

鞭絲帽影春秋閣，霞蔚雲蒸日月潭。
緩尋芳草春光老，細數飛花日影斜。

詩聖六唱

趨庭我幸傳詩禮，立雪人爭學聖賢。
撼山筆落吟詩客（註一），觀海言難說聖人（註二）。

註一：李白〈江上吟〉：「興酣落筆搖五嶽，詩成笑傲凌滄洲。」
註二：《孟子・盡心》：「觀於海者難為水，遊於聖人之門者難為言。」

梅柳七唱

風流可愛靈和（註）柳，雪擁纔開庾嶺梅。

註：殿名。梁武帝於靈和殿前植柳，常賞玩咨嗟曰：「此柳風流可愛，似張緒當年時。」陸游詩：「樓臺到處靈和柳。」

西出陽關嗟折柳，南來庾嶺喜尋梅。

海天一唱

天末月沈千岫暗，海中日出萬邦明。
天上龍飛邦啓泰，海中鯤化國呈祥。

心香一唱

香魂一縷迷蝴蝶，心事千重說杜鵑。
香色俱清梅綻後，心情甫暢月明時。

文酒二唱

對酒當歌懷魏武，爲文思舊憶蘭成。
以文會友言曾子，把酒邀鄰憶杜公。

海秋三唱

喬木海天懷故國，蒹葭秋水想伊人。
戲婦秋胡眞可鄙，諫君海瑞實堪嘉。

風景四唱

振起騷風追漢魏，迷離蜃景幻蓬瀛。
淡蕩春風宜把酒，清涼秋景好吟詩。

來了五唱

鴻燕聯翩來有信，水天一色了無痕。
新冠病毒來千劫，舊雨魂亡了萬緣。

柳園吟稿

文化生活叢書 詩文叢集1301057

作　　者　楊君潛
責任編輯　蘇　輗
發 行 人　林慶彰
特約校稿　許雅琇
總 經 理　梁錦興
排　　版　游淑萍
總 編 輯　張晏瑞
封　　面　百通科技股份有限公司
編 輯 所　萬卷樓圖書股份有限公司
印　　刷　百通科技股份有限公司
發　　行　萬卷樓圖書股份有限公司
臺北市羅斯福路二段四十一號六樓之三
電話 (02)23216565　傳真 (02)23218698
香港經銷　香港聯合書刊物流有限公司
電話 (852)21502100
傳真 (852)23560735
ＩＳＢＮ　978-986-478-441-7
二〇二一年五月初版
定價：新臺幣一二〇〇元（上、下冊不分售）

柳園吟稿

國家圖書館出版品預行編目資料

柳園吟稿 / 楊君潛著. -- 初版 .-- 臺北市：萬卷樓圖書股份有限公司, 2021.05
面；　公分.--（文化生活叢書；1301057）
ISBN 978-986-478-441-7（平裝）

863.51　　110000699

柳園吟稿